바스커빌가의 사냥개

THE HOUND OF THE BASKERVILLES
by Arthur Conan Doyle

Illustrations ⓒ Javier Olivares
Copyright ⓒ Nórdica Libros, S.L.
All rights reserved.

Korean translation rights ⓒ Munhakdongne Publishing Corp., 2025.
Korean translation rights are arranged with Nórdica Libros
through Oh! Books Literary Agency in Spain and AMO Agency, Korea.

이 책의 한국어판 저작권은 AMO 에이전시를 통해
Nórdica Libros c/o SalmaiaLit. Agency와 독점 계약한 (주)문학동네에 있습니다.
저작권법에 의해 한국 내에서 보호를 받는 저작물이므로
무단 전재 및 무단 복제를 금합니다.

Arthur Conan Doyle
THE HOUND OF THE BASKERVILLES

바스커빌가의 사냥개

아서 코넌 도일
장편소설

하비에르 올리바레스 그림
최파일 옮김

문학동네

일러두기

1. 본문 번역 대본으로는 Arthur Conan Doyle의 *The Hound of the Baskervilles*(Oxford World's Classics, 1998)를 사용했다.
2. 주석은 모두 옮긴이주다.
3. 본문 중 고딕체는 원서에서 이탤릭체 등으로 강조한 부분이다.

1장 셜록 홈스 • 007
2장 바스커빌가의 저주 • 018
3장 문제 • 031
4장 헨리 바스커빌 경 • 044
5장 끊어진 실 세 가닥 • 061
6장 바스커빌 홀 • 074
7장 메리피트 하우스의 스테이플턴 남매 • 087
8장 왓슨 박사의 첫번째 보고서 • 105
9장 황무지의 불빛 [왓슨 박사의 두번째 보고서] • 114
10장 왓슨 박사의 일기 초록 • 136
11장 바위산 위의 남자 • 149
12장 황무지에서의 죽음 • 165
13장 그물을 치다 • 184
14장 바스커빌가의 사냥개 • 198
15장 회고 • 213

아서 코넌 도일 연보 • 227

1장
셜록 홈스

이따금 밤을 꼬박 새우는 날을 제외하고 으레 그렇듯, 셜록 홈스는 그날도 느지막이 일어나 아침 식탁에 앉아 있었다. 나는 벽난로 앞 깔개 위에 서서 간밤에 우리의 방문객이 깜박 잊고 간 지팡이를 집어들었다. 손잡이 부분이 볼록하고 몸통이 굵은 고급 목재 지팡이는, '페낭 로여'라는 이름으로 알려진 종류였다. 손잡이 바로 아래로는 폭이 1인치에 가까운 은제 띠가 넓게 감겨 있었다. 거기에는 1884라는 연도 표시와 함께 'MRCS*, 제임스 모티머에게, CCH의 친구들이'라는 글귀가 새겨져 있었다. 보수적인 가정의들이 흔히 들고 다니는—위엄 있고 견고하며 든든한—지팡이였다.

"자, 왓슨, 그걸로 뭐 좀 알아냈나?"

홈스는 내게 등을 보이고 앉아 있었고 나는 무엇을 하고 있다는 기색을 전혀 내지 않은 터였다.

"내가 뭘 하고 있는지 어떻게 알았지? 자넨 뒤통수에도 눈이 달린 모양이군."

"뒤통수에 눈 같은 건 없지만, 지금 내 앞에 반짝반짝 윤이 나게 잘 닦인 은

---

* Member of the Royal College of Surgeons. 왕립외과의사회 회원.

도금 커피 주전자가 있기는 하지. 그건 그렇고, 우리 방문객의 지팡이로 뭘 알아냈는지 어서 말해보게. 유감스럽게도 우린 그를 만나지 못했고 또 무슨 용건으로 방문했는지도 전혀 모르니, 이 우연한 기념품이 중요해졌어. 자네가 지팡이를 살펴보고 재구성해낸 그에 대해 한번 들어보자고."

"내 생각에는," 나는 내 친구의 추리방법론을 최대한 따라가보기로 하고 입을 열었다. "모티머 박사는 사회적으로 성공하고 존경받는, 나이 지긋한 의사가 아닐까 싶네. 지인들이 감사의 표시로 이 선물을 주었을 테니까."

"좋았어!" 홈스가 말했다. "훌륭해!"

"또 걸어서 왕진을 다니는 일이 많은 시골 가정의일 가능성이 크다고 봐."

"왜지?"

"원래 꽤 근사했을 지팡이가 이렇게 혹사당한 것을 보면 도저히 도시 개업의가 들고 다닌 것이라고는 볼 수 없거든. 두꺼운 쇠 물미까지 다 닳았으니 이 지팡이를 짚고 엄청나게 걸어다닌 것이 분명해."

"전적으로 타당해!"

"그리고 여기 'CCH의 친구들'이라는 글귀 말일세. CCH는 뭔가 사냥Hunt과 관련한 것, 아마 지역의 사냥 클럽이 아닐까. 거기 회원들에게 조언이나 치료를 해주고 자그마한 답례로 이 지팡이를 받은 것 같아."

"정말이지, 왓슨, 자네 실력이 많이 늘었군!" 홈스가 의자를 뒤로 밀어젖히고 담배에 불을 붙이며 말했다. "이러니 내가 말을 안 할 수가 있나. 자네, 지금까지 나의 변변찮은 업적은 그렇게 호의적으로 기록하면서 본인의 능력은 으레 과소평가해왔다고 말일세. 자네는 스스로 빛을 내지는 않지만 빛을 이끌어내는 존재야. 천재성은 없지만 천재성을 자극하는 놀라운 능력을 지닌 사람들이 있지. 여보게, 이제 와 하는 말이지만 내가 자네에게 빚진 게 참 많아."

홈스가 이렇게까지 말한 적은 없었다. 솔직히, 그의 칭찬에 매우 기뻤던 것도 사실이다. 그도 그럴 것이 내 나름대로 감탄해 마지않으며 그의 추리방법론을 널리 알리려 아무리 애를 써왔어도, 정작 그는 아는지 모르는지 무관심한 통에 속상할 때가 많았기 때문이다. 또 내가 홈스만의 체계적 추리방법을 적용해 그에게 인정받을 정도로 숙달되었다고 생각하니 뿌듯하기도 했다. 홈스는 내게서 지팡이를 건네받아 얼마 동안 육안으로 살펴보았다. 그다음 흥미롭다는 표정을 지으며 담배를 내려놓더니, 지팡이를 창가로 가져가 볼록렌즈를 들이대고 다시금 살펴보았다.

"흥미롭군. 기본이긴 하지만." 그가 길쭉한 안락의자로 돌아와 자신이 좋아하는 모서리 쪽에 앉으며 말했다. "이 지팡이에는 확실히 한두 가지 단서가 있어. 그것을 토대로 몇 가지 추론을 할 수 있지."

"내가 놓친 것이라도 있나?" 나는 약간 우쭐거리며 물었다. "중요한 건 하나도 놓치지 않은 것 같은데?"

"친애하는 왓슨, 안됐지만 자네의 결론은 상당 부분 오류가 있는 것 같아. 자네가 나를 자극한다고 말했던 건, 그러니까, 자네의 오류를 짚어보다가 진실에 다가가게 될 때가 있다는 뜻이었어. 지금 이 지팡이 케이스에서 자네가 완전히 틀렸다는 소리는 아니야. 지팡이의 주인이 시골 의사인 것은 확실해. 그리고 꽤 먼 거리를 걸어다닌다는 것도."

"그렇다면 내 말이 맞지 않나."

"거기까지는 맞았지."

"거기까지라니. 그게 전부잖아."

"아냐, 왓슨, 그게 전부가 아니야. 절대로 그렇지 않다고. 내 짐작으로는, 예컨대 말이야, 의사로서 받은 선물이라면 사냥 클럽보다는 병원에서 받았을 가능성이 커. 그리고 그 병원 앞에 'CC'라는 약자가 새겨져 있다면 자연스럽게 '채링 크로스Charing Cross'란 이름이 떠오르지."

"그럴 수도 있겠군."

"그럴 가능성이 커. 그리고 이 추론을 잠정적인 가설로 삼는다면, 우리는 이 미지의 방문객을 그려볼 수 있는 새로운 토대에 서게 되는 셈이지."

"글쎄, 그래. 'CCH'가 '채링 크로스 병원'을 가리킨다고 치면 여기서 뭘 더 추론해낼 수 있다는 거지?"

"더이상 떠오르는 게 없단 말이야? 내 방법을 알잖아. 한번 적용해봐!"

"시골로 가기 전에는 도시에서 일했겠다는 빤한 결론 말고는 더 없는걸."

"그보다는 좀더 나가봐도 될 것 같은데. 이런 식은 어떤가. 그런 선물을 하기에 가장 적당한 때는 언제지? 친구들이 다 같이 호의를 모아 선물하는 경우라면? 모티머 박사가 개업하기 위해 채링 크로스 병원을 그만둘 때였음이 분명해. 누군가에게 선물로 받은 지팡이라는 것은 우리가 이미 알고 있지. 도시 병원에서 시골 병원으로 변화가 일어났다면 그 변화의 시점에 받은 선물일 것이라는 추리는 무리일까?"

"정말 그럴듯하군."

"자, 그가 정년이 보장된 상근직 의사였을 리 없다는 것은 금방 알 수 있어. 런던 의료계에서라면 제법 자리잡은 사람만이 그런 직원 자리를 꿰찰 수 있고, 또 그런 사람이 시골로 내려갈 리도 없으니까. 그렇다면 그는 어떤 사람이었을까? 채링 크로스 병원에서 근무하기는 했지만 정년이 보장된 전문의가 아니었다면 틀림없이—의대를 갓 졸업한—입주 수련의였을 거야. 그리고 그는 오 년 전에 채링 크로스 병원을 떠났어—연도는 지팡이에 나와 있지. 그러니 자네의 중후한 중년 의사는 허공에 사라지고, 서른이 채 안 된 젊은 친구가 그려지지 않나, 왓슨. 붙임성은 좋은데 야망은 없고 이따금 정신을 놓고 다니는 젊은 의사 말일세. 이 친구는 개를 키우는데 대충 테리어보다는 크고 마스티프보다는 작은 종일 거야."

내가 못 믿겠다는 듯 웃어버리자 길쭉한 안락의자에 깊숙이 기대앉은 홈스는 담배 연기로 동그란 고리 모양을 만들어 천장을 향해 내뿜었다.

"마지막 사안에 대해서는 자네 말이 맞는지 확인해볼 길이 없지만, 적어도

나이와 경력에 대해 몇 가지 알아내는 것은 어렵지 않지."

나는 내 작은 의학 서가에서 의료인 명부를 꺼내 이름을 찾아보았다. 모티머라는 이름이 여럿 나왔지만 우리의 방문객일 만한 사람은 단 한 명이었다. 나는 그의 기록을 소리 내어 읽었다.

제임스 모티머. MRCS, 1882년 가입. 데번주 다트무어 그림펜 거주. 1882년부터 1884년까지 채링 크로스 병원 입주 수련 외과의. '질병은 격세유전인가?'라는 제목의 논문으로 비교병리학 잭슨상 수상. 스웨덴 병리학회 통신회원. 「격세유전에 의한 몇몇 기형」(《랜싯》, 1882), 「우리는 진보하는가?」(《심리학 저널》, 1883. 3)의 저자. 소슬리 그림펜 교구와 하이배로 교구의 담당 보건의.

"사냥 클럽에 대한 언급은 없군, 왓슨." 홈스가 짓궂게 웃으며 말했다. "하지만 자네가 아주 날카롭게 관찰한 대로 시골 의사인 건 맞아. 나의 추리가 맞는 것 같군. 내가 제대로 기억한다면, 붙임성 좋고 야심이 없으며, 정신을 놓고 다닌다는 표현을 썼지? 내 경험으로 볼 때 이 세상에서 오로지 사교적인 사람만이 감사의 표시로 그러한 선물을 받고, 오로지 야심이 없는 사람만이 런던의 경력을 포기하고 시골로 내려가며, 오로지 정신을 놓고 다니는 사람만이 남의 방에서 한 시간이나 기다리고도 명함 대신 지팡이를 놔두고 갈 걸세."

"그럼 개는?"

"그 녀석은 지팡이를 물고 주인을 졸졸 따라다니는 버릇이 있어. 무거운 지팡이라 가운뎃부분을 꽉 물어서 이빨자국이 아주 선명하게 남아 있어. 이빨자국 간격으로 봐서, 이 개의 턱 크기는 테리어치고는 너무 크지만 마스티프치고는 작아. 아마—그래, 그렇지! 이 녀석은 털이 곱슬곱슬한 스패니얼이야!"

그는 이야기하는 동안 자리에서 일어나 방안을 서성거렸다. 그러다 이제는 창문 한쪽에 서 있었다. 그의 목소리에서 느껴지는 강한 확신에 놀라 나는 고개를 들고 쳐다봤다.

"이봐, 친구, 어떻게 그렇게 자신하지?"

"이유야 간단하지. 바로 그 개가 우리집 계단 앞에 와 있으니까. 지금 개 주인이 초인종을 누르는군. 제발 자리를 뜨지 말게, 왓슨. 그는 자네의 직업상 동료니까 자네가 함께하면 도움이 될지도 몰라. 이제 운명의 순간이로군, 왓슨. 자네의 인생 속으로 걸어들어오는 저 계단의 발소리가 좋은 일일지 나쁜 일일지는 아직 아무도 몰라. 과학도인 제임스 모티머 박사가 범죄 전문가인 셜록 홈스에게 무슨 일로 찾아온 것일까? 들어오십시오!"

우리 방문객의 모습은 전형적인 시골 의사를 기대한 내게 뜻밖이었다. 그는 키가 크고 마른 사람으로, 긴 매부리코가 좁은 미간 사이에 솟아 있고 예리한 두 회색 눈동자는 한 쌍의 금테 안경 뒤에서 초롱초롱하게 반짝거렸다. 의사답게 차려입었지만 다소 단정치 못했다. 프록코트는 지저분하고 바지는 닳아 해어졌다. 젊은데도 긴 등은 벌써 구부정했고, 머리를 앞으로 쑥 내밀고 걷는 모습이 전반적으로 온화한 인상을 풍겼다. 안으로 들어선 그는 홈스의 손에 들린 지팡이를 보자마자 환호성을 지르며 뛰어왔다.

"천만다행이네요! 여기다 두고 왔는지 선적 사무소에 두고 왔는지 기억이 안 나서요. 이건 무슨 일이 있어도 잃어버리면 안 되는 지팡이예요."

"선물로 받은 것인가보군요." 홈스가 말했다.

"그렇습니다."

"채링 크로스 병원에서요?"

"결혼할 때 그곳의 친구들에게 받은 것이지요."

"이런, 이런, 아쉽네요." 홈스가 고개를 저으며 말했다.

모티머 박사는 살짝 놀란 듯 안경 너머로 눈을 깜빡거렸다.

"뭐가 아쉽다는 거지요?"

"우리의 사소한 추리가 조금 어긋나서 그럴 뿐입니다. 결혼이라고 하셨지요?"

"네, 선생님. 결혼해서 병원을 그만두는 바람에 전문의가 될 꿈도 접었지요. 가정을 꾸려야 했으니까요."

"자, 자, 그렇다면 우리의 추리도 그렇게까지 빗나간 것은 아니군." 홈스가 말했다. "그럼, 제임스 모티머 박사님—"

"그냥 모티머 씨로 부르십시오. 저는 한낱 외과의사회 회원에 불과할 뿐입니다."*

"그리고 과학적 엄밀성을 추구하시는 사람이고요."

"취미로 과학을 공부하는 사람일 뿐입니다. 드넓은 미지의 바닷가에서 조개껍데기를 줍는 사람인 셈이지요. 제가 이야기하고 있는 분이 셜록 홈스 씨가 맞지요? 아니면 혹시 이분이……"

"네, 이쪽은 제 친구 왓슨 박사입니다."

"뵙게 되어서 반갑습니다, 선생님. 친구분의 이름과 함께 존함은 익히 들어 왔습니다. 홈스 선생님, 선생님께서는 퍽 관심이 가는 분이군요. 장두가 이렇게 발달한 경우나 눈구멍 위가 이렇게 뚜렷하게 발달한 두개골을 보게 되리라고는 생각도 못했습니다. 혹시 정수리뼈의 홈을 살짝 만져봐도 괜찮으시겠습니까? 선생님의 두개골을 구할 수 있을 때까지는, 그 주형이라도 떠서 어느 인류학 박물관에 전시해도 손색이 없을 것입니다. 아첨하려는 소리가 아니라, 정말로, 선생님의 두개골은 아주 탐이 나는군요."

셜록 홈스는 손을 내저으며 우리의 별난 방문객에게 의자를 권했다.

---

* 의사 자격증만 있고 박사학위는 없다는 뜻. 박사학위 소지 여부와 상관없이 왕립외과의사회 회원에게는 '박사(Doctor)'가 아니라 '씨(Mister)'로 부르는 관례도 지적하고 있다.

"저처럼 자기 분야에 심취하신 분이군요." 홈스가 말했다. "검지를 보니 담배를 직접 말아서 피우시나봅니다. 서슴지 말고 한 대 피우시지요."

방문객은 종이와 담뱃잎을 꺼내더니 놀랍도록 섬세한 솜씨로 담배를 말았다. 가볍게 떨리는 그의 긴 손가락은 잠시도 가만히 있지 못하는 민첩한 곤충의 더듬이 같았다.

홈스는 말이 없었지만 날카로운 시선으로 보아 우리의 특이한 방문객에게 관심을 갖고 있음을 알 수 있었다.

"그런데," 홈스가 마침내 입을 열었다. "그저 제 두개골을 관찰하려고 간밤에 이어 오늘 또다시 이곳을 찾아오신 것은 아니겠죠?"

"물론 아니지요. 홈스 씨의 두개골을 관찰할 기회도 얻어 기쁘기는 합니다만. 제가 홈스 씨를 찾아온 까닭은 현실적인 문제에서 능력이 부족한 제가 아주 심각하고 이상한 일과 맞닥뜨렸기 때문입니다. 그리고 제가 아는 바로는 선생님은 유럽에서 둘째가는 전문가이시니—"

"그렇군요. 유럽에서 첫째가는 전문가라는 영예를 누리는 분이 누군지 여쭤봐도 되겠습니까?" 홈스가 약간 까칠한 말투로 물었다.

"엄밀한 과학 정신을 추구하는 사람에게 베르티용*님의 연구는 언제나 매력적이지요."

"그렇다면 그분께 자문해보는 것이 낫지 않겠습니까?"

"저는 엄밀한 과학 정신이라고 말했습니다. 하지만 이론을 떠난 현실적 문제에서는 선생님을 따를 사람이 없다는 건 세상이 다 알지요. 제가 뜻하지 않게 오해를 불러일으킨 것은 아닌지……"

"뭐 별로." 홈스가 대꾸했다. "모티머 박사님, 이제 더는 지체하지 마시고 정확히 어떤 문제로 제 도움을 바라는지 설명해주시면 좋을 듯합니다."

---

* 알퐁스 베르티용. 프랑스의 범죄학자이자 인류학자.

2장
바스커빌가의 저주

"제 주머니에 문서가 하나 있습니다." 제임스 모티머 박사가 입을 열었다.
"방안으로 들어오실 때 보았습니다." 홈스가 말했다.
"고문서입니다."
"위조된 것이 아니라면 18세기 초반 문서지요."
"어떻게 아셨지요, 선생님?"
"박사님께서 이야기를 하시는 동안 줄곧 문서 1, 2인치가 주머니에서 삐져나와 있었기 때문입니다. 대략 십 년 오차 범위 내로 문서의 연대를 추정할 수 없다면 실력이 형편없는 전문가일 것입니다. 읽어보셨는지 모르겠습니다만 제가 그 주제에 관해 짤막한 논문을 쓴 일이 있습니다. 저라면 1730년대로 잡겠습니다."
"정확한 작성 연대는 1742년입니다." 모티머 박사는 윗옷 주머니에서 문서를 꺼냈다. "가문 대대로 전해온 이 문서는 찰스 바스커빌 경이 저에게 맡기신 것으로, 삼 개월 전 그분의 갑작스럽고 비극적인 죽음은 데번셔에 상당한 파문을 불러일으켰지요. 저는 그분의 주치의였을 뿐만 아니라 개인적으로는 친구이기도 했습니다. 그분은 의지가 강하고, 기민하며, 현실적이고, 저처럼 공상과는 거리가 먼 분이셨습니다. 그렇지만 이 문서를 아주 심각하게 받아들이셨고 결국 자신에게 닥친 그런 종말을 각오하고 있었습니다."

홈스는 문서를 받아들어 무릎 위에 조심히 펼쳤다.

"왓슨, 자네도 여기 긴 에스ʃ와 짧은 에스s를 번갈아 사용한 것이 보일 거야. 이것도 내가 문서의 연대를 추정할 수 있었던 단서 가운데 하나지."

나는 그의 어깨 너머로 누런 종이와 글자들을 살펴보았다. 서두에는 '바스커빌 홀'이라 쓰여 있었고 그 아래로는 크게 휘갈겨쓴 '1742'라는 숫자가 보였다.

"일종의 진술서 같군요."

"예, 그 문서는 바스커빌 가문에 전해오는 어떤 전설에 대해 진술한 글입니다."

"저는 선생께서 근래의 실질적인 문제를 상의하러 오신 거라 생각했습니다만."

"매우 근래의, 아주 실제적이고 이십사 시간 내로 결정되어야 할 화급한 문제입니다. 그렇지만 이 문서는 짤막하고 현재 사안과 긴밀하게 엮여 있으니 허락하신다면 읽어드리겠습니다."

홈스는 할 수 없다는 듯 의자에 등을 기대고 양손의 손가락 끝을 마주대고는 눈을 감았다. 모티머 박사는 문서를 밝은 쪽으로 돌리고는, 높고 갈라지는 목소리로 다음과 같은 진기한 옛날이야기를 읽어내려갔다.

바스커빌가의 사냥개의 유래에 대해서는 소문이 허다하지만 나는 휴고 바스커빌의 직계 후손이고, 이 이야기를 아버님께, 아버님께서는 또 조부님께 들었기에, 여기에 적은 사실을 추호도 의심하지 않으며 이 글을 남기는 바이다. 아들들아, 너희들은 죄를 벌하시는 바로 그 정의의 신께서 또한 자비롭게 죄를 용서해주실 수도 있으며, 제아무리 무거운 저주라도 기도와 회개로 풀 수 있다고 믿어라. 그런고로, 이 이야기에서 과거의 업보를 두려워하기보다는 우리 가족을 그토록 슬프게 괴롭혀온 추악한 정념이 다시 풀려나와 우리를 파멸시키지 않도록 앞날에 신중을 기하는 법을 배워라.

그렇다면 너희들은 대반란*(그때의 역사에 대해서는 학식 높은 클래런던 경의 저작을 볼 것을 진심으로 권하노라) 시대에 이 바스커빌 장원은 휴고라는 자가 다스렸음을 알라. 그가 매우 방종하고, 불경하며, 하느님 무서운 줄 모르는 사람이었다는 것은 부인할 수 없느니라. 사실, 이 지방에는 성자가 많았던 적이 없었으니 이웃들은 너그러이 봐주었을지도 모르나 그의 기질은 매우 음탕하고 잔인해서 그는 서부 전역에서 음탕과 잔인함의 대명사로 통할 지경이었노라. 그런데 이 휴고가 바스커빌 영지 근처에 땅을 갖고 있는 자영농의 딸을 사랑(그토록 어두운 정념이 혹여 이런 미명으로 불릴 수 있다면 말이다)하게 되었다. 그러나 행실이 방정하고 평판이 좋았던 그 처녀는 그의 사악한 명성을 두려워했기에 한사코 그를 피했다. 그래서 어느 성 미카엘 축일**에 이 휴고는 처자의 오라비와 아비가 출타한 틈을 타 못된 한량 친구 대여섯 명과 농장에 침입해 처녀를 납치해 왔다. 휴고와 그 패거리는 처녀를 우선 윗방에 가둔 다음 평소 하던 대로 아래층에서 흥청망청 술판을 벌였다. 가련한 아가씨는 아래층에서 들려오는 노랫소리와 고함소리, 끔찍한 욕설에 실성할 지경이었는데, 와인에 취한 휴고 바스커빌이 지껄이는 말은 그 말을 그대로 전하는 사람도 저주받을 만큼 차마 입에 담기 힘든 말이었다고 한다. 극심한 공포에 떨던 처녀는 드디어 가장 용감하고 힘센 남자조차도 겁먹었을 일을 해냈는데, 성의 남쪽 벽을 뒤덮은(지금도 뒤덮고 있다) 담쟁이덩굴을 타고 처마 아래로 내려와, 황무지를 가로질러 집으로 달아난 것이다. 바스커빌 홀과 그녀 아비의 농장까지는 3리그***

* 1642~1651년. 의회파와 왕당파로 나뉘어 싸운 영국 내전을 말한다.
** 9월 29일. 보통 임대료를 걷는 날이다.
*** 약 15킬로미터.

나 떨어져 있었다.

　그런데 얼마 지나지 않아 휴고는 음식과 술을 가져다주러—어쩌면 다른 나쁜 의도도 품고—술자리를 떠나 포로한테 갔다가 새장이 텅 비고 새는 날아가버린 것을 알게 되었다. 그러자 그는 악마에 들린 듯 계단을 뛰어내려와 식당의 커다란 식탁 위에 펄쩍 뛰어올라 술병과 나무 쟁반을 뒤엎으며, 만약 그 계집을 붙잡을 수 있다면 그날 밤으로 악의 힘에게 자신의 몸과 영혼을 바치겠노라고 외쳤다. 술자리 사람들이 그 인간의 격노에 대경실색하고 있노라니 그 가운데 가장 못된 놈이, 어쩌면 가장 취했을지도 모르는 놈이 사냥개를 풀어 처녀를 쫓자고 외쳤다. 그 말을 듣고 휴고는 밖으로 뛰쳐나가 하인들을 부르며 말에 안장을 얹고 개를 풀라고 소리쳤다. 그러고는 사냥개들에게 처녀의 손수건 냄새를 맡게 한 다음 그녀가 달아났을 법한 방향으로 일제히 몰아서 달빛 아래 황무지로 추격에 나섰다.

　술판을 벌이던 놈들은 그렇게 황급하게 벌어진 일에 영문을 모르고 한동안 눈만 깜빡거리고 있었다. 그러나 곧 술기운이 깨어 정신을 차리고 황무지에서 어떤 일이 벌어질지를 깨달았다. 아수라장이 벌어졌다. 누구는 권총을 찾고, 누구는 말을 찾고, 누구는 와인을 더 가져오라고 고래고래 소리를 질러댔다. 그러나 마침내 어느 정도 정신을 차린 뒤, 다 해서 열세 명이 말을 타고 추적에 나섰다. 휘영청 밝은 달 아래로 그들은 처녀가 집으로 돌아가려면 반드시 지나가야 하는 경로를 따라 말머리를 나란히 하고 날래게 달렸다.

　1, 2마일을 갔을 무렵 그들은 황무지에서 밤을 지내는 양치기를 지나치게 되었고, 사냥개 무리를 보았느냐고 외쳐 물었다. 전해오는 이야기에 따르면 양치기는 두려움에 넋이 나가서 말도 제대로 잇지 못할 지경이었으나 마침내 정신을 차리고는 그 불행한 처녀가 사냥개에 쫓기고 있는 것을 보았다고 대답했다. "그것만이 아닙니다. 휴고 바스커빌이 검은 암말을 타고 지

나가는데 그 뒤로 지옥의 사냥개가 소리 없이 쫓아가고 있었습니다. 저는 그런 놈에게 쫓기는 일이 절대 없기를 하느님께 비나이다."

술 취한 지주들은 양치기에게 저주의 욕설을 퍼부은 후 계속 말을 몰았다. 그러나 그들은 곧 소름이 쫙 끼치고 말았으니, 황무지를 가로질러 전속력으로 질주하는 말발굽소리가 들려왔고 입가에 하얗게 거품을 문 검은 암말이 빈 안장과 마구를 질질 끌며 그들을 지나쳐간 것이다. 그러자 난봉꾼들은 서로 바짝 붙어 말을 몰았다. 커다란 두려움에 사로잡혔지만 계속 황무지를 가로질러 달려갔다. 그러나 그들이 만약 여럿이 아니라 혼자였다면 진작에 말머리를 돌렸을 것이다. 천천히 말을 몰고 가던 그들은 마침내 사냥개떼를 발견했다. 혈통이 좋고 용맹하기로 유명함에도 불구하고 이놈들은 황무지에 움푹 팬 곳, 우리가 고열goyal*이라고 부르는 깊은 구덩이 입구에 모여서 깨갱거리고 있었다. 어떤 녀석들은 살금살금 뒷걸음질쳤고 어떤 녀석들은 목덜미에 털이 곤두선 채 뚫어져라 눈앞의 협곡을 내려다보고 있었다.

일행은 마침내 말머리를 멈춰 세웠는데 짐작하다시피 출발했을 때보다 정신이 더 말짱해진 상태였다. 대부분은 가까이 다가가려고 하지 않았지만 가장 대담한, 어쩌면 가장 취한 세 사람이 고열로 말을 몰고 내려갔다. 고열은 오래전에 잊힌 어떤 종족들이 세운 거대한 돌기둥 두 개가 서 있는 탁 트인 빈터로 이어지는데 거기에는 지금도 그 돌기둥이 그대로 서 있다. 달이 너른 빈터를 비추고 그 한가운데에는 불행한 처녀가 쓰러져 있었는데 지치고 공포에 질려 이미 죽은 상태였다. 그러나 이 앞뒤 가리지 않는 난봉꾼들의 머리칼을 쭈뼛 서게 만든 것은 처녀의 시신이나 그 근처에 누워 있는 휴고 바스커빌의 시신이 아니라 휴고에게 올라타 목을 물어뜯고 있는 악독한

---

* 깊고 좁은 협곡을 일컫는 잉글랜드 서부 지방의 방언.

존재, 거대한 검은 짐승이었다. 사냥개처럼 생겼지만 여태까지 인간이 본 어느 사냥개보다 덩치가 큰 놈이 거기 있었다. 그들이 보고 있는 그 순간에도 휴고 바스커빌의 목덜미에서 살점을 뜯어내던 그놈이 고개를 돌려 이글거리는 눈과 피가 뚝뚝 떨어지는 턱을 그들에게 향했을 때, 세 사람은 공포에 질려 비명을 지르며 죽을힘을 다해 도망쳤다. 그들은 끝없이 비명을 질러대며 황무지를 가로질러 말을 달렸다. 그중 한 명은 자신이 목격한 광경때문에 그날 밤에 바로 죽었고, 다른 두 명은 그후 폐인이 되었다고 한다.

아들들아, 지금까지의 이야기가 우리 가문을 그렇게 괴롭혀왔다고 하는 사냥개가 나타나게 된 유래다. 내가 이 이야기를 기록으로 남기는 이유는 명확하게 아는 것이 막연히 추측하거나 짐작하는 것보다 덜 무섭기 때문이다. 우리 가문의 여러 사람이 불행한 죽음, 갑작스럽고 피로 얼룩진 불가사의한 죽음을 맞은 것은 부인할 수 없다. 그러나 성서에 위협적으로 쓰인 대로 세 대나 네 대를 지나서까지 무고한 이들이 한없이 벌받지는 않으리니, 우리는 무한히 선하신 신의 섭리 속에서 안식처를 구할 수 있으리라. 그러니 아들들아, 신의 뜻에 너희를 의탁하고, 신중한 주의를 기울여, 악의 힘이 창궐하는 어두울 때는 황무지 건너기를 삼가라고 권하노라.

(이것은 휴고 바스커빌이 그의 아들, 로저와 존에게 누이인 엘리자베스에게는 아무 말도 말라는 지시와 함께 남기는 글이다.)

모티머 박사는 이 기묘한 문서의 낭독을 마치고 안경을 이마 위로 올린 다음 셜록 홈스를 바라보았다. 홈스는 하품을 한 다음 담배꽁초를 난롯불 속에 던졌다.

"그래서요?"

"흥미롭지 않으신가요?"

"민담 수집가한테는 그렇겠지요."

모티머 박사는 주머니에서 접힌 신문지를 꺼냈다.

"홈스 씨, 이제 좀더 최근에 일어난 일에 대해 말씀드리겠습니다. 이것은 올해 6월 14일자 〈데번 카운티 크로니클〉입니다. 며칠 전 일어난 찰스 바스커빌 경의 죽음과 관련한 사실을 짤막하게 보도한 것이지요."

상체를 앞으로 살짝 내민 내 친구의 표정에는 강한 관심이 드러났다. 우리의 방문객은 안경을 다시 쓴 후 기사를 읽기 시작했다.

다음 선거에서 데번 중구의 유력한 자유당 후보로 점쳐지던 찰스 바스커빌 경의 급작스러운 죽음은 이 지방에 어두운 그림자를 드리웠다. 찰스 경은 바스커빌 홀에 비교적 짧은 기간을 거주했지만 온화한 성격과 깊은 아량으로 모든 지인들로부터 존경과 애정을 한몸에 받았다. 요즘 같은 벼락부자들의 시대에 유서 깊지만 가세가 기운 시골 명문가 사람이 자수성가해 영락한 집안을 다시 일으키기 위해 돌아온 경우는 보기 드문 일이다. 잘 알려진 대로 찰스 경은 남아프리카 금광에 투자해 큰 재산을 쌓았다. 현명했던 그는 행운이 끝나기 전 수익을 현금화하여 영국으로 돌아왔다. 그가 바스커빌 홀에 정착한 지는 이 년밖에 되지 않았고 그의 죽음으로 중단된 엄청난 규모의 재건 계획이 세간의 이야깃거리다. 후사가 없었던 찰스 경은 생전에 자신의 행운을 지역민이 함께 누려야 한다고 공공연히 소망해왔기에 그의 때이른 죽음을 비통해할 사람들이 많을 것이다. 이 지역에 대한 그의 아낌없는 자선 활동은 이 지면에도 자주 소개되었었다.

찰스 경의 죽음과 관련한 상황이 검시를 통해 깨끗하게 정리되었다고 할 수는 없지만 적어도 지방의 미신에 기인한 무성한 소문을 잠재우기에는 충분하다. 살인을 의심하거나 자연적 원인 이외에 다른 사인을 상상할 여지는 전혀 없다. 찰스 경은 홀아비였고 어떤 면에서는 다소 독특한 사고방식을 가졌다고 할 만한 사람이었다. 적잖은 재산에도 불구하고 그는 소박했고 바스커빌 홀의 집안 하인은 배리모어라는 부부뿐이었는데 남편은 집사로, 아내는 가정부로 일했다. 두 사람은 다른 여러 친구들의 진술이 뒷받침하는 대로, 찰스 경의 건강이 얼마 전부터 악화되었다고 증언했으며, 안색 변화와 호흡곤란, 격심한 신경쇠약에서 드러나듯이 특히 심장에 문제가 상당했던 것으로 보인다. 고인의 친구이자 주치의인 제임스 모티머 박사도 이러한 내용의 증언을 하였다.

　사건의 진상은 단순하다. 찰스 바스커빌 경은 매일 밤, 잠자리에 들기 전에 바스커빌 홀의 유명한 주목 오솔길을 산책하는 습관이 있었다. 배리모어 부부도 이런 사실을 증언했다. 6월 4일 찰스 경은 이튿날 런던으로 떠날 생각이라며 배리모어에게 짐을 꾸리라고 지시했다. 그날 밤 그는 평소처럼 밤 산책을 나갔고 산책하는 동안 습관대로 여송연을 피웠다. 그는 돌아오지 않았다. 열두시에 홀의 현관문이 여전히 열려 있는 것을 발견한 배리모어는 놀라서 램프를 들고 주인을 찾으러 나갔다. 그날은 날이 궂었기 때문에 오솔길에 난 찰스 경의 발자국을 쉽게 따라갈 수 있었다. 이 오솔길 중간쯤에 황무지 쪽으로 난 쪽문이 있다. 찰스 경이 거기에 얼마 동안 서 있었음을 암시하는 흔적들이 있었다. 그다음 그는 오솔길을 따라 계속 걸어갔고 시신은 오솔길 끄트머리에서 발견되었다. 한 가지 설명되지 않는 부분은 배리모어의 진술인데, 그는 찰스 경의 발자국이 황무지 쪽문을 지난 다음부터는 발끝으로 걸은 것처럼 바뀌어 있었다고 진술했다. 머피라는 집시 말장수가 그 시각에 찰스 경과 그리 멀지 않은 황무지에 있었지만 본인도 인정한 대로 술에 취해 인사불성이었던 것 같다. 그는 비명을 들었다고 밝혔지만 어느 방향에서 들려왔는지는 진술할 수 없었다. 찰스 경의 시신에서는 폭력의 흔적이 발견되지 않았으며, 의사는 안면 변형이 심했다고 증언했지만—사실, 안면 변형이 너무 심해서 모티머 박사는 처음에 눈앞의 시신이 자신의 친구이자 환자라고 믿지 못할 정도였다—호흡곤란과 심장 탈진에 의한 사망의 경우 안면 변형이 이례적인 경우는 아니라고 한다. 이는 부검에 의해서도 뒷받침되는데 부검 결과는 피해자가 장기간 심장 질환을 앓았음을 보여주며 검시 배심은 이러한 의학적 증거와 일치하는 평결을 내놓았다. 이런 평결이 나온 것은 다행스러운 일인데 찰스 경의 상속인이 바스커빌 홀에 정착하여, 애석하게도 중단된 훌륭한 사업을 이어가는 것이 무엇보다도 중요하기 때문이다. 특이사항이 없는 검시관의 발표는 이 사건과 관련된 사람들의 근거 없는 수군거림에 확실한 쐐기를 박았다. 그렇지 않았다면 바스커빌 홀의 거주자를 찾기 힘들었을 것이다. 찰스 경의 최근친은 만약 생존해 있다면, 헨리 바스커빌 씨라고 하며 그는 찰스 바스커빌 경의 동생의 아들이다. 가장 최근의 소식에 따르면 그는 미 대륙에 있었으며 그에게 찾아온 행운을 알리기 위한 탐문이 시작되었다.

모티머 박사는 신문지를 다시 접어 주머니에 집어넣었다. "이상이 찰스 바스커빌 경의 죽음과 관련한 공식적 사실입니다, 홈스 씨."

"분명히 몇 가지 흥미로운 특징을 보여주는 사건에 제 주의를 환기해주셔서 감사하다고 말씀드려야겠습니다. 저도 당시에 신문 기사를 본 기억이 납니다만 바티칸 카메오* 사건에 몰두해 있었고 또 교황 성하의 기대에 부응하려는 일념에서 영국의 흥미로운 여러 사건들에 신경쓰지 못했습니다. 이 기사에 사건과 관련해 공식적으로 알려진 사실이 모두 들어 있다는 말씀이지요?"

"그렇습니다."

"그럼 이제 공개되지 않은 사실을 알려주시죠." 홈스는 양손가락 끝을 마주대고 뒤로 기대앉은 채 일체의 감정을 배제한 재판관 같은 표정을 지었다.

다소 감정이 격해진 모티머 박사가 입을 열었다. "지금 제가 하려는 이야기

---

* 돋을새김을 한 조가비나 보석.

는 아직까지 아무에게도 털어놓지 않은 것입니다. 제가 검시에서 다음의 사실을 밝히지 않은 이유는 과학도로서 세간의 미신을 공개적으로 지지하는 입장이 되고 싶지 않았기 때문입니다. 또 신문에서 말하는 대로, 그렇잖아도 이미 암울해진 바스커빌 홀의 명성에 더 먹칠하는 일이 벌어진다면 바스커빌 홀이 주인 없이 남게 되리라는 이유도 있었습니다. 이런 연유로, 저는 아는 것을 모두 밝혀봤자 실질적으로 좋을 게 없으니 적당히 감추는 것이 옳다고 생각했습니다. 그러나 선생님께라면 제가 아는 것을 솔직하게 다 밝히지 않을 이유가 없지요.

황무지에는 사람이 거의 살지 않아서 가까이 사는 이들은 무척 친하게 지내게 됩니다. 이런 이유로 저는 찰스 바스커빌 경과 자주 만났습니다. 라프터 홀의 프랭클랜드 씨와 박물학자인 스테이플턴 씨를 제외하고 나면 수마일 인근에 배운 사람이라고는 없습니다. 찰스 경은 사람을 통 사귀지 않는 분이었지만 병환으로 인해 우리는 함께할 기회가 많았고 과학에 대한 공통의 관심사로 사이가 돈독해졌습니다. 그분은 남아프리카에서 과학 정보를 많이 가져왔고 우리는 부시맨과 호텐토트족의 비교해부학을 논의하며 즐거운 저녁 시간을 보내곤 했습니다.

지난 몇 달 사이에, 찰스 경의 신경은 극도로 예민해져 있었습니다. 찰스 경은 제가 두 분께 읽어드린 이 바스커빌 전설을 지나칠 정도로 진지하게 받아들였습니다. 어느 정도였냐면 찰스 경은 영지 일대로 산책을 나가곤 했지만 무슨 일이 있어도 밤중에 황무지로는 나가지 않았습니다. 홈스 씨에게는 황당무계하게 들리겠지만 찰스 경은 가문에 드리운 끔찍한 운명을 진심으로 믿고 있었고 확실히 선조에 대한 기록들은 그의 마음을 무겁게 했지요. 어떤 무서운 존재에 대한 생각이 한시도 그의 머릿속을 떠나지 않았고 그는 제게 밤에 왕진 다닐 때 이상한 짐승을 보거나 사냥개가 짖는 소리를 들은 적이 없냐고 몇 번이나 묻기도 했습니다. 특히 사냥개가 짖는 소리에 대해서는 여러 차례 물었는데 그때마다 흥분으로 떨리는 목소리였습니다.

　끔찍한 사건이 일어나기 삼 주 전쯤 저녁에 바스커빌 홀로 마차를 타고 간 일을 또렷이 기억합니다. 그때 찰스 경은 현관문에 나와 있었지요. 제가 이륜마차에서 내려 찰스 경을 마주보고 섰을 때 찰스 경은 아주 무시무시한 공포에 사로잡혀 제 어깨 너머를 뚫어지게 노려보고 있었습니다. 제가 뒤를 획 돌아보니 저택 진입로를 지나가는 커다란 검은 송아지로 짐작되는 것이 얼핏 보였습니다. 찰스 경이 너무나도 놀라고 흥분한 상태였기 때문에 제가 짐승이 있었던 자리로 가서 확인해보지 않을 수 없었지요. 하지만 그놈은 이미 자취를 감췄고 그 일은 찰스 경에게 최악의 영향을 끼쳤던 것 같습니다. 저는 그날 저녁 내내 찰스 경 곁을 지켰는데 그때 찰스 경은 자신이 왜 그렇게까지 놀랐는지 설명하고자 앞서 두 분께 읽어드린 그 문서의 이야기를 제게 털어놓았지요. 제가 이 사소한 일화를 말씀드리는 이유는 뒤이어 일어난 비극과 관련 있어 보이기 때문입니다. 그렇지만 당시에는 그 문제가 전혀 중요하지 않고 찰스 경이 과한 반응을 보인다고만 생각했었습니다.

　찰스 경이 런던으로 떠나기로 결정한 것은 바로 저의 권고에 따른 것이었습니다. 계속되는 불안감으로 그분의 심장은 급속도로 나빠지고 있었고, 그 원인이 아무리 허무맹랑하다고 하더라도 건강을 악화시키고 있는 것이 분명했으니까요. 저는 그분이 도시에서 몇 달을 보내며 다른 일에 몰두하면 완전히 딴사람이 되어 돌아오실 거라고 생각했습니다. 그분의 건강을 크게 염려한 스테이플턴 씨도 같은 의견이었지요. 그런데 마지막 순간에 이 끔찍한 파국이 닥친 것입니다.

　찰스 경이 죽은 그날 밤에 시신을 발견한 집사 배리모어는 마부인 퍼킨스를 말에 태워 보내 저에게 소식을 알렸습니다. 저는 늦게까지 깨어 있었기 때문에 사건이 일어난 지 한 시간도 못 되어 바스커빌 홀로 달려갈 수 있었습니다. 저는 검시에서 진술한 모든 사실들을 검토하고 확인했습니다. 주목 오솔길을 따라 난 발자국을 따라갔고 황무지 쪽문 옆 찰스 경이 잠시 서 있었던 것으로 보이는 지점을 두 눈으로 보았습니다. 저는 그 지점부터 발자국 모양이 달라진 것을 알아차렸고 부드러운 자갈로 덮인 길 위에는 배리모어의 발자국 외에 아무런 발자국도 없음을 보았으며, 마지막으로 제가 도착할 때까지 아무도 손대지 않은 시신을 세심하게 검시했습니다. 찰스 경은 두 팔을 벌리고 엎드린 자세였고 손가락은 땅에 박혀 있었습니다. 그의 얼굴은 격한 감정에 휩싸여 심하게 일그러진 상태라 처음에는 신원을 확인할 수 없을 정도였습니다. 신체적 상해는 일절 없었습니다. 그러나 배리모어의 진술에는 한 가지 틀린 것이 있습니다. 그는 시신 주변에 아무런 흔적도 없었다고 말했지요. 그는 보지 못했습니다만 저는 봤습니다—약간 떨어진 거리이긴 했지만 갓 찍힌 또렷한 흔적이었습니다."

"발자국이었습니까?"

"발자국이었습니다."

"남자의? 아니면 여자의 발자국이었습니까?"

모티머 박사는 한순간 우리를 의미심장한 눈길로 쳐다보고 거의 속삭이는 듯한 착 가라앉은 목소리로 말했다.

"홈스 씨, 그것은 거대한 사냥개의 발자국이었습니다!"

3장
문제

 고백하자면 나는 이 말을 들었을 때 등골이 오싹했다. 모티머 박사의 목소리에서는 전율이 느껴졌고 그 자신도 우리에게 들려준 이야기에 깊이 동요하고 있었다. 신이 나서 몸을 앞으로 내민 홈스의 눈은, 큰 흥미를 느낄 때면 으레 그렇듯이 매섭게 번뜩였다.
 "박사님께서 그 발자국을 보셨단 말씀이시죠?"
 "제가 지금 홈스 씨를 보는 것처럼 똑똑히 보았습니다."
 "그런데 아무런 말씀도 하지 않으셨다는 겁니까?"
 "말해봐야 무슨 소용이 있었겠습니까?"
 "어째서 다른 사람들은 그 발자국을 보지 못했습니까?"
 "발자국은 시신에서 20야드 정도 떨어져 있었으니 아무도 살펴볼 생각을 못했습니다. 저도 이 전설을 몰랐다면 살펴보지 않았을 것입니다."
 "황무지에는 양치기 개가 많죠?"
 "물론입니다. 하지만 그것은 양치기 개의 발자국이 아니었습니다."
 "발자국이 컸다고 하셨죠?"
 "엄청나게 컸습니다."
 "하지만 시신 옆에는 다가온 흔적이 없었고요?"

"네."

"그날 밤은 날이 어땠습니까?"

"습하고 싸늘했습니다."

"그렇다고 비가 내리지는 않았죠?"

"네."

"오솔길은 어떻게 생겼습니까?"

"길 양옆으로 오래된 주목 산울타리가 서 있는데 높이가 12피트 정도이고 빽빽해서 뚫고 지나갈 수 없습니다. 가운데에 난 길의 폭은 대략 8피트이고요."

"산울타리와 길 사이에 다른 것은 없습니까?"

"있습니다. 길 양쪽 가장자리를 따라 폭이 대략 6피트인 잔디밭이 길게 뻗어 있습니다."

"주목 산울타리 한 군데에 문이 나 있어서 드나들 수 있다고 하셨지요?"

"예, 황무지로 통하는 쪽문이 나 있습니다."

"다른 출입구는 없고요?"

"전혀 없습니다."

"그렇다면 주목 오솔길로 가려면 저택 쪽에서나 황무지 쪽문으로만 진입할 수 있겠군요?"

"오솔길 끝에 있는 여름 별채를 통해 밖으로 나갈 수 있습니다."

"찰스 경이 거기까지 갔습니까?"

"아뇨. 시신은 거기서 대략 50야드 떨어져 있었습니다."

"그럼, 모티머 박사님—이건 굉장히 중요한 사안인데요—박사님이 보신 발자국은 길 위에만 나 있고 잔디밭에는 없었습니까?"

"잔디밭에는 발자국이 날 수 없지요."

"발자국은 오솔길에서 황무지로 나가는 쪽문 쪽에 있었습니까?"

"예. 황무지 쪽문 쪽 오솔길 가장자리에 있었습니다."

"박사님의 답변은 굉장히 흥미롭군요. 궁금한 점이 또 한 가지 있습니다. 쪽문은 닫혀 있었습니까?"

"닫혀 있기만 한 게 아니라 자물쇠로 잠겨 있었습니다."

"문 높이는 얼마나 되지요?"

"대략 4피트입니다."

"그럼 사람이 넘어갈 수 있었겠네요?"

"예."

"그럼 쪽문 옆에서는 어떤 흔적을 발견했습니까?"

"딱히 없었습니다."

"원 세상에! 아무도 조사하지 않았단 말입니까?"

"아뇨, 제가 조사했습니다."

"그런데 아무것도 발견하지 못하셨다?"

"온통 어지럽혀져 있었습니다. 아무래도 찰스 경이 거기서 오 분이나 십 분쯤 서 있었던 것 같습니다."

"그걸 어떻게 아시지요?"

"찰스 경의 여송연에서 떨어진 재가 두 군데에 있었기 때문입니다."

"훌륭하시군요! 왓슨, 이분은 우리와 통하는 동료시네. 하지만 다른 발자국은요?"

"자갈이 깔린 그 좁은 곳은 온통 찰스 경의 발자국으로 덮여 있었고 다른 발자국은 찾아낼 수 없었습니다."

홈스는 안달이 난 듯 무릎을 쳤다.

"내가 거기 있어야 했는데!" 홈스가 소리쳤다. "분명, 대단히 흥미로운 사건입니다. 과학 전문가에게 굉장한 기회를 주는 사건입니다. 저라면 그 자갈길에서 많은 것을 읽어낼 수 있었을 텐데, 벌써 오래전에 비에 씻겨나가고 호기심에 찬 농부들의 나막신에 다 지저분해져버렸겠군요. 오, 박사님, 박사님,

왜 그때 저를 찾아오지 않으셨습니까? 정말이지 박사님 책임이 큽니다."

"홈스 씨, 당신을 찾아오려면 이 같은 사실을 만천하에 드러내야 했지요. 그리고 제가 그렇게 하고 싶지 않았던 이유는 이미 말씀드렸고요. 게다가, 저 그러니까……"

"망설이지 말고 말씀하십시오."

"예리하고 경험 많은 탐정이라도 어쩔 수 없는 영역이란 게 있습니다."

"그것이 초자연적인 존재란 뜻입니까?"

"딱 잘라서 그렇다고 말하지는 않았습니다."

"하지만 분명히 그렇게 생각하고 계시네요."

"홈스 씨, 그 비극 이후로, 자연의 이치와 어긋나는 여러 풍문들이 들려왔습니다."

"그러니까 예를 들면요?"

"그 끔찍한 사건이 일어나기 전에 여러 사람들이 황무지에서 이 바스커빌의 악령과 일치하는, 지금까지 과학계에 알려진 어느 동물과도 일치하지 않는 짐승을 목격했습니다. 목격자들은 하나같이 그것이 엄청나게 크고 어둠 속에서 빛을 내며, 무시무시하고 유령같이 생겼다고 입을 모았습니다. 이들에게 캐물어봤는데 한 명은 고지식한 시골 사람이고, 한 명은 대장장이 겸 말 의사, 한 명은 황무지의 농부로, 모두가 이 무시무시한 환영에 대해 같은 이야기를, 다시 말해 전설에 나오는 지옥의 사냥개와 정확히 일치하는 이야기를 들려주었습니다. 그 지방 일대는 공포에 떨고 있으며 밤에 황무지를 건너가는 사람은 겁이 없는 사람이라고 장담할 수 있습니다."

"그러면 박사님께서는 과학을 공부하신 사람으로서, 그것이 초자연적 존재라고 믿으십니까?"

"저는 무엇을 믿어야 할지 모르겠습니다."

홈스는 어깨를 으쓱했다. "여태까지 제 수사는 이 세계에만 국한되어 있었습니다. 저는 미약하나마 악과 맞서 싸워왔지만 무려 악의 원천과 맞서는 것은 너무 야심찬 임무일지도 모르겠습니다. 하지만 박사님도 발자국이 물리적 실체라는 점은 인정하셔야 합니다."

"전설 속의 사냥개도 인간의 목을 물어뜯을 만큼 물리적으로 실체가 있지만 악마적이기도 했지요."

"초자연론 쪽으로 완전히 기우신 것 같군요. 하지만 모티머 박사님, 그렇다면 말입니다. 박사님 생각이 그러시다면 대체 왜 제게 상의하러 오셨습니까? 박사님께서는 찰스 경의 죽음을 조사하는 것은 소용없다고 말해놓고서 제가 조사하기를 바라시는군요."

"홈스 씨께서 조사해주기를 바란다고 말하지 않았습니다."

"그러면 제가 어떻게 도와드릴 수 있을까요?"

"제가 헨리 바스커빌 경께 어떻게 해야 할지 조언을 해주시면 됩니다. 그분은 워털루역에," 모티머 박사는 자신의 시계를 봤다. "정확히 한 시간 십오 분 뒤에 도착할 예정입니다."

"그가 상속인입니까?"

"예. 찰스 경이 별세한 즉시 저희는 이 젊은 신사분을 수소문해 그가 캐나다에서 농장을 경영하고 있다는 사실을 알아냈습니다. 우리가 전해 들은 각종 소식들로 볼 때 이 젊은이는 어느 모로 보나 흠잡을 데 없는 사람인 듯합니다. 저는 이제 의사가 아니라 찰스 경의 유언장 수탁자이자 집행인으로서 이야기하고 있는 것입니다."

"그럼, 상속권을 주장하는 다른 사람은 없는 것이군요?"

"예. 우리가 추적할 수 있던 유일한 다른 친척은 로저 바스커빌로, 고인인 찰스 경은 삼형제 중 장남이고 로저는 막내입니다. 젊어서 죽은 둘째는 이 젊은이 헨리의 아버지죠. 셋째인 로저는 가문의 골칫거리였습니다. 그는 거만한 바스커빌의 옛 혈통을 타고났고, 생긴 것도 가족 초상화에 그려진 그 휴고의 판박이였다고들 하더군요. 말썽을 일으켜 영국에 있을 수 없게 되자 중앙아메리카로 달아났다가 1876년에 황열병으로 거기에서 죽었습니다. 헨리는 바스커빌 가문의 마지막 후손입니다. 한 시간 오 분이 지나면 워털루역에서 그를 맞이해야 합니다. 그가 오늘 아침 사우샘프턴에 도착했다는 전보를 받았습니다. 자, 홈스 씨, 제가 어떻게 대처해야 할지 조언해주시겠습니까?"

"그가 본가로 못 돌아갈 건 없지 않습니까?"

"돌아가는 게 자연스러운 것 같죠? 하지만 거기에 들어간 바스커빌가 사람들은 하나같이 불운한 운명을 맞았다는 것을 생각해보십시오. 만약 찰스 경이 돌아가시기 전에 저와 이야기할 수 있었다면 이 오랜 혈통의 마지막 후손이자 막대한 재산의 상속인을 그 치명적인 곳에 데려오는 일을 반대했을 거라 확신합니다. 하지만 가난하고 암울한 그 일대의 번영이 바스커빌 홀의 주인에게 달려 있음은 부인할 수 없습니다. 만약 바스커빌 홀에 주인이 없다면 찰스 경이 해온 모든 훌륭한 사업은 무위로 돌아갈 것입니다. 제가 눈앞에 빤히 보이는 이런 이해관계에 너무 좌지우지될까봐 걱정입니다. 그래서 제가 홈스 씨에게 조언을 구하는 것입니다."

홈스는 잠시 생각에 잠겼다. "쉽게 말해서 문제는 이거라는 거죠. 박사님 생각으로는 악마적 힘이 존재해서 바스커빌가 사람에게는 다트무어가 안전하지 못한 거처다—이런 의견이신 거죠?"

"그럴지도 모른다는 증거가 있다고까지 말할 수 있겠습니다."

"그렇군요. 하지만 박사님의 초자연적 이론이 맞는다면 그 초자연적 힘은 그 젊은이에게 데번셔에서만큼 런던에서도 작용할 수 있겠지요. 마치 교구 관할권처럼 국지적 힘만 누리는 악마란 있을 수 없는 것 아니겠습니까?"

"홈스 씨께서는 문제를 너무 가볍게 보시는군요. 하지만 이 사건과 더 직접적으로 엮이게 된다면 생각이 달라지실 겁니다. 아무튼 선생님의 조언은 그 젊은이가 런던에서만큼 데번셔에서도 안전하리라는 거죠? 그는 이제 오십 분

안으로 도착할 겁니다. 제가 어떻게 하면 좋겠습니까?"

"선생님, 마차를 잡아서 지금 제 집 앞문을 열심히 긁고 있는 스패니얼을 데리고, 워털루역으로 가서 헨리 바스커빌 경을 만나십시오."

"그러고 나서는요?"

"그 문제에 대해서 제가 결정을 내리기 전까지 그에게 아무런 이야기도 하지 마십시오."

"결정을 내리시는 데 얼마나 걸릴까요?"

"이십사 시간입니다. 내일 아침 열시에 이곳을 방문해주시면 고맙겠습니다. 그때 헨리 바스커빌 경도 모시고 오면 앞으로 계획을 세우는 데 큰 도움이 될 것입니다."

"그렇게 하지요, 홈스 씨."

그는 셔츠 소맷부리에 약속 시간을 휘갈기고는 특유의 그 기이하고 멍하며 얼빠진 태도로 서둘러 출발했다. 홈스는 그를 계단 들머리에서 멈춰 세웠다.

"딱 하나만 더 묻겠습니다. 모티머 박사님. 찰스 바스커빌 경이 죽기 전에 여러 사람이 그 유령을 황무지에서 봤다고 말씀하셨죠?"

"세 사람이 봤습니다."

"찰스 경의 죽음 이후로 누가 또 목격한 적이 있습니까?"

"그렇다는 얘기는 못 들었습니다."

"감사합니다. 안녕히 가십시오."

홈스는 눈앞에 마음에 드는 임무가 있음을 뜻하는 내심 흡족한 표정으로 말없이 자리로 돌아왔다.

"나갈 참인가, 왓슨?"

"내가 딱히 도울 일이 없다면."

"그래, 내가 자네에게 도움을 구할 때는 행동이 필요한 순간이지. 하지만 이 사건은 굉장해. 몇몇 측면에서 정말로 독특한 사건이야. 브래들리를 지나가게 되면 가장 독한 살담배 1파운드만 여기로 보내달라고 말해주겠어? 고마워. 저녁에나 귀가해주면 고맙겠어. 그때쯤에, 오늘 아침 우리에게 맡겨진 이 흥미로운 문제에 관한 인상을 서로 비교해보지."

나는 내 친구가 고도로 정신 집중을 할 때에는 혼자 있어야만 한다는 사실을 잘 알았다. 그럴 때 그는 증거들을 낱낱이 따져 보고 가설을 세워 대안을 찾고, 각각의 가설들을 저울질해 본질과 그렇지 않은 것을 가려냈다. 따라서 나는 클럽에서 낮을 보내고 저녁이 되어서야 베이커가로 돌아왔다. 내가 베이커가의 거실에 다시 들어선 것은 저녁 아홉시가 다 되어서였다.

거실 문을 열었을 때 처음에는 불이 난 줄 알았다. 거실 안은 연기로 가득차서 탁자 위 램프의 불빛이 흐릿해 보였다. 그러나 안으로 들어서자 내 걱정은 금방 사라졌다. 문제의 연기는 저질 담배에서 나오는 매캐한 연기로, 독한 담배 연기가 목을 파고들자 콜록콜록 기침이 나왔다. 자욱한 연기 사이로 실내복 가운을 걸치고 검은 도기 파이프를 입에 문 채 안락의자에 웅크리고 앉아 있는 홈스의 모습이 어렴풋하게 보였다. 주변에는 종이 두루마리가 여러 장 널려 있었다.

"감기 걸렸나, 왓슨?"

"아니, 이 독한 연기 때문이네."

"그러고 보니 꽤나 자욱한 것 같군."

"자욱하다고? 아니, 도저히 참을 수 없을 정도네!"

"그럼 창문을 열어! 하루종일 클럽에 있었나보군."

"홈스!?"

"내가 맞았나?"

"물론, 하지만 어떻게……?"

그는 나의 어리둥절한 표정에 껄껄 웃었다.

"왓슨, 자네한테는 정말 맘에 쏙 들게 신선한 구석이 있어. 자네를 희생양

삼아, 나의 작은 능력이라도 발휘하는 것은 즐겁단 말이지. 신사분이 비가 오락가락하고 질퍽질퍽한 날에 외출을 한다. 그런데 저녁에 모자와 부츠가 반짝반짝 윤이 나는 모습으로 귀가한다. 하루종일 어디 한곳에 죽치고 있었다는 것인데, 그는 절친한 친구도 없는 사람이다. 그렇다면 대체 어디에 가 있었을까? 빤한 거 아닌가?"

"흠, 정말 빤하군."

"세상은 빤한 것들로 가득차 있는데 아무도 여태 그것들을 관찰하지 않은

거지. 그럼 난 어디에 갔다왔을까?"

"물론 여기 꼼짝 않고 있었겠지."

"아니, 데번셔에 다녀왔어."

"머릿속에서?"

"맞았어. 그 사이에 내 몸은 이 안락의자에 줄곧 머무르면서 유감스럽게도 커피 두 주전자를 마시고 엄청나게 담배를 피웠어. 자네가 나간 후 스탠퍼드 지도 상점에 사람을 보내 그 황무지가 나온 육지 측량부의 지도를 보내달라고 부탁해서, 내 정신은 온종일 그 위를 맴돌았어. 그러니 이제 그곳 지리를 제법 안다고 자부하지."

"대축척 지도인가보지?"

"아주 세밀한 대축척 지도야." 그는 지도의 한 부분을 펼쳐 무릎 위에 올려놓았다. "여기가 우리의 관심 지역이야. 바스커빌 홀은 중앙에 있지."

"주변으로 숲이 둘러싸고 있는 거?"

"응. 물론 주목 오솔길이라는 이름으로 표시되어 있지 않지만 그 길이 이 선을 따라, 자네가 보다시피 황무지를 오른쪽에 낀 채 쭉 뻗어 있을 거야. 여기 건물들이 옹기종기 모여 있는 곳은 그림펜 마을로, 우리 친구 모티머 박사의 본부가 있는 곳이지. 자네도 보다시피 5마일 반경 안으로 인가는 드문드문 흩어져 있어. 여기는 모티머 박사가 말한 라프터 홀이야. 여기에 표시된 집은 박물학자의 집인 것 같아—내 기억이 맞는다면 이름이 스테이플턴이지. 여기 이 두 집은 황무지의 농가인데 하이 토어*와 파울마이어지. 다음으로 14마일 떨어진 곳에 커다란 프린스타운 형무소가 있어. 이 흩어진 지점들 사이와 주변으로, 황량하고 생명체가 살지 않는 황무지가 펼쳐져 있지. 그럼, 여기가 바

---

* High Tor. 여기서 Tor는 잉글랜드 다트무어에 발달한, 화강암 암괴가 있는 바위산 또는 그 암괴를 말한다.

로 비극이 벌어진 무대지. 우리가 그 재연을 도울지도 모르겠구먼."

"틀림없이 을씨년스러운 곳이겠군."

"그래, 썩 훌륭한 무대지. 만약에 정말로 악마가 인간사에 관여하려고 한다면—"

"그럼 자네도 초자연적 설명 쪽으로 기우는 건가?"

"악마의 대리인은 피와 살을 지녔을 수도 있어, 안 그래? 우리 앞에는 우선 두 가지 질문이 기다리고 있어. 첫째, 정말로 어떤 범죄가 저질러지기는 했는가? 둘째, 그 범죄는 무엇이었고 또 어떻게 저질러졌는가? 물론 모티머 박사의 의견이 옳다면 우리는 일반적인 자연법칙 바깥의 힘들을 상대하고 있는 셈이니 수사는 거기서 끝이야. 하지만 이 가설로 되돌아오기 전에 다른 가설들을 타진해봐야 해. 자네만 괜찮다면 이제 저 창문을 닫아도 될 것 같은데. 이상한 일이긴 하지만, 집중된 공기가 생각을 집중하는 데도 도움이 되더라고. 생각을 하기 위해 상자 안에 들어가야 한다고까지는 주장하지 않겠지만 그것이 내 확신의 논리적 결론이지. 자네도 이 사건을 곰곰 생각해봤나?"

"응, 오늘 내내 많이 생각해봤지."

"어떻게 생각해?"

"갈피를 못 잡겠어."

"확실히 이 사건은 독특해. 몇 가지 특이점이 있지. 예를 들어, 발자국의 변화 말이야, 자넨 어떻게 생각해?"

"모티머는 찰스 경이 오솔길의 나머지 부분을 발끝으로 걸었다고 했지."

"모티머는 검시에서 어떤 바보가 한 말을 그대로 되풀이했을 뿐이야. 사람이 왜 오솔길을 발끝으로 걸어야 하는데?"

"그럼 어떻게 된 거야?"

"찰스 경은 달리고 있었어, 왓슨—필사적으로, 목숨을 건지려고 달리고 있었어. 심장이 터져서 얼굴을 처박고 쓰러져 죽을 때까지."

3장 41

"대체 뭘 피하려고 그렇게 달린 거지?"

"그게 바로 우리의 문제지. 찰스 경이 달리기 전부터 공포에 질려 있었음을 암시하는 단서들이 있어."

"어떻게 알 수 있나?"

"나는 그 공포의 원인이 황무지 건너에서 왔을 거라고 추정하고 있어. 만약 그렇다면, 그리고 그게 가장 그럴듯한 것 같은데, 이미 제정신이 아닌 사람만이 집이 아니라 그 반대 방향으로 도망칠 테니까. 집시의 증언이 사실이라면 그는 도움의 손길을 구하기 가장 어려운 방향으로 도와달라고 외치며 달려갔어. 게다가 그는 그날 밤 대체 누구를 기다리고 있었을까? 그리고 그 사람을 왜 자신의 집이 아니라 주목 오솔길에서 기다리고 있었을까?"

"자넨 그가 누군가를 기다리고 있었던 것 같단 말이지?"

"찰스 경은 나이가 지긋하고 몸도 좋지 않았지. 그가 저녁 산책을 한다는 것은 이해할 수 있지만 그날 밤은 땅도 질고 날도 궂었어. 모티머 박사가 내가 추측한 것보다는 더 현실감각이 있어서 여송연 재에서 추리해낸 대로, 찰스 경이 오 분에서 십 분 정도를 서 있었다는 게 자연스러운 일일까?"

"하지만 찰스 경은 저녁마다 산책을 나갔다고 했잖아?"

"그렇지만 찰스 경이 매일 저녁 황무지 쪽문에서 서성였을 것 같지는 않아. 오히려 그는 황무지를 피했었지. 그런데 그날 밤 그는 거기서 기다렸어. 그날 밤은 그가 런던으로 떠나기 전날이었지. 사건이 점점 윤곽을 갖춰가고 있어, 왓슨. 점점 논리가 서고 있다고. 바이올린 좀 건네주겠나? 이 사건에 대해서는 내일 아침 모티머 박사와 헨리 바스커빌 경을 만날 때까지 생각을 잠시 미루도록 하지."

4장
헨리 바스커빌 경

　우리의 아침 식탁은 일찌감치 치워졌고 홈스는 실내복 차림으로 약속된 만남을 기다렸다. 의뢰인들은 시간을 아주 잘 지켜, 시계가 열시를 치자마자 모티머 박사와 젊은 준남작이 모습을 드러냈다. 준남작은 몸집이 작고 기민하며 눈동자가 검은 서른 살 즈음의 건장한 젊은이로, 검고 짙은 눈썹에 강인하고 호전적인 인상을 풍겼다. 그는 불그레한 트위드 양복을 입었고, 많은 시간을 야외에서 보냈는지 얼굴이 햇볕과 비바람에 거칠어져 있었지만 그의 흔들림 없는 눈빛과 자신감이 담긴 거동에서 그가 신사임을 알 수 있었다.
　"이쪽은 헨리 바스커빌 경입니다." 모티머 박사가 소개했다.
　"그 왜, 참 이상한 일입니다만, 셜록 홈스 씨, 여기 제 친구가 오늘 아침 당신을 찾아뵙자고 말하지 않았더라도 제 발로 여기를 찾아왔을 겁니다. 선생님께서 소소한 수수께끼들을 푸신다고 들었는데 오늘 아침 제 머리로는 풀기 어려운 수수께끼가 생겼습니다."
　"부디 자리에 앉으시지요, 헨리 경. 런던에서 무슨 이상한 일을 겪으셨다는 말씀인지요?"
　"그렇게 중요한 것은 아닙니다. 홈스 씨. 틀림없이 장난일 겁니다. 오늘 아침 이런 편지를 받았습니다. 이걸 편지라고 할 수 있을지는 모르겠습니다만."

그는 탁자 위에 봉투를 꺼내놓았고 우리는 모두 그것을 들여다봤다. 잿빛 봉투는 평범해 보였다. '헨리 바스커빌 경, 노섬벌랜드 호텔'이라는 주소가 삐뚤빼뚤한 글자로 적혀 있었고, 우체국 소인은 '채링 크로스', 날짜는 전날 저녁으로 찍혀 있었다.

"당신이 노섬벌랜드 호텔로 간다는 것을 누가 알고 있었습니까?" 홈스는 우리의 방문객을 예리하게 주시하며 물었다.

"아무도 몰랐을 겁니다. 모티머 박사를 만나고 나서야 거기로 숙소를 정했으니까요."

"물론 모티머 박사께선 거기에 묵고 계셨겠지요?"

"아닙니다. 저는 친구 집에 묵고 있었습니다. 우리가 이 호텔로 갈 계획이라는 건 아무도 몰랐습니다."

"흠! 누군가 두 분의 움직임에 지대한 관심을 갖고 있는 것 같군요." 홈스는 봉투에서 두 번 접힌 반 장짜리 풀스캡판* 종이를 꺼내 탁자 위에 펼쳐놓았다. 종이 한가운데에는 인쇄된 단어들을 하나씩 붙인 방식으로 한 문장이 구성되어 있었다. 문장은 다음과 같았다. "당신이 당신의 삶 또는 당신의 이성을 가치 있게 여긴다면 황무지를 멀리하라." '황무지'라는 단어만 잉크로 쓰여 있었다.

헨리 경이 입을 열었다. "자, 홈스 씨, 도대체 이게 무슨 소린지, 또 제 일에 이렇게 많은 관심을 갖고 있는 사람이 누군지 가르쳐주시겠습니까?"

"모티머 박사님은 어떻게 생각하십니까? 어쨌거나, 이 일에는 초자연적인 구석이 전혀 없다는 것을 인정하시겠지요?"

"예, 그렇습니다. 하지만 이 편지는 그 사건이 초자연적이라고 확신하는 사람으로부터 왔을지도 모릅니다."

---

* 약 203×330밀리미터 크기의 대형 인쇄용지. '대판 양지'라고도 부른다.

"무슨 사건 말입니까?" 헨리 경이 날카롭게 물었다. "여러분 모두 저보다 제 일에 대해 훨씬 많이 아시는 것 같군요."

"헨리 경, 이 방을 떠나기 전에 저희가 아는 것을 헨리 경도 다 아시게 될 겁니다. 약속드리죠." 홈스가 말했다. "지금은, 괜찮으시다면 흥미롭기 그지없는 이 편지에 집중하도록 합시다. 편지는 틀림없이 어제저녁에 작성되어 부쳐졌을 겁니다. 어제 치 〈타임스〉가 있나, 왓슨?"

"여기 구석에 있네."

"수고스럽겠지만 이쪽으로 건네주겠나—사설이 실린 안쪽 면으로?" 그는 사설 위아래로 시선을 옮기며 재빨리 지면을 훑어보았다. "자유무역에 관한 뛰어난 논설이군요. 괜찮으시다면 제가 일부를 발췌해 읽어드리죠. '보호관세로 당신의 특수 무역 또는 당신의 산업이 장려될 것이라는 생각에 당신이 혹할 수도 있겠지만 그러한 입법은 장기적으로 이 나라에 들어오는 부를 멀리하고, 수입품의 가치를 떨어뜨리고, 이 나라의 전반적 삶의 수준을 떨어뜨리리라고 보는 것이 이성적이다.' 어떻게 생각하나, 왓슨?" 홈스는 만족스럽게 손을 비비며 신이 나서 외쳤다. "훌륭한 논지라고 생각하지 않나?"

모티머 박사는 전문가적인 흥미를 보이며 홈스를 쳐다보았고 헨리 바스커빌 경은 영문을 모르겠다는 듯 까만 두 눈을 내 쪽으로 돌렸다.

"저는 관세와 그런 종류의 일에 관해서는 아는 게 별로 없습니다만," 헨리 경이 입을 열었다. "편지와 관련해서 우리가 살짝 옆길로 샌 것 같군요."

"천만에요. 우린 제대로 가고 있는데요, 헨리 경. 여기 왓슨은 당신보다 저의 추리방법론에 대해 더 많이 압니다만, 안타깝게도 왓슨마저도 이 문단의 중요성을 파악하지 못한 것 같군요."

"그래, 솔직히 말해서 무슨 연관성이 있는지 전혀 모르겠는걸?"

"하지만, 친애하는 왓슨, 아주 긴밀한 연관성이 있다네. 편지는 기사에서 발췌되었지. 당신이, 당신의, 당신의, 삶, 이성, 가치, 를 멀리하고. 이제 이 단어들이 어디서 왔는지 알겠는가?"

"세상에, 맞아요! 정말 영리하군요." 헨리 경이 소리쳤다.

"조금이라도 의심스럽다면 '를 멀리하고'가 한꺼번에 잘려나온 것을 보면 그 의심이 풀리실 겁니다."

"아, 흠…… 그렇군요!"

"정말이지, 홈스 씨, 제가 상상하는 것 이상이시군요." 모티머 박사가 경탄스러운 눈길로 내 친구를 바라보며 말했다. "누구라도 그 단어들이 신문에서 왔다고 말할 수야 있겠지만, 정확히 어느 신문인지, 그리고 그것이 사설에서 나왔다는 것까지 지적할 수 있다니, 정말이지 제가 지금까지 본 것 중에서 가장 대단한 일입니다. 대체 어떻게 아셨지요?"

"박사님, 박사님께서는 흑인과 에스키모의 두개골을 구별하시죠?"

"물론이지요."

"그럼 어떻게 구별하십니까?"

"그야 그것이 저의 특별한 취미니까요. 그 둘의 차이점은 명백합니다. 상안와능선, 안면 각도, 상악골 곡면……"

"이것은 저의 특별한 취미이고 신문 활자의 차이 역시 명백하지요. 제 눈에 〈타임스〉 기사의 버조이스* 활자와 싸구려 석간신문의 조잡한 활자 사이에는 박사님의 흑인과 에스키모의 두개골만큼 커다란 차이가 있습니다. 활자를 식별하는 것은 범죄 전문가에게 가장 초보적인 능력입니다. 물론 저도 소싯적에는 〈리즈 머큐리〉와 〈웨스턴 모닝 뉴스〉의 활자를 헷갈리기도 했지요. 하지만 〈타임스〉 사설란은 아주 특징적이어서 이 단어들이 다른 곳에서 왔을 리가 없습니다. 또 편지가 어제 작성되었다는 것은 우리가 그 단어들을 어제 치 신문에서 찾아낼 확률이 높다는 걸 뜻하죠."

* bourgeois. 9포인트 크기의 활자.

"그렇다면, 홈스 씨, 제가 이해하는 한," 헨리 바스커빌 경이 말했다. "누군가가 이 메시지를 가위로……"

"손톱 가위로," 홈스가 끼어들었다. "날이 아주 짧은 가위로 잘랐다는 것을 보실 수 있을 겁니다. '를 멀리하고'를 잘라내기 위해 가위질을 두 번 해야 했거든요."

"그렇군요. 그렇다면 누군가가 날이 짧은 가위로 메시지를 잘라내 풀로 붙여서—"

"고무풀입니다."

"고무풀로 종이에 붙였군요. 그렇지만 왜 '황무지'라는 단어만 잉크로 썼을까요?"

"신문에서 그 단어를 찾을 수 없었기 때문입니다. 다른 단어들은 평범해서 신문에서 쉽게 찾을 수 있지만 '황무지'는 잘 안 쓰이는 단어지요."

"아하! 그거면 설명이 되겠군요. 이 메시지에서 뭐 더 읽어내신 것은 없습니까, 홈스 씨?"

"한두 가지 암시하는 것이 있습니다만 단서를 일절 남기지 않으려고 무진 애를 썼군요. 받는 사람의 주소는 보시다시피 삐뚤빼뚤하게 썼습니다. 하지만 〈타임스〉는 상당한 지식인이 아니고서는 보기 힘든 신문이지요. 따라서 이 편지는 무식한 사람인 척하는 교육을 받은 사람에 의해 작성되었다고 봐도 됩니다. 그리고 자신의 필체를 감추기 위해 애를 썼으니 그의 필체가 헨리 경에게 알려져 있거나 혹은 앞으로 알려지게 될 수도 있다는 뜻입니다. 또, 보시는 바와 같이 단어들이 정확히 한 줄로 맞춰서 붙어 있지 않고 어떤 단어들은 다른 단어들보다 위로 튀어나와 있습니다. 예를 들어, '삶'은 줄에서 한참 벗어나 있지요. 단어를 잘라낸 사람이 부주의했거나, 아니면 서두르거나 동요된 상태였을 수도 있습니다. 저는 후자 쪽으로 기우는데 이 일은 중요한 일이고 이 같은 편지의 작성자가 부주의할 성싶지는 않으니까요. 만약 서두르는 상황이었다면 왜 서둘러야 했을까라는 흥미로운 질문이 생깁니다. 편지는 이른아침까지만 부치면 호텔을 떠나기 전까지 헨리 경 앞으로 도착했을 텐데 말입니다. 작성자가 중간에 방해를 받을까봐 걱정해서?—그렇다면 누구한테서?"

"우린 이제 추측의 영역으로 들어서는군요." 모티머 박사가 말했다.

"그보다는 여러 개연성을 저울질해보고 가장 개연성이 높은 것을 고르는 영역입니다. 상상력을 과학적으로 활용하는 것입니다만 우리한테는 언제나 어떤 물리적 근거가 있고 그것을 기반으로 추측을 시작합니다. 박사님께서는 물론 이것을 추측이라고 하시겠지만 저는 이 주소가 호텔에서 쓰였다고 거의 확신합니다."

"대체 무슨 근거로 그렇게 말씀하시는 거죠?"

"면밀히 살펴보면 작성자가 펜과 잉크로 애를 먹었다는 것을 알 수 있습니다. 펜은 한 단어를 쓰는 동안 두 번 잉크가 튀었고, 짧은 주소를 쓰는 동안 세 차례나 말라버린 잉크는 잉크병이 거의 비었다는 것을 보여줍니다. 자, 개인의 펜이나 잉크병은 그런 상태인 경우가 좀처럼 없고 그 둘 다인 경우는 극히 드물죠. 하지만 여러분도 호텔의 잉크와 펜 상태가 어떤지는 잘 아실 겁니다. 호텔에서는 이 두 가지가 제대로 갖춰진 경우가 더 드물지요. 채링 크로스 주변 호텔의 휴지통을 잘 뒤져서 난도질된 〈타임스〉 사설란을 찾으면 이 기묘한 메시지를 보낸 사람을 곧장 붙잡을 수 있다고 자신합니다. 오호라, 이건 뭐지?"

그는 인쇄용지에서 단어가 붙은 부분을 눈에서 1, 2인치까지 가까이 대고 유심히 살펴보았다.

"음?"

"아무것도 아닐세." 홈스는 종이를 내던지며 대답했다. "이것은 심지어 워터마크*도 없는 반 장짜리 백지야. 우리가 이 기이한 편지에서 이끌어낼 수 있는 것은 모두 이끌어낸 것 같네. 자, 헨리 경, 런던에 도착하신 후 흥미로운 일은 더 없었습니까?"

"아뇨, 홈스 씨. 더는 없는 것 같습니다."

"누군가가 미행하거나 감시하는 것은 못 보셨습니까?"

"이거 곧장 싸구려 소설의 한가운데로 뛰어든 기분인데요?" 우리의 방문객이 대답했다. "대체 누가 절 미행하거나 감시해야 한단 말입니까?"

"그 문제는 곧 다룰 겁니다. 그 문제를 논의하기 전에 더이상 보고하실 만한 것은 없단 말씀이시죠?"

"보고할 만한 것이 무엇이냐에 달려 있지요."

"일상적이지 않은 일이면 뭐든 알려주십시오."

헨리 경은 빙그레 웃었다. "전 인생 대부분을 미국과 캐나다에서 보내서 영국의 생활 방식을 아직 잘 모릅니다만, 구두 한 짝을 잃어버리는 일이 여기 일상의 일부는 아니었으면 좋겠네요."

"구두 한 짝을 잃어버리셨다고요?"

"오, 헨리 경!" 모티머 박사가 외쳤다. "어디다 잘못 둔 것뿐입니다. 호텔로 돌아가시면 금방 찾으실 거예요. 이런 사소한 일로 홈스 씨를 귀찮게 할 필요가 뭐 있습니까?"

"음, 홈스 씨가 일상적이지 않은 것은 뭐든 이야기해달라고 하시니."

"그래요, 아무리 시시해 보이더라도 말입니다. 구두 한 짝을 잃어버렸다고 하셨지요?"

"어, 어디다 잘못 두었는지도 모르죠. 아무튼 어젯밤 방문 밖에 두 짝 다 내놓았습니다만 아침에 보니 한 짝밖에 없었습니다. 구두닦이한테서는 뾰족한 설명을 들을 수 없었습니다. 무엇보다 기분 나쁜 건 바로 어젯밤에 스트랜드가에서 구입한 것이라 아직 신어보지도 못했다는 거죠."

---

* 일부 고급 용지에서 볼 수 있는 제조사의 표시. 불빛에 비춰볼 때만 보인다.

"한 번도 신지 않으셨다면 닦을 필요가 없었을 텐데 왜 밖에 내놓으셨지요?"

"황갈색 구두인데 아직 광택제는 바르지 않은 것이었습니다. 그래서 밖에 내놓았죠."

"그럼 어제 런던에 도착하셔서 밖에 나가 구두를 한 켤레 사신 겁니까?"

"어제 이것저것 많이 샀습니다. 여기 모티머 박사님이 저와 함께 다니셨지요. 보시다시피, 지방의 대지주가 되려면 그에 걸맞게 차려입어야 하는데 서부에 사는 동안 그런 쪽으로는 신경을 쓰지 않았습니다. 어제 구입한 여러 물건 가운데 그 갈색 구두—6달러를 주고 산 것인데—도 있었는데 신어보기도 전에 한 짝을 도둑맞고 말았네요."

"훔치기엔 쓸모없는 물건인 것 같군요." 홈스가 말했다. "모티머 박사 말씀대로 구두는 금방 나타날 겁니다."

"그럼, 여러분." 준남작은 결연하게 말을 꺼냈다. "제가 아는 이야기는 사소한 것까지 다 한 것 같습니다. 이제는 약속대로 이게 다 무슨 일인지 밝혀주시지요."

"당연한 요구이십니다." 홈스가 대답했다. "모티머 박사님, 우리에게 이야기해주신 대로 헨리 경에게도 이야기해주시는 게 좋을 것 같습니다."

이렇게 권유를 받은 우리의 과학도 친구는 주머니에서 문서를 꺼내 전날 아침에 했던 대로 사건의 전모를 밝혔다. 헨리 바스커빌 경은 감탄사를 연발해가며 열중해서 들었다.

"제가 유산을 정말 제대로 물려받게 된 셈이군요." 긴 이야기가 끝나자 헨리 경이 입을 열었다. "물론 저도 갓난아기 적부터 전설의 사냥개에 대해 들었습니다. 집안의 단골 이야깃거리였지만 한 번도 심각하게 받아들인 적은 없습니다. 하지만 백부님의 죽음에 대해서는—음…… 머릿속이 뒤죽박죽된 느낌입니다. 정리를 할 수가 없네요. 여러분도 이 일이 경찰의 소관인지 성직자의 소관인지 결정을 못하신 것 같군요."

"그렇습니다."

"게다가 이제 제 앞으로 온 이 편지 건도 있지요. 그건 여기에 잘 들어맞는군요."

"누군가 황무지에서 일이 어떻게 돌아가고 있는지 우리보다 더 많이 아는 것 같습니다." 모티머 박사가 말했다.

"그리고 그 누군가는 당신에게 악의를 품고 있지는 않은 것 같습니다. 당신에게 위험을 경고했으니 말입니다." 홈스가 말했다.

"어쩌면 저를 겁주어 쫓아버리려는 꿍꿍이인지도 모릅니다."

"음, 물론 그럴 수도 있지요. 모티머 박사님, 여러 가지 흥미로운 가설을 세울 수 있는 문제를 소개해주신 데 대해 무척 감사드립니다. 하지만 헨리 경, 지금 우리가 결정해야 하는 실질적인 문제는 당신이 바스커빌 홀로 가는 것이 바람직한지 아닌지입니다."

"제가 가선 안 될 이유라도 있습니까?"

"위험할 수도 있으니까요."

"이 가문의 악마한테서 오는 위험을 말씀하시는 겁니까, 아니면 인간으로부터 오는 위험을 말씀하시는 겁니까?"

"그것이 우리가 알아내야 할 일이죠."

"답이 어느 쪽이든 저의 대답은 정해져 있습니다. 홈스 씨, 지옥의 악마도 지상의 어떤 인간도 제가 선조들의 집으로 돌아가는 것을 막을 수는 없습니다. 이것이 저의 최종 답변입니다." 이야기하는 동안 그의 검은 눈썹은 찌푸려졌고 얼굴은 검붉게 달아올랐다. 바스커빌 혈통의 불같은 성미가 가문의 이 마지막 대표자한테도 여전히 살아 있음이 분명했다. "하지만 한편으로는 오늘 들은 이야기에 대해 심사숙고해볼 시간이 없었습니다. 이 자리에서 이해하고 곧장 결정을 내리기에는 큰일입니다. 마음을 결정할 수 있게 혼자만의 시간을 갖고 싶습니다. 저, 홈스 씨, 지금이 열한시 반이니 저는 곧장 호텔로 돌아가겠습니다. 홈스 씨와, 친구 되시는 여기 왓슨 박사님이 두시에 호텔로 오셔서 함께 점심을 들면 어떻겠습니까? 그때면 저도 이 일을 어떻게 생각하는지 더 분명하게 말씀드리겠습니다."

"괜찮겠나, 왓슨?"

"물론이지."

"그럼 그때 뵙지요. 마차를 불러드릴까요?"

"그보다는 걷고 싶습니다. 조금 혼란스럽거든요."

"그럼 저도 기꺼이 함께 걷지요." 그의 동행이 말했다.

"그럼 두시에 뵙겠습니다. 또 봅시다, 안녕히 계십시오!"

우리의 방문객들이 계단을 내려가는 소리와 현관문이 닫히는 소리가 들린 그 즉시 홈스는 나른한 몽상가에서 활동가로 탈바꿈했다.

"왓슨, 자네 모자와 구두를! 얼른! 한시가 급하네!" 홈스는 실내복 차림새로 방안으로 잽싸게 들어갔다가 금방 프록코트를 걸치고 나왔다. 우리는 서둘러 계단을 내려가 거리로 나왔다. 모티머 박사와 헨리 바스커빌이 대략 200야드 앞에서 옥스퍼드가 방향으로 가는 것이 눈에 들어왔다.

"달려가서 불러세울까?"

"오, 천만에! 친애하는 왓슨, 자네만 괜찮다면 나는 자네의 동행만으로 만족하네. 우리 친구들은 현명하구먼, 산책하기에 아주 좋은 아침이야."

홈스는 발걸음을 재촉했고 우리와 그들 사이의 거리는 반으로 좁혀졌다. 그 뒤로 계속 100야드 거리를 유지하며 우리는 두 사람을 따라 옥스퍼드가에서 다시 리젠트가로 접어들었다. 한번은 우리 친구들이 멈춰서 상점의 진열대를 들여다보자 홈스도 똑같이 따라했다. 얼마 안 있어 홈스가 만족스러운 작은 환호성을 질러, 나도 그의 열띤 눈길이 주시하는 방면을 따라가보니 안에 한 남자가 타고 있는 핸섬 마차*가 거리 반대편에 서 있다가 천천히 앞으로 나가

는 것이 보였다.

"저자가 바로 우리가 찾는 사람이야, 왓슨. 어서 따라오게. 지금은 달리 할 수 있는 게 없으니 얼굴이나 제대로 봐두세."

바로 그 순간 나는 검은 턱수염을 텁수룩하게 기른 자의 꿰뚫을 듯한 눈길이 핸섬 마차의 유리창 너머로 우리를 향하고 있는 것을 깨달았다. 그 즉시 마차 지붕의 들창이 덜컥 열리고 승객이 마부에게 뭐라고 외치자, 마차는 리젠트가를 따라 미친듯이 내달렸다. 홈스는 마차를 잡기 위해 열심히 두리번거렸지만 빈 마차는 보이지 않았다. 그래서 그는 혼잡한 도로 한가운데로 뛰어들어 허겁지겁 뒤쫓아갔지만 마차가 워낙 빠르게 출발했으므로 곧 우리의 시야에서 벗어나고 말았다.

"아 이런!" 밀려드는 마차에 낭패를 당한 홈스는 하얗게 질린 얼굴로 숨을 헐떡이며 분한 듯 말했다. "이렇게 운도 없고 일 처리도 서툰 경우를 본 적 있나? 왓슨, 왓슨, 자네가 정직한 사람이라면 이 일도 나의 성공 사례 옆에 꼭 기록해주게."

"대체 누구였지?"

"나도 전혀 모르겠네."

"염탐꾼?"

"음, 우리가 들은 바를 생각해보면 바스커빌이 런던에 도착한 이후로 누군가에게 바짝 미행당하고 있었던 건 분명해. 그렇지 않고서야 그가 숙소를 노섬벌랜드 호텔로 정했다는 사실을 어떻게 그렇게 금방 알 수 있었겠어? 난 첫째 날 바스커빌이 미행을 당했다면 둘째 날도 마찬가지일 거라고 추론했지. 모티머 박사가 전설에 관한 문서를 읽어주는 동안 내가 두 차례 창가로 간 것을 자네도 봤을지 모르겠군."

* 말 한 필이 끄는 이인승 마차. 설계자 J. A. 핸섬의 이름을 딴 것이다.

"그래, 기억나."

"거리에서 어슬렁거리는 사람이 없나 살폈지만 아무도 보지 못했어. 우리가 상대하는 자는 매우 영리한 자야, 왓슨. 이 사건은 생각보다 훨씬 복잡해. 우리와 접촉한 자가 호의적인지 악의적인지 아직 판단이 서지는 않지만 난 여기에 어떤 힘과 음모가 작용하고 있음을 느꼈네. 그래서 우리 친구들이 집을 나서자마자 이 보이지 않는 미행자를 찾아낼 수 있으리라 기대하며 즉시 그들의 뒤를 밟았어. 그자는 아주 교활해서 자기 발을 믿지 않고 마차를 이용했지. 마차라면 뒤에서 천천히 따라갈 수도 있고, 또 잽싸게 지나쳐 갈 수도 있으니 미행을 눈치챌 수 없으니까. 그의 미행 수법은 만약 그들이 마차를 잡으면 언제든 따라갈 준비가 되어 있다는 이점도 있었어. 하지만 한 가지 명백한 단점도 있어."

"마부의 수중에 놓이게 된다는 거지."

"맞았어."

"마차 번호를 알아내지 못해서 유감천만이군!"

"이보게, 왓슨, 내가 아무리 어설펐기로서니, 번호 확인까지 잊었으리라고 진지하게 생각하는 건 아니겠지? 2704호가 우리가 찾는 마부야. 하지만 당분간은 쓸모가 없어."

"자네가 이 이상 뭘 더 할 수 있었겠나."

"마차를 보자마자 몸을 돌려 반대쪽으로 걸어갔어야 했어. 그다음 여유롭게 마차를 불러서 적당한 거리를 두고 그 마차를 뒤쫓거나 아니면 곧장 노섬벌랜드 호텔로 가서 기다리는 것이 더 훌륭한 전략이었지. 그 미지의 인물이 바스커빌을 따라 호텔까지 왔을 때 우리가 그의 전략을 역이용해 그가 어디로 가는지 알아낼 수 있었을 테니까. 하지만 경솔하고 열성만 앞서 우리를 노출하고 목표물을 놓치고 만 반면 기민하고 활동적인 적수는 우리의 실책을 놓치지 않았어."

이런 대화를 나누는 동안 우리는 느긋하게 리젠트가를 걸었고, 모티머 박사와 그의 동행인은 오래전에 자취를 감췄다.

"더이상 그들을 따라갈 이유가 없어." 홈스가 말했다. "그림자는 떠나버렸고 다시 돌아오지 않을 거야. 우리는 수중에 어떤 패가 더 있는지를 따져본 다음 그 패를 가지고 과감하게 게임을 해야 해. 자네, 마차 안에 있던 남자의 생김새를 확실하게 봤나?"

"수염이 나 있었다는 것은 장담할 수 있어."

"나도 마찬가지야. 짐작건대 십중팔구 가짜 수염일 거야. 영리한 인간이 이렇게 까다로운 일을 할 때 수염은 위장용이 아니고는 쓸모가 없지. 이리로 오게, 왓슨!"

홈스가 송달 사무소로 들어가자 지배인이 반갑게 맞이했다.

"아, 윌슨, 제가 용케 도와드렸던 그 사건을 잊지 않으셨군요?"

"잊을 리가 있겠습니까, 선생님? 선생님 덕분에 오명을 벗은데다 어쩌면 목숨까지 건진 걸 수도 있는데요?"

"어허, 과찬이십니다. 그런데 윌슨, 여기 소년들 중에서 카트라이트라고 그때 사건을 수사하는 동안 능력을 좀 보여준 아이가 있었던 걸로 기억하는데……"

"네, 지금도 여기서 일합니다."

"그애를 좀 불러주시겠습니까? 고맙습니다! 그리고 이 5파운드 지폐를 잔돈으로 바꿔주시면 좋겠습니다."

똘망똘망해 보이는 열네 살짜리 소년이 지배인의 호출에 불려나왔다. 그는 명탐정을 한껏 우러러봤다.

"호텔 안내 책자를 가져다주겠니? 고맙구나! 자, 카트라이트, 여기 스물세 곳의 호텔 이름이 보이지? 모두 채링 크로스 근방에 있는 호텔이란다."

"예, 알겠습니다."

"자, 이 호텔들에 차례로 가보는 거야."

"예, 알겠습니다."

"먼저 호텔 바깥에 있는 짐꾼에게 1실링을 주렴. 자, 여기 23실링을 받아."

"예, 알겠습니다."

"그다음, 어제 나온 쓰레기들을 보고 싶다고 말해. 중요한 전보가 잘못 가서 찾고 있다고 하렴. 알겠지?"

"예, 알겠습니다."

"하지만 네가 진짜로 찾아야 하는 것은 가위로 오려낸 구멍이 있는 〈타임스〉 지면이란다. 자, 이게 〈타임스〉의 그 면이야. 금방 알아볼 수 있겠지?"

"예, 알겠습니다."

"아마 실외 짐꾼은 매번 실내 짐꾼을 부를 거야. 그럼 그에게도 1실링을 주렴. 여기 또 23실링을 받아라. 아마, 스물세 곳 가운데 스무 곳은 어제 치 쓰레기를 다 치워버렸거나 태워버렸을 게다. 세 군데 정도만 종이 더미를 들여다보게 해줄 텐데 거기서 〈타임스〉의 이 지면을 찾는 거야. 네가 그 신문 지면을 찾아낼 가능성은 아주 작아. 급한 경우를 대비해서 10실링을 주지. 저녁 전까지 베이커가로 전보를 쳐주렴. 자, 왓슨, 이제 전보를 쳐서 2704호 마차의 마부가 누군지 찾는 일만 남았네. 그다음 본드가의 화랑에 들러 약속 시간까지 남은 시간을 보내자고."

5장
끊어진 실 세 가닥

셜록 홈스는 놀라울 만큼 자유자재로 정신을 딴 데로 돌릴 수 있었다. 우리가 맡은 기이한 사건은 까맣게 잊은 듯 그는 두 시간 동안 현대 벨기에 화가들의 작품에 푹 빠져 있었다. 그는 화랑을 나와 노섬벌랜드 호텔에 도착할 때까지, 조예가 깊지도 않은 미술에 대해서만 이야기했다.

"헨리 바스커빌 경은 위에서 기다리고 계십니다." 직원이 우리를 맞았다. "오시는 즉시 위로 모시라고 분부하셨습니다."

"여기 호텔의 숙박 명부를 봐도 괜찮겠나?"

"물론입니다."

명부에는 바스커빌이라는 이름 다음에 두 이름이 적혀 있었다. 하나는 뉴캐슬에서 온 시어필러스 존슨과 그의 가족이었고 다른 하나는 올턴의 하이로지에서 온 올드모어 부인과 하녀였다.

"아니, 이분은 틀림없이 내가 아는 그 존슨이겠군." 홈스가 직원에게 말했다. "백발에 다리를 약간 저는 변호사 아닌가?"

"아닙니다, 손님. 이 존슨 씨는 탄광 소유주로, 매우 기운 넘치는 신사분입니다. 나이도 선생님보다 많지 않습니다."

"아니, 자네가 그분의 직업을 착각한 거 아닌가?"

"아닙니다, 손님. 그분은 저희 호텔을 여러 해 이용하셔서 저희가 잘 아는 분입니다."

"아, 그럼 됐네. 올드모어 부인도 말이지, 기억이 날 듯 말 듯 하군. 자꾸 물어 미안하지만, 친구를 찾아왔다가 종종 다른 친구도 만나게 된단 말이지."

"손님, 그분은 몸이 불편하신 부인이랍니다. 부군께서는 한때 글로스터의 시장을 지내셨지요. 런던에 계실 때는 언제나 저희 호텔에 묵으신답니다."

"고맙네. 아쉽지만 내가 아는 사람이 아닌 것 같군. 이 질문들로 중요한 사실 하나를 확인했네, 왓슨." 위층으로 올라가면서 홈스는 낮은 목소리로 말을 이어갔다. "우리 친구에게 아주 관심이 많은 사람들이 같은 호텔에 묵지는 않는다는 사실이네. 그건 말이지, 헨리 경을 감시하면서도 헨리 경의 눈에는 띄지 않도록 조심하고 있다는 뜻이지. 시사하는 바가 아주 크네."

"무슨 뜻인가?"

"그건 바로─아니, 이런, 대체 무슨 일입니까?"

계단을 다 올라와 몸을 돌렸을 때 우리는 다름 아닌 헨리 바스커빌 경과 맞닥뜨렸다. 잔뜩 화가 난 그의 얼굴은 붉으락푸르락 달아올라 있었고 한 손에는 먼지투성이 헌 구두 한 짝이 들려 있었다. 그는 어찌나 화가 났던지 말도 제대로 못했다. 마침내 그가 입을 열었을 때는 오늘 아침 들었던 것보다 더 심한 서부 사투리가 터져나왔다.

"이놈의 호텔은 나를 바보로 아는 거야, 뭐야?" 헨리 경은 고함을 질렀다. "나를 갖고 놀려나본데 사람 잘못 봤어. 조심하는 게 좋을 거야. 나 원! 그 녀석 당장 내 구두를 찾아내지 못하면 호되게 당할 줄 알아! 홈스 씨, 저도 누구 못지않게 장난을 잘 받아넘기지만 이번에는 도가 지나친 것 같습니다."

"아직도 구두를 찾고 있는 겁니까?"

"예, 반드시 찾아내고 말 겁니다."

"하지만 분명히 새 갈색 구두라고 하지 않으셨습니까?"

"예, 그랬지요. 그런데 이번에는 검은색 헌 구두입니다."

"예에? 그럼 설마—"

"설마가 아니라 맞습니다. 저한테는 구두가 딱 세 켤레 있습니다—새 갈색 구두, 헌 검은 구두, 그리고 지금 제가 신고 있는 에나멜가죽 구두요. 그런데 간밤에 누가 제 갈색 구두 한 짝을 훔쳐가더니 오늘은 검은색 구두 한 짝을 슬쩍해 갔지 뭡니까? 그래, 찾았나? 그렇게 멀뚱멀뚱 쳐다보지만 말고 말을 해!"

당황한 독일인 웨이터가 나타난 참이었다.

"죄송합니다, 손님. 호텔 구석구석까지 샅샅이 뒤져보았습니다만 아무도 모른다는군요."

"해지기 전까지 그 구두가 다시 나타나지 않으면 지배인을 불러 이 호텔에서 당장 나가겠다고 하겠네."

"금방 나타날 겁니다, 손님—조금만 참고 기다려주시면 꼭 찾아드리겠습니다."

"그래, 꼭 찾아내라고. 안 그랬다간 이 도둑놈들의 소굴에서 내가 잃어버리는 건 그게 마지막이어야 할 거야. 이런, 이런, 홈스 씨, 이렇게 사소한 일로 소란을 피운 것을 양해해주십시오."

"소란을 피울 만한데요."

"아니, 홈스 씨께서도 이 일을 심각하게 여기시는 것 같군요."

"이 일을 어떻게 설명하시겠습니까?"

"별로 설명하고 싶지도 않습니다. 그냥 제 평생 가장 어이없고 괴상한 일 같습니다."

"가장 괴상한 일이요, 그럴지도 모르겠군요." 홈스가 생각에 잠긴 듯이 대답했다.

"홈스 씨는 어떻게 생각하십니까?"

"음, 저도 아직은 잘 안다고 말씀드릴 수 없습니다. 헨리 경, 이 사건은 대단히 복잡합니다. 백부님의 죽음까지 고려하자면 제가 지금까지 해결한 오백 건의 주요 사건 중 이렇게까지 복잡다단한 사건이 있었나 싶습니다. 하지만 지금 여러 가닥의 실마리를 쥐고 있으니 그 실마리 가운데 한두 가닥을 따라가 보면 진실에 도달할 수 있을 겁니다. 어쩌면 잘못된 실마리를 좇으며 시간을 낭비할 수도 있지만 조만간 진짜 실마리를 쥐게 될 겁니다."

우리는 우리를 여기 모이게 한 사건에 대한 이야기는 거의 꺼내지 않고 기분좋게 점심을 들었다. 식사를 마친 후 다 함께 객실 내 거실로 돌아온 뒤에야 홈스는 바스커빌에게 앞으로의 의향을 물었다.

"바스커빌 홀로 가겠습니다."

"그럼 언제요?"

"주말에 가려고 합니다."

"전체적으로 볼 때," 홈스가 말했다. "현명한 결정이라고 봅니다. 경께서는 런던에서 미행을 당하고 있었는데, 이 대도시의 수백만 사람들 틈에서 그들이 누구인지 또 목적이 무엇인지를 알아내기는 어렵습니다. 만약 그들의 의도가 사악하다면 경께 해코지를 할 수도 있지만 우린 그것을 막을 방도가 없을 겁니다. 모티머 박사, 오늘 아침 저희 집에서부터 미행당하신 것을 모르셨지요?"

모티머 박사는 화들짝 놀랐다. "미행이라고요! 누구한테요?"

"안타깝지만 저도 답변을 드릴 수가 없네요. 혹시 박사님의 이웃이나 다트무어의 지인 중에 검은 수염을 풍성하게 기른 사람이 있습니까?"

"아뇨—아니, 가만있자—그렇지, 배리모어라고 찰스 경의 집사가 검은 수염을 풍성하게 길렀습니다."

"하! 배리모어는 지금 어디 있습니까?"

"바스커빌 홀을 관리하고 있지요."

"그가 정말로 거기 있는지 아니면 혹시라도 런던에 있는지 확인해보는 게 좋겠습니다."

"어떻게 확인하죠?"

"전보용지 한 장이면 됩니다. '헨리 경을 맞을 준비는 다 되었는가?' 그거면 충분합니다. 수신인은 바스커빌 홀, 배리모어 귀하. 바스커빌 홀에 가장 가까운 전보국은 어딥니까? 그림펜. 좋아요, 그럼 그림펜의 우체국장 앞으로 두번째 전보를 치십시오. '배리모어 씨 앞으로 보내는 전보는 반드시 본인 손에 전달하도록. 부재시 노섬벌랜드 호텔 헨리 바스커빌 경 앞으로 회신 바람.' 그러면 오늘 저녁 전까지 배리모어가 데번셔에서 자리를 지키고 있는지 아닌지 알 수 있을 겁니다."

"그렇군요." 바스커빌이 말했다. "모티머 박사, 그나저나 그 배리모어란 사람은 누굽니까?"

"그는 작고한 옛 관리인의 아들입니다. 배리모어 집안은 지금 사 대째 바스커빌 홀을 맡아보고 있습니다. 제가 아는 한 배리모어와 그의 부인은 데번셔의 여느 사람들처럼 착실한 사람들이지요."

"하지만," 바스커빌이 말했다. "바스커빌 홀에 가족이 살지 않는 한 그들은 딱히 할일은 없이 굉장히 좋은 집에 사는 셈이군요."

"그건 그렇지요."

"배리모어가 찰스 경의 유언장으로 이득을 본 것이 있습니까?" 홈스가 물었다.

"부부가 각각 500파운드를 받았습니다."

"하! 그럼 그들은 그 돈을 받으리란 것을 알고 있었습니까?"

"예. 찰스 경은 유언장의 여러 조항에 대해 이야기하기를 무척 좋아하셨습니다."

"그것 참 흥미롭군요."

"찰스 경으로부터 유산을 받은 모든 사람을 의심스러운 눈초리로 보지 말아주셨으면 합니다. 저도 유산으로 1000파운드를 받았으니 말입니다." 모티머 박사가 말했다.

"그렇군요! 그리고 또 누가 유산을 받았습니까?"

"작은 액수로 쪼개져 몇몇 개인들과 여러 자선단체에 분배되었습니다. 나머지는 모두 헨리 경에게 남겨졌지요."

"그럼 남은 유산이 얼마나 됩니까?"

"74만 파운드입니다."

홈스는 놀라서 눈썹을 치켜세웠다. "그렇게 막대한 금액이 걸려 있는 줄은 생각도 못했습니다."

"찰스 경이 부자라는 것은 모두가 알고 있었지만 저희도 그분의 채권을 조사해보기 전까지는 그렇게 엄청난 부자였는지는 몰랐습니다. 찰스 경의 자산 가치 총액은 백만 파운드에 가까웠습니다."

"원 세상에! 과연 필사적인 도박을 해볼 만한 판돈이군요. 모티머 박사, 그럼 한 가지만 더 묻겠는데 여기 우리 친구에게 혹시 무슨 일이 생기면—불미스러운 가정을 양해해주십시오!—누가 재산을 물려받게 됩니까?"

"로저 바스커빌, 그러니까 찰스 경의 동생이 미혼으로 죽었으니 유산은 먼 사촌인 데스먼드 집안으로 넘어가게 됩니다. 제임스 데스먼드라고 웨스트모얼랜드에 사시는 나이 지긋한 성직자가 계십니다."

"감사합니다. 아주 흥미로운 이야기들이군요. 제임스 데스먼드 씨를 만나 보셨습니까?"

"예. 일전에 찰스 경을 보러 한 번 오신 적이 있습니다. 덕망 있어 보이고, 성자 같은 삶을 사시는 분입니다. 찰스 경이 강권하는데도 유산을 한사코 거절하셨습니다."

"그럼 그 검박하신 분이 찰스 경의 막대한 유산 상속인이 된단 말입니까?"

"그분은 영지의 상속인이 됩니다. 한정상속에 따라 그렇게 지정되어 있으니까요. 또 현 소유주가 달리 유언장을 작성하지 않는 한 돈도 상속받게 됩니다만 물론 현 소유주는 원하는 대로 처분할 수 있지요."

"그럼, 헨리 경께서는 유언장을 작성하셨습니까?"

"아니요, 홈스 씨, 아직 그럴 시간이 없었습니다. 어제서야 일이 어떻게 돌아가고 있는지를 알았으니까요. 하지만 어쨌거나, 돈은 작위와 영지와 함께 가야 한다고 생각합니다. 그것이 돌아가신 백부님의 유지였지요. 만약 바스커빌 홀의 소유주가 영지를 제대로 관리할 돈이 없다면 바스커빌가의 영광을 어떻게 되찾을 수 있겠습니까? 집과 땅, 돈은 모두 함께 가야 합니다."

"옳은 말씀입니다. 자, 헨리 경, 당신이 지체 없이 데번셔로 내려가는 것이 바람직하다는 데 저도 같은 마음입니다. 하지만 한 가지 조건이 있습니다. 절대 혼자 가시면 안 됩니다."

"모티머 박사가 저와 함께 돌아가는데요."

"하지만 모티머 박사는 돌봐야 할 환자들이 있고 또 집이 바스커빌 홀에서 한참이나 떨어져 있습니다. 모티머 박사가 아무리 돕고 싶어도 당신을 돕지 못할 수도 있습니다. 헨리 경, 당신은 믿음직한 사람, 언제나 당신 곁에 있을 사람을 데려가야 합니다."

"홈스 씨께서 같이 가주실 수는 없겠습니까?"

"상황이 긴박해지면 제가 현장에 있도록 노력할 것입니다. 하지만 아시다시피, 제가 의뢰받는 사건들이 광범위하고 또 여러 곳에서 끊임없이 도움을 요청해오기 때문에 기약 없이 런던을 떠나 있을 수는 없습니다. 지금도 영국에서 가장 추앙받는 어떤 분이 협박범에게 명성이 더럽혀지고 있는데 저만이 끔찍한 추문을 막을 수 있습니다. 그러니 제가 다트무어로 갈 수 없다는 걸 이해해주시겠지요?"

"그렇다면 누구를 추천하십니까?"

홈스는 내 팔에 손을 얹었다.

"제 친구가 임무를 맡아준다면, 헨리 경께서 곤경에 처했을 때 곁에 두기에 이만한 사람도 없습니다. 자신 있게 말씀드릴 수 있습니다."

이 뜻밖의 제안에 나는 깜짝 놀랐지만 대답할 새도 없이 바스커빌이 내 손을 잡고 힘차게 흔들었다.

"이것 참, 정말로 감사합니다, 왓슨 박사. 선생도 지금 제 상황이 어떤지 잘 아시고 또 사건에 대해서도 저만큼 잘 아시지요. 바스커빌 홀로 내려오셔서 제가 헤쳐나갈 수 있게 도와주신다면 그 은혜를 절대 잊지 않겠습니다."

모험에 대한 기대는 언제나 나를 사로잡았고 나는 홈스의 칭찬과 나를 동반자로 열렬히 치켜세우는 준남작 덕분에 으쓱해졌다.

"기꺼이 같이 가겠습니다. 저에게도 정말 유익한 시간이 될 겁니다."

"그럼 자네는 나에게 아주 자세히 보고해주게." 홈스가 말했다. "아마 위기가 닥칠 테니 그때가 되면 어떻게 행동해야 할지 지시를 내리겠네. 토요일까지면 다 준비되시겠지요?"

"왓슨 박사, 괜찮겠습니까?"

"문제없습니다."

"그럼, 별다른 이야기가 없으면 토요일 패딩턴발 열시 삼십분 기차에서 만납시다."

우리가 자리를 뜨려고 일어섰을 때 바스커빌이 승리의 환호성을 지르며 뛰어가 방 한구석 캐비닛 아래서 갈색 구두 한 짝을 끄집어냈다.

"찾았다, 내 구두!"

"우리 일도 이렇게 쉽게 풀리면 좋겠군요." 홈스가 말했다.

"하지만 정말 묘한 일입니다." 모티머 박사가 입을 열었다. "어제 점심 전에 이 방을 샅샅이 뒤졌거든요."

"저도요." 바스커빌이 대꾸했다. "안 뒤진 곳이 없습니다."

"그때는 틀림없이 여기에 부츠가 없었어요."

"그렇다면 우리가 점심을 드는 동안 웨이터가 거기에 가져다놨나봅니다."

독일인 웨이터가 불려왔지만 그는 모르는 일이라고 했고 달리 물어보아도 의문은 속시원히 풀리지 않았다. 연달아 일어난, 무의미해 보이는 자잘한 수수께끼에 또하나가 추가된 셈이었다. 찰스 경의 죽음을 둘러싼 섬뜩한 이야기를 제쳐두고라도 우리에게는 단 이틀 사이에 바스커빌 앞으로 온 편지, 핸섬 마차에 탄 검은 수염의 염탐꾼, 새 갈색 구두의 분실, 헌 검은색 구두의 분실, 이제 갈색 구두가 다시 나타나기까지 불가해한 사건들이 연달아 일어났다. 마차를 타고 베이커가로 돌아오는 길에 홈스는 눈살을 찌푸리고 열중한 표정으로 말없이 앉아 있었고, 나처럼 그도 이 이상하고 관련 없어 보이는 에피소드들을 열심히 짜맞추고 있는 것이 분명했다. 오후 내내 그리고 저녁 늦게까지 그는 담배를 피우며 생각에 잠겨 있었다.

저녁 직전에 두 통의 전보가 도착했다. 첫번째 전보는 다음과 같았다.

방금 배리모어가 홀에 있다는 소식을 들었음—바스커빌.

두번째 전보:

지시대로 스물세 군데 호텔을 방문했으나 잘려나간 〈타임스〉 지면을 찾을 수 없었음―카트라이트.

"내 실마리 두 가닥이 끊어졌어, 왓슨. 뜻대로 풀리지 않는 사건만큼 열의를 자극하는 사건도 없지. 다른 단서를 찾아봐야겠어."

"그 염탐꾼을 태웠던 마부가 있잖아?"

"맞았어. 그렇잖아도 등록사무소에 그 마부의 이름과 주소를 알려달라고 전보를 쳤으니, 지금 들리는 소리가 그에 대한 답변이라고 해도 전혀 놀랄 게 없지."

하지만 문간의 초인종 소리는 답변보다 훨씬 만족스러웠는데, 방문이 열리자 마부 본인임이 틀림없는 험상궂게 생긴 남자가 들어왔다.

"본사에서 이 주소에 사는 신사 나리가 2704호에 대해 문의했다는 말을 들었습니다." 그가 말했다. "칠 년 동안 마차를 몰아왔지만 지금까지 손님한테 항의를 들은 적은 한 번도 없어요. 대체 무슨 불만이 있는지 얼굴 보고 직접 물어보려고 마차장에서 곧장 달려왔습니다."

"허허, 이 사람! 자네한테 불만 같은 것은 전혀 없네." 홈스가 말했다. "반대로, 내 질문에 분명하게 대답만 해준다면 반 파운드 금화를 주지."

"오호라, 오늘은 일진도 좋고 실수도 없는 날이구먼!" 마부가 씨익 웃으며 말했다. "그래, 뭐가 궁금하신지요?"

"우선 이름과 주소부터 알려주게. 다시 연락하고 싶을 때를 대비해서."

"존 클레이턴, 버러, 터피가 삼번지. 마차는 워털루역 근처 시플리 마차장 소속입니다."

셜록 홈스는 받아적었다.

"그럼, 클레이턴, 오늘 아침 열시에 여기로 와서 이 집을 감시하고 나중에는 리젠트가를 따라 두 신사를 미행한 승객에 대해 죄다 말해주게."

마부는 놀라고 약간은 당황한 듯 보였다.

"아니, 저만큼 이미 잘 알고 계시는 것 같아 제가 말해봤자 소용없을 것 같은데요. 실은 그 신사분이 자기는 탐정이고 아무한테도 자기에 대해 말하지 않는 게 좋을 거라고 하시더라고요."

"이것 보게, 이건 아주 중대한 사안이니, 나한테 뭐든 감추려 했다가는 아주 곤란해질 수도 있어. 그 손님이 자기가 탐정이라고 했단 말이지?"

"그랬습니다요."

"언제 그렇게 말했나?"

"마차에서 내릴 때요."

"달리 더 이야기한 것은 없나?"

"자기 이름을 댔지요."

홈스는 내 쪽으로 힐끗 의기양양한 눈길을 던졌다.

"오, 자기 이름을 댔다, 그거지? 참 경솔하군. 그래, 이름이 뭐라던가?"

"그 사람 이름이," 마부가 말했다. "셜록 홈스 씨라고 했구먼요."

마부의 답변을 들었을 때만큼 내 친구가 아연실색한 것은 본 적이 없었다. 그는 어안이 벙벙한 듯 한순간 말없이 앉아 있었다. 그다음 폭소를 터뜨렸다.

"한 수 당했어. 왓슨―제대로 한 수 당했어! 나만큼 유연하고 재빠른 칼 솜씨인데? 그자가 탄 마차를 놓쳤을 때 멋지게 급소를 찔리고 말았군. 그래, 이름이 셜록 홈스라고 했다고?"

"그래요, 선생님. 게 그 신사의 이름이었습니다요."

"좋았어! 그럼 그 사람을 어디서 태웠고 그다음에 어떻게 했는지 모두 말해 보게."

"그 사람은 아홉시 반에 트래펄가 광장에서 절 불러 세웠습죠. 그러고는 자기는 탐정인데 오늘 하루 자기가 시킨 대로만 하고 아무것도 묻지 않으면 2기니를 주겠다고 하더라고요. 저야 더 바랄 게 없었지요. 처음에 노섬벌랜드 호텔로 마차를 몰고 가서 기다리고 있으니 두 신사가 나와서 마차를 잡아타더라고요. 그래서 우리도 그 마차를 뒤따라와서 이 근방에 마차를 세웠고요."

"바로 이 집 앞이지." 홈스가 말했다.

"글쎄, 전 잘 모르겠지만 어쨌든 제 손님은 훤히 꿰고 있는 것 같더라고요. 우리는 이 길목 중간쯤에서 마차를 세우고 한 시간 반 정도 기다렸죠. 나중에 두 신사가 나와 우리를 지나쳐 걷기 시작하자 우리는 그 사람들을 쫓아서 베이커가를 지나 그다음—"

"거기부턴 나도 알고 있네." 홈스가 말했다.

"리젠트가를 절반 넘게 지나갔을 때 손님이 들창을 홱 열고는 곧장 워털루 역으로 최대한 빨리 달리라고 소리쳤지요. 저는 열심히 채찍질을 해서 십 분 안에 역에 도착했습니다. 그러자 손님은 약속대로 2기니를 지불하고 역사 안으로 들어가버리더라고요. 그런데 그가 막 떠나려고 하다 몸을 돌려 이렇게 말하더라고요. '자네가 방금 태운 사람이 셜록 홈스 씨라는 걸 알면 재미있을지도 모르겠군.' 그래서 제가 그 손님의 이름을 알았지요."

"그랬군. 그러고는 그를 더는 못 봤나?"

"역사 안으로 들어가고는 못 봤습죠."

"그럼 그 셜록 홈스 씨는 어떻게 생겼던가?"

마부는 머리를 긁적였다. "글쎄, 그 신사분은 뭐라고 설명하기 어렵게 생긴 양반이더라고요. 마흔쯤 된 것 같고 중키에 선생님보다 2,3인치 작아 보였지요. 옷은 좀 있어 보이게 멋지게 차려입었고, 검은 수염을 길렀는데 끝을 네모지게 깎았어요. 얼굴은 창백했고. 그 이상은 저도 모르겠네요."

"눈동자 색깔은?"

"모르겠어요."

"더이상 기억나는 것은 없나?"

"없어요, 없어."

"자, 그럼, 여기 반 파운드 금화를 받게. 만약 정보를 더 가져오면 반 파운드를 또 주지. 그럼 잘 가게!"

"안녕히 계십시오, 선생님, 고맙습니다!"

존 클레이턴은 싱글벙글거리며 떠났고 홈스는 나를 보며 어깨를 으쓱하고는 씁쓰레한 미소를 지었다.

"세번째 실마리도 끊겨버렸어. 출발 지점으로 다시 돌아온 셈이지. 간사한 놈 같으니! 그자는 우리집 주소를 알았고, 헨리 바스커빌 경이 내게 의뢰를 했다는 사실도 알았고, 리젠트가에서 나를 알아본 다음 내가 마차 번호를 보고 마부를 찾아낼 것도 짐작해 이 뻔뻔한 메시지를 보낸 거야. 정말이지, 왓슨, 이번에 우린 호적수를 만났네. 나는 런던에서 한 방 당했지만 데번셔에서 자네는 운이 좋길 바라네. 하지만 그게 좀 마음에 걸리는군."

"무엇 말인가?"

"자네를 보내는 거 말이야. 이건 추악한 사건이야, 왓슨, 추악하고 위험한 사건이라고. 알면 알수록 마음에 들지 않는군. 그래, 이 친구야, 자넨 웃을지도 모르지만 난 자네가 무사히 베이커가로 돌아오면 정말 좋겠네. 진심이라고."

6장
바스커빌 홀

 약속날이 되자 헨리 바스커빌 경과 모티머 박사는 떠날 채비를 마쳤고 우리는 예정대로 데번셔로 출발했다. 홈스는 역까지 배웅을 나와 헤어지기 전 마지막으로 지시와 조언을 주었다.
 "왓슨, 난 자네한테 무슨 이론이나 의심을 내비쳐서 선입견을 심어주고 싶지 않네. 그냥 자네가 최대한 상세하게 모든 사실을 보고해주면 좋겠어. 이론을 세우는 것은 내게 맡겨."
 "어떤 종류의 사실 말인가?"
 "간접적으로라도 사건과 관련이 있어 보이는 것은 뭐든지 좋아. 특히 헨리 바스커빌과 이웃들의 관계나 찰스 경의 죽음과 관련해 새로운 사실이면 뭐든 보고해줘. 나도 요 며칠 사이 몇 가지를 조사했지만 안타깝게도 신통치가 않아. 한 가지는 확실해 보이는데 차후 유산 상속인인 제임스 데스먼드 씨는 성격이 매우 원만한, 연로한 신사분이고, 그러니 헨리 경을 괴롭히는 이 일의 범인은 아니라는 거지. 우리의 용의선상에서 그는 제외해도 될 것 같네. 그렇다면 황무지에서 실제로 헨리 경 주변에 있을 사람들만 남는 거지."
 "우선 이 배리모어 부부부터 내보내는 게 좋지 않을까?"
 "무슨 소리! 그거야말로 치명적인 실수가 될 걸세. 만약 그들이 무고하다면 해고는 잔인하고 부당한 처사일 테고, 만약 그들이 범인이라면 그들을 단죄할 모든 기회를 날려버리는 꼴이야. 아니야, 아니야. 그들은 우리 용의자 명단에 그대로 놔둬야 해. 그다음 내 기억이 맞는다면 바스커빌 홀의 마부가 있지. 황무지에 사는 농부도 두 명 있어. 그다음, 우리 친구 모티머 박사가 있는데 난 그가 더없이 정직하다고 믿어. 또 박사의 부인이 있는데 부인에 대해서 우린 아무것도 모르지. 그리고 박물학자라는 스테이플턴이 있고 매력적인 아가씨라고 하는 그 누이가 있지. 또 라프터 홀의 프랭클랜드 씨가 있는데 그도 미지의 인물이야. 그리고 또 한두 명의 이웃이 있지. 이 사람들이 자네가 특별히 연구해야 할 대상이네."

"최선을 다해보겠네."

"무기는 지니고 가는 거지?"

"응, 가져가는 게 좋을 거라 생각했어."

"그렇고말고. 밤낮으로 리볼버를 가까이에 두고 절대 경계를 게을리해서는 안 돼."

우리의 친구들은 이미 일등실에 자리를 잡아두고 승강장에서 우리를 기다리고 있었다.

"아뇨, 새로운 소식은 더 없습니다." 내 친구의 질문에 모티머 박사가 대답했다. "한 가지는 장담할 수 있는데 지난 이틀간은 미행을 당하지 않았다는 겁니다. 밖에 나갈 때마다 예의 주시했으니 만약 미행을 당했더라면 알아챘을 겁니다."

"두 분이 항상 같이 다니셨습니까?"

"어제 오후만 빼고요. 저는 런던에 오면 보통 하루는 순전히 취미 활동에 바치거든요. 그래서 어제 오후는 외과대학 박물관에서 보냈습니다."

"저는 공원에 나가 사람들을 구경했습니다." 바스커빌이 말했다. "하지만 아무런 문제도 없었어요."

"그래도 너무 경솔하셨습니다." 홈스가 고개를 저으며 아주 무거운 표정으로 대꾸했다. "헨리 경, 앞으로는 절대 혼자 돌아다니지 마십시오. 그랬다가는 커다란 불운이 닥칠지도 모릅니다. 다른 구두 한 짝은 찾으셨나요?"

"아뇨, 홈스 씨, 영영 잃어버렸습니다."

"그렇군요. 그것 참 흥미롭군요. 그럼 안녕히 가십시오." 기차가 승강장을 따라 서서히 미끄러지기 시작하자 홈스가 한마디 덧붙였다. "헨리 경, 모티머 박사가 읽어준 그 기묘한 옛 전설의 구절을 꼭 명심하셔서 악의 힘이 창궐하는 어두울 때는 황무지를 피하십시오."

기차가 출발한 후 멀어지는 승강장을 뒤돌아보니 키가 크고 근엄한 모습의 홈스가 여전히 꼼짝 않고 우리를 지켜보고 있었다.

여행은 신속하고 쾌적했으며 그동안 나는 두 동행인과 더 친해졌고 모티머 박사의 스패니얼과 장난을 치기도 했다. 단 몇 시간 만에 갈색 땅은 불그레한 빛을 띠었고 벽돌은 화강암으로 바뀌었으며 붉은 암소들은 울타리를 두른 잘 가꾼 들판에서 풀을 뜯고 있었다. 잔디가 푸르르고 초목이 무성한 걸 보니, 더 습할지라도 비옥한 풍토인 듯했다. 젊은 바스커빌은 창밖을 열심히 내다보며 데번의 친숙한 풍경을 알아차릴 때마다 탄성을 내질렀다.

"왓슨 박사, 저는 이곳을 떠난 뒤로 세계 여러 곳을 다녀봤지만 여기에 비길 만한 곳은 본 적이 없어요."

"데번셔 사람치고 자기 고장이 최고라고 하지 않는 사람은 없더군요." 내가 대답했다.

"그건 고장뿐 아니라 혈통과도 상관이 있지요." 모티머 박사가 말했다. "여기 우리 친구를 흘깃 보기만 해도 켈트족의 둥근 두상이 금방 눈에 들어오지요? 이 머리 안에는 켈트족의 열정과 강한 애착심이 담겨 있어요. 돌아가신 찰스 경의 두상은 아주 보기 드문 유형이라, 반은 게일족, 반은 이베르니아족의 특징*을 갖고 있었지요. 그런데 헨리 경, 마지막으로 바스커빌 홀을 보신 것이 아주 어렸을 때죠, 그렇지 않습니까?"

"선친께서 돌아가셨을 때 저는 십대 소년이었는데 저희는 줄곧 남해안의 작은 시골집에 살아서 바스커빌 홀은 구경한 적이 없습니다. 저는 거기서 바로 미 대륙에 있는 친구한테 갔지요. 그래서 왓슨 박사만큼 저한테도 모든 게 생소합니다. 빨리 황무지를 보고 싶어 몸이 근질근질합니다."

"그러세요? 그 소원은 금방 이뤄질 겁니다. 저기 이제 황무지가 보이네요." 모티머 박사가 객실 창문 바깥을 손가락으로 가리키며 대답했다.

네모반듯하게 구획된 넓고 푸르른 벌판과 낮게 굽이치는 숲 너머에 기이하게 생긴 봉우리가 들쭉날쭉 솟아 있는 잿빛의 음울한 언덕이 저멀리서 눈에 들어왔는데, 흐릿하고 희미하여 마치 꿈속에서 보는 비현실적인 풍경 같았다. 바스커빌은 오랫동안 그곳에 눈길을 고정한 채 앉아 있었고 나는 푹 빠진 그의 표정에서, 자신과 같은 피를 타고난 사람들이 그렇게 오랫동안 권세를 누리며 자신들의 흔적을 깊이 아로새긴 그 낯선 곳과의 첫 대면이 그에게 얼마나 뜻깊은지를 짐작할 수 있었다. 그는 트위드 양복을 입고 미국식 억양을 구사하며 평범한 이 열차 객실 한구석에 앉아 있었지만, 감정 표현이 풍부한 그의 검은 얼굴을 바라보며 나는 어느 때보다 그가 성미가 불같은 다혈질에 언제나 주인으로 군림해온, 유서 깊은 가문의 진정한 후손임을 느꼈다. 그의 진한 눈썹과 섬세한 콧방울, 커다란 녹갈색 눈동자에는 긍지와 용기, 힘이 있었다. 설사 그 무서운 황무지에 어렵고 위험한 모험이 기다리고 있다 하더라도 적어도 이 사람이라면 용감하게 위험을 함께 무릅쓸 것이란 확신이 들었고, 그는 같이 모험에 뛰어들 만한 동료였다.

기차가 길가의 작은 역에 멈추자 우리는 모두 내렸다. 바깥에는 나지막한 하얀 담장 너머로 한 쌍의 콥종 말이 이끄는 작은 사륜 경마차가 기다리고 있

---

* 반은 스코틀랜드 켈트족, 반은 아일랜드인의 특징을 보여준다는 뜻.

었다. 역장과 짐꾼이 짐을 나르기 위해 우리 주위로 몰려온 것으로 보아 우리의 도착은 큰 사건인 모양이었다. 소박하고 다정한 시골이었지만 나는 짙은 제복을 차려입은, 군인으로 보이는 사람 두 명이 역 입구에 서 있는 것을 보고 놀랐다. 그들은 짧은 라이플에 기대선 채 지나가는 우리를 유심히 살폈다. 마부는 주름살이 깊게 팬 억센 인상에 몸집이 자그마한 사내로, 헨리 바스커빌 경을 보자 정중히 인사했고 몇 분 안에 우리는 너른 흰 길을 따라 쏜살같이 내달리고 있었다. 우리 양옆으로는 굽이치는 목초지가 부드럽게 솟아올랐고 오래된 박공지붕 집들이 짙은 녹엽 사이로 언뜻언뜻 보였다. 평화롭고 따사로운 시골 풍광 뒤로 어둡고 음울한 황무지의 윤곽선이, 삐죽삐죽 솟은 음산한 언덕과 함께 저녁 하늘을 배경으로 길게 펼쳐졌다.

마차는 옆길로 휙 돌아들었다. 우리는 수세기 동안 마차 바퀴에 닳아 움푹 팬 오솔길을 달렸다. 길 양옆으로 높은 둑이 있고 축축한 이끼와 튼실한 골고사리가 무성했다. 갈색으로 변한 고사리와 얼룩덜룩한 찔레 덤불이 지는 햇살에 반짝거렸다. 우리는 좁은 화강암 다리를 건너 잿빛 바위 사이로 거품을 일으키며 콸콸 흘러가는 요란한 시내를 끼고 완만한 오르막을 달렸다. 길과 시냇물은 떡갈나무와 전나무가 울창한 산골짜기 사이로 구불구불 이어졌다. 길 모퉁이를 돌 때마다 바스커빌은 환호성을 내지르며 주변을 열심히 둘러보고 계속 질문을 던졌다. 그의 눈에는 모든 것이 아름다워 보이는 듯했지만 나는 한 해가 저물어가는 흔적이 역력한 시골 풍광에 약간의 우수를 느꼈다. 오솔길을 뒤덮은 노란 낙엽은 우리가 지나가자 가볍게 흩날렸다. 썩은 낙엽 ― 내겐 바스커빌가의 후계자가 귀향하는 마차 앞에 자연이 주는 쓸쓸한 선물처럼 느껴졌다 ― 이 깔린 길로 접어들자 덜컹거리는 마차 바퀴 소리는 점차 잦아들었다.

"어라!" 모티머 박사가 외쳤다. "저건 뭐지?"

황무지 외곽에 툭 튀어나온, 히스로 뒤덮인 가파른 언덕이 눈에 들어왔다.

언덕 꼭대기에는 판석 위의 기마상처럼 단단하고 또렷해 보이는 말 탄 군인이 팔뚝 위에 라이플을 얹어 준비 태세를 갖춘 채 어둡고 준엄한 분위기를 풍기고 있었다. 그는 우리가 가는 길목을 감시하고 있었다.

"이게 무슨 일이지, 퍼킨스?" 모티머 박사가 물었다.

마부가 우리 쪽으로 몸을 반쯤 돌리며 대답했다.

"프린스타운 형무소에서 죄수가 한 명 탈옥했어요, 선생님. 지금 사흘째 안 잡혀서 간수들이 길이란 길과 역이란 역은 다 감시하고 있는데 아직 구경도 못했답니다. 요 근방의 농부들은 싫어합니다만 그래도 어쩔 수 없죠."

"하지만 제보를 하면 5파운드를 받을 텐데."

"그렇기야 하지만 5파운드는 목이 달아날 수도 있는 것에 비하면 아무것도 아니지요. 저기, 그놈은 보통 죄수가 아니에요. 무슨 짓을 저지를지 모르는 놈입니다."

"대체 누군데?"

"셀던이라고, 그 노팅힐 살인자 아시죠?"

나는 그 사건을 잘 기억하고 있었는데, 홈스가 살인자의 전형적인 행태를 보여주는 범죄의 흉악성과 잔인무도함에 흥미를 보였기 때문이다. 그가 사형에서 감형된 것은 범행 수법이 하도 잔혹해 정신 상태가 온전하지 않을 수도 있다는 의문이 제기되어서였다. 우리가 탄 마차는 오르막길 꼭대기에 다다랐고 눈앞으로는 우둘투둘한 돌무덤과 울퉁불퉁한 바위산이 군데군데 솟아 있는 광막한 황무지가 펼쳐졌다. 황무지에서 휘몰아치는 차가운 바람에 우리는 모두 부르르 떨었다. 저 황량한 평원 어딘가에 자기를 내친 인간들에 대한 악의로 똘똘 뭉친, 악마 같은 인간이 들짐승처럼 도사리고 있었다. 황량한 황무지와 싸늘한 바람, 어두워져가는 하늘이 자아내는 음울한 분위기에 방점을 찍기에 충분한 생각이었다. 바스커빌마저도 말없이 코트를 더 바짝 여몄다.

우리가 떠나온 비옥한 땅이 저멀리 아래에 있었다. 이제 뒤를 돌아보니 기울어져가는 저녁 햇살은 시냇물을 금빛으로 수놓고, 쟁기로 막 갈아엎은 붉은 흙과 넓게 우거진 삼림 위로 환하게 빛나고 있었다. 커다란 바위가 점점이 박힌 적갈색과 올리브색의 거대한 경사면을 넘어갈수록 길은 점점 더 황량하고 을씨년스러워졌다. 이따금씩 지나치는 황야의 농가는 담을 두르고 돌로 지붕을 얹었지만 쓸쓸함을 덜어줄 담쟁이덩굴 하나 없었다. 갑자기 눈 아래로 찻잔처럼 움푹 들어간 땅이 나타났고 오랜 세월 폭풍의 맹위에 뒤틀리고 구부러져 성장을 멈춘 떡갈나무와 전나무가 여기저기 눈에 띄었다. 가느다란 높은 탑 두 개가 나무들 위로 우뚝 솟아 있었다. 마부가 채찍으로 가리키며 말했다.

"바스커빌 홀입니다."

홀의 주인은 상기된 채 일어서서 반짝이는 눈으로 홀을 바라봤다. 몇 분 뒤 우리는 정문에 도착했다. 문에는 연철로 만들어진 환상적인 트레이서리*가 미로처럼 얽혀 있고 양옆으로 비바람에 시달리고 이끼로 뒤덮인 기둥이 있었는데 꼭대기에는 바스커빌가의 문장인 멧돼지 머리 장식이 있었다. 문간채는 검은 화강암 잔해와 서까래의 늑재가 다 드러나 있었지만 맞은편에는 반쯤 지어진 새로운 건물이 마주보고 있었다. 찰스 경이 남아프리카 금광에서 벌어 온 돈의 첫 결실이었다.

입구를 지나 진입로로 접어드니 다시금 마차 바퀴 소리는 낙엽에 묻혔고 오래된 나무들은 가지를 뻗어 우리 머리 위로 어두컴컴한 터널을 만들었다. 바스커빌은 길고 어두운 진입로 저멀리 유령처럼 희끄무레하게 빛나는 저택을 쳐다보며 몸을 부르르 떨었다.

"여기서 돌아가신 겁니까?" 그가 낮은 목소리로 물었다.

"아뇨, 주목 오솔길은 저쪽에 있어요."

젊은 후계자는 음울한 표정으로 주변을 흘끗 둘러보았다.

---

* 고딕 건축에 나타나는 나뭇가지 모양이나 곡선으로 된 정교한 장식 무늬.

"이런 곳이라면 백부님이 당신께 재난이 닥쳐올 거라고 느끼신 것도 당연하겠군요. 누구라도 겁이 날 만합니다. 육 개월 내로 여기에 전기 가로등을 죽 세워야겠어요. 여기부터 홀 현관 앞까지 촛불 천 개 밝기의 스완 앤드 에디슨 전등을 세우면 다시는 이런 기분이 들지 않을 겁니다."

진입로가 끝나자 너른 잔디밭이 나왔고 우리 앞에는 저택이 우뚝 서 있었다. 기울어가는 저녁 햇빛 속에서 중앙에 현관이 튀어나온 거대한 건물을 볼 수 있었다. 정면은 온통 담쟁이가 드리워져 있었는데 군데군데 담쟁이를 쳐낸 곳에는 창문이나 문장이 그 검은 베일 너머로 드러나 있었다. 이 중앙 본관에는 총안과 무수한 화살구멍을 낸 오래된 쌍둥이 탑이 솟아 있었다. 작은 탑 양 옆에는 검은 화강암으로 지은 더 현대적인 부속 건물이 자리잡고 있었다. 중간 창살을 댄 격자 창문으로 흐릿한 빛이 퍼져나왔고 가파르게 각이 진 지붕 위로 솟은 높은 굴뚝에서는 검은 연기 기둥이 피어올랐다.

"어서 오십시오, 헨리 경! 바스커빌 홀에 오신 걸 환영합니다!"

키가 큰 남자가 현관의 그림자에서 나와 마차의 문을 열었다. 홀의 노란빛을 배경으로 한 여자의 실루엣도 보였다. 그녀도 나와서 남자를 도와 짐을 내렸다.

"저는 바로 집으로 돌아가도 괜찮겠지요, 헨리 경?" 모티머 박사가 말했다. "집사람이 기다리고 있을 겁니다."

"아니, 함께 식사하고 가지 않으시고요?"

"아뇨, 가봐야 합니다. 집에 가면 일이 밀려 있을 겁니다. 저도 남아서 기꺼이 저택을 구경시켜드리고 싶지만 그런 일은 배리모어가 저보다 나을 겁니다. 그럼 안녕히 계세요, 도움이 필요하면 주저 말고 언제든 연락주십시오."

바퀴 소리가 길을 따라 점점 멀어져가는 동안 헨리 경과 나는 건물 안으로 들어섰고 우리 뒤로 쿵 하는 육중한 소리를 내며 문이 닫혔다. 우리가 들어간 홀은 넓고 천장이 높으며 세월에 검게 변색된 커다란 떡갈나무 서까래를 많이 댄 훌륭한 방이었다. 높은 장작 받침대 뒤편 커다란 구식 벽난로 안에서는 통나무가 탁탁 소리를 내며 타고 있었다. 헨리 경과 나는 난롯불에 손을 쬐었다. 오랫동안 마차를 타고 오느라 몸이 얼어 있었다. 그다음 우리는 오래된 높고 좁은 스테인드글라스 창과 떡갈나무 벽널, 수사슴의 머리, 벽에 걸린 문장을 둘러보았다. 중앙 램프의 어둑한 빛 속에서 모두 침침하고 흐릿해 보였다.

"내가 상상한 그대로예요." 헨리 경이 말했다. "오래된 본가 그 자체의 모습 아닙니까? 이 집에서 오백 년 동안 우리 집안 사람들이 살아왔다니! 그렇게 생각하니 뭔가 엄숙한 기분이 듭니다."

나는 주위를 둘러보는 그의 검은 얼굴이 소년 같은 열정으로 환하게 빛나는 것을 보았다. 그가 서 있는 곳에 빛이 쏟아졌지만 긴 그림자는 벽을 따라 이어져 그 위로 검은 차양을 만들었다. 배리모어가 우리의 짐을 각자 방으로 옮긴 후 돌아왔다. 잘 교육받은 하인답게 절제된 태도로 우리 앞에 서 있었다. 그는 풍채가 좋은 인물이었다. 키가 크고 잘생겼으며 네모진 검은 수염을 기르고 얼굴이 하얗고 이목구비가 뚜렷했다.

"곧바로 저녁을 드시겠습니까, 주인님?"

"준비가 되었나?"

"몇 분이면 됩니다, 주인님. 방에 가시면 뜨거운 물이 있을 겁니다. 저와 아내는 헨리 경께서 집안을 새로 정리하실 때까지 헨리 경을 모시게 되어 기쁩니다만, 이제 여건이 바뀌면 이 저택에 적잖은 하인들이 필요하리라는 것을 아실 겁니다."

"여건이 바뀌다니?"

"제 말씀은 그저 찰스 경께서는 혼자 적적하게 사셨기 때문에 그분이 필요로 하는 것은 저희 두 사람이 모두 돌봐드릴 수 있었다는 겁니다. 하지만 주인님께서는 자연히 친구분들도 더 많이 사귀실 테고 그러자면 집안에도 변화를 좀 주어야겠죠."

"자네 두 사람은 떠나고 싶다는 소린가?"

"주인님께서 편하실 때 말입니다."

"하지만 자네 집안은 여러 대째 우리 집안과 함께해오지 않았는가? 여기서 내 삶을 시작하면서 가문의 오랜 연줄을 끊어야 한다면 애석한 일인데……"

집사의 하얀 얼굴에 얼마간 감정이 드러나는 것 같았다.

"저도 애석하게 생각합니다, 주인님. 제 처도 그렇고요. 하지만 사실대로 말씀드리자면, 저희 두 사람은 찰스 경을 정말 가깝게 모셔왔습니다. 그래서 그분의 죽음은 저희에게 큰 충격이었고 이곳에 머무는 것이 무척 괴롭습니다. 아쉽지만 앞으로 바스커빌 홀에서는 결코 마음이 편치 않을 것 같습니다."

"그럼 앞으로 어쩔 셈인가?"

"저희는 다른 데서도 잘 자리잡을 것입니다. 이게 다 찰스 경의 너그러움 덕분이지요. 그럼, 주인님, 방을 안내해드리겠습니다."

오래된 홀 양쪽으로 난 계단을 올라가자 난간을 두른 회랑이 길게 이어져 있었다. 이 중앙 지점부터 긴 복도가 건물 전체를 따라 양쪽으로 길게 뻗어 있었고 모든 침실은 이 복도와 통했다. 내 침실은 바스커빌의 침실과 같은 면에 있었고 바로 옆방이나 마찬가지였다. 이 침실은 건물 중앙부보다 훨씬 현대식인 듯했고, 밝은 벽지와 무수한 촛불이 우리가 도착했을 때 느꼈던 칙칙한 인상을 얼마간 덜어주었다.

그러나 홀 쪽에서 이어지는 식당은 그림자와 어둠이 지배하는 곳이었다. 길쭉한 방으로, 연단으로 구분되어 가족은 위쪽에 앉고 하인들은 아래쪽에 앉는 식이었다. 한쪽 끝에는 음악 연주자들이 앉는 발코니가 식당을 내려다보고 있었다. 우리 머리 위로는 검은 서까래가 가로지르고 있었고 그 너머로는 연기에 검게 그을린 천장이 있었다. 옛날처럼 천장에 줄줄이 횃불을 밝히고 왁자지껄하게 연회라도 벌인다면 좀더 부드러운 분위기였겠지만, 지금은 검은 연미복을 차려입은 두 신사가 갓을 씌운 램프에서 나오는 흐릿한 불빛 주위에 앉아 있자니 목소리도 나직해지고 기분도 착 가라앉았다. 엘리자베스 시대 기사부터 섭정 시대 멋쟁이에 이르기까지 각양각색으로 성장한 선조들의 흐릿한 초상화가 우리를 내려다보았다. 말없이 동석한 초상화 속 그들은 우리를 압도하고 있었다. 우리는 거의 말을 하지 않았고, 나로서는 식사가 끝나고 현대적인 당구실로 물러가 담배를 피울 수 있게 되자 기뻤다.

"세상에, 썩 기분좋은 곳은 아니군요!" 헨리 경이 말을 꺼냈다. "분위기에 차차 익숙해지긴 하겠지만 지금으로선 영 어색하게 느껴집니다. 이런 집에서 죽 혼자 사셨다면 백부님께서 신경이 다소 예민해지셨던 것도 그리 이상한 일은 아니군요. 괜찮으시다면 잠자리에 일찍 들까요? 내일 아침이면 분위기가 더 밝아질지도 모르죠."

침대에 들기 전에 나는 커튼을 젖히고 창밖을 내다보았다. 창문은 현관 앞 잔디밭 쪽으로 나 있었다. 잔디밭 너머로는 두 관목 덤불이 거세게 이는 바람에 윙윙거리며 흔들렸다. 빠르게 흘러가는 구름 사이로 반달이 비쳤다. 차가운 달빛 속에서 나무 너머로 길고 낮게 굽이치는 구슬픈 황무지와 그 가장자리를 따라 끊어질 듯 말 듯 이어진 바위들이 보였다. 마지막 인상 역시 나머지 인상과 다르지 않다고 느끼면서 나는 커튼을 쳤다.

하지만 그게 끝이 아니었다. 피곤했지만 정신이 말똥말똥해 나는 오지도 않는 잠을 청하며 이리저리 뒤척이고 있었다. 멀리서 괘종시계가 십오 분 간격으로 종을 쳤고 그 소리만 아니면 고택은 쥐죽은듯 조용했다. 그런데 갑자기 한밤중에 또렷하게 울려퍼지는 소리가 분명히 들려왔다. 그것은 여자의 흐느낌, 가눌 길 없는 슬픔에 가슴이 찢어져, 북받치는 울음을 애써 참는 소리였다. 나는 일어나 귀를 쫑긋했다. 먼 데서 들려오는 소리가 아니라 분명 집안에서 나는 소리였다. 나는 신경을 곤두세우고 반시간 동안 기다렸지만 시계 종소리와 담쟁이덩굴이 벽에서 바스락거리는 소리 외엔 아무 소리도 나지 않았다.

7장
메리피트 하우스의 스테이플턴 남매

이튿날의 신선하고 아름다운 아침이 바스커빌 홀에서의 첫날이 남긴 음침하고 칙칙한 인상을 얼마간 지워주었다. 헨리 경과 내가 아침을 드는 동안 높은 격자창으로 햇살이 쏟아져들어와 창문에 장식된 문장들이 아른거리는 무늬를 만들어냈다. 금빛 햇살에 식당의 어두운 벽널들이 청동처럼 빛나자 엊저녁 우리 마음속에 그토록 음울한 기운을 불어넣은 그 방이 맞나 싶을 정도였다.

"집이 아니라 우리 자신을 탓해야 할 것 같군요!" 준남작이 입을 열었다. "우리는 어제 여행으로 지치고 마차를 타고 오느라 뼛속까지 추워져서 이곳을 우울하게 느꼈던 겁니다. 이제는 몸과 마음이 산뜻하니 다시금 유쾌해지네요."

"전적으로 우리의 상상 탓만은 아닙니다. 이를테면, 혹시 어젯밤에 누군가, 여자로 짐작되는 사람이 흐느끼는 소리를 들으셨습니까?"

"그것참 이상하군요. 저도 살짝 잠이 들었을 때 그런 소리를 들은 것 같았어요. 한동안 기다렸지만 더는 소리가 들리지 않아서 그냥 꿈이었나보다 했습니다."

"저는 똑똑하게 들었습니다. 분명히 여자가 흐느껴 우는 소리였어요."

"그럼 곧장 물어봐야겠군요."

그는 종을 울려 배리모어에게 어제 들은 소리를 아는지 물어보았다. 주인의 질문을 듣는 동안 안 그래도 창백한 집사의 안색이 한층 더 창백해지는 것 같았다.

"이 집에는 여자가 단둘뿐입니다, 헨리 경. 한 명은 식기실 하녀로 반대쪽 곁채에서 잡니다. 나머지 한 명은 제 처인데, 제 처가 그런 소리를 낸 적은 없다고 장담합니다."

그러나 그의 말은 거짓이었다. 나는 아침식사 후에 긴 복도에서 배리모어 부인을 봤는데 햇살이 그녀의 얼굴을 정면으로 비추고 있었다. 배리모어 부인은 덩치가 있고 무표정하며 투박한 얼굴에 굳은 입가가 근엄해 보이는 여자였다. 그러나 그녀는 누가 봐도 붉게 충혈되고 부은 눈으로 나를 흘끗 쳐다봤다. 그렇다면 밤에 운 사람은 역시 그녀였고 만약 그녀가 울었다면 분명 남편은 그 사실을 알았을 것이다. 그러나 그는 거짓말이 탄로날 위험을 무릅쓰고 아니라고 잡아뗐다. 왜 그랬을까? 그리고 왜 그녀는 그렇게 서럽게 울었을까? 벌써 이 창백하고 잘생긴 검은 수염의 사내 주변으로 수수께끼와 음울한 기운이 모여들기 시작했다. 시신을 처음 발견한 사람은 그였고 우리에게는 찰스 경이 죽음에 이르기까지의 상황 일체에 대해 오로지 그의 진술밖에 없었다. 그렇다면 리젠트가의 마차에서 우리가 본 사람은 역시 배리모어였을까? 그 수염은 역시 배리모어의 수염이었을지도 모른다. 마부는 다소 키가 작은 사람이라고 했지만 그런 인상은 착각이기 십상이다. 이 의심을 어떻게 해소할 수 있을까? 제일 먼저 해야 할 일은 그림펜의 우체국장을 찾아가 우리가 확인차 보낸 전보가 실제로 배리모어에게 직접 건네졌는지 확인해보는 것이었다. 우체국장의 답변이 무엇이든 적어도 셜록 홈스한테 보고할 거리는 생길 것이다.

헨리 경에게는 아침식사 후에 살펴볼 서류가 쌓여 있어서 마침 내가 잠깐 나갔다 오기에도 안성맞춤이었다. 황무지의 가장자리를 따라 4마일을 산책하는 것은 즐거운 일이었고 마침내 나는 스산한 작은 마을에 도착했다. 다른 집들을 굽어보는 큰 건물 두 채 가운데 하나는 여인숙이었고 다른 하나는 모티머 박사의 집이었다. 마을의 잡화상도 겸하고 있는 우체국장은 전보를 똑똑히 기억하고 있었다.

"물론이죠, 선생. 지시한 그대로 배리모어 씨한테 전보를 배달했습니다."

"누가 배달했습니까?"

"여기 우리 아들이요. 제임스, 너 지난주에 바스커빌 홀의 배리모어 씨한테 전보를 배달했지, 그렇지?"

"예, 아버지. 배달했어요."

"그 사람한테 직접 건네줬니?" 내가 물었다.

"그게, 아저씨가 그때 다락에 올라가 계셔서 그분 손에 직접 드릴 수는 없었어요. 대신 배리모어 부인께 드렸어요. 부인은 즉시 전해드리겠다고 하셨고요."

"배리모어 씨를 봤니?"

"아니요, 선생님. 그분은 다락에 올라가 계셨다니까요."

"네가 배리모어 씨를 보지 못했다면 그 사람이 다락에 있었다는 것을 넌 어떻게 아니?"

"아니, 그 사람 처라면 남편이 어디 있는지쯤은 당연히 알지 않겠소?" 우체국장이 퉁명스레 대꾸했다. "전보를 못 받았다고 합디까? 뭔가 문제가 있다면 배리모어 씨가 직접 항의를 하셔야죠."

더이상의 조사는 어려워 보였다. 어쨌든 홈스의 계책에도 불구하고 배리모어가 당시 런던에 없었다는 물증은 없었다. 가령 그가 런던에 있었다고 한다면—가령 찰스 경이 살아 있는 것을 본 마지막 사람이 새로운 후계자가 영국으로 돌아오자마자 뒤를 밟은 사람과 동일인이라고 한다면, 그렇다면? 그는 다른 이들의 하수인일까 아니면 자신만의 음흉한 꿍꿍이가 있는 것일까? 그

7장 89

는 대체 무슨 이해관계가 있어서 바스커빌 가문을 괴롭히는 것일까? 나는 〈타임스〉 사설에서 오려낸 기묘한 경고를 떠올렸다. 그가 한 일이었을까 아니면 혹시 그의 음모를 방해하려는 다른 누군가가 한 일이었을까? 유일하게 떠오르는 동기는 헨리 경이 제시한 대로 만약 바스커빌 가문 사람을 겁줘 쫓아내면 배리모어 부부는 안락한 집을 영영 독차지할 수 있다는 것이었다. 하지만 아무런들 그런 설명은 젊은 준남작 주위로 보이지 않는 그물을 치는 것처럼 보이는 음험하고 교묘한 음모를 설명하기에는 매우 부족해 보였다. 홈스도 온 세상을 깜짝 놀라게 한 자신의 긴 사건 목록 가운데 이보다 더 까다로운 사건은 본 적이 없다고 말할 정도였다. 인기척 없는 쓸쓸한 길을 되짚어오면서 나의 친구가 곧 런던의 일에서 풀려나, 이곳으로 내려와 내 어깨에서 무거운 책임을 벗겨줄 수 있기를 마음속으로 빌었다.

갑자기 뒤에서 내 이름을 부르며 뛰어오는 발소리에 내 상념은 뚝 끊겼다. 모티머 박사를 기대하고 고개를 돌린 나는 뒤따라오던 사람이 낯선 사람임을 알고 깜짝 놀랐다. 그는 작고 호리호리하며, 말끔히 면도한 고지식한 얼굴에 아맛빛 머리칼과 갸름한 턱을 가진 삼십대에서 사십대 사이의 남자로, 회색 양복에 밀짚모자를 쓰고 있었다. 식물채집용 양철 상자를 어깨에 둘러메고 한 손에는 초록색 잠자리채를 들고 있었다.

"주제넘은 무례를 용서해주시길 바랍니다, 왓슨 박사님." 그가 내가 서 있는 곳으로 숨이 차게 뛰어오며 말했다. "여기 황무지 사람들은 허물없는 사람들이라 정식 소개를 기다리지 않는답니다. 제 이름은 저희 둘 모두의 친구인 모티머한테서 들어보셨을 겁니다. 저는 메리피트 하우스에 사는 스테이플턴입니다."

"상자와 잠자리채를 보고 벌써 알아차렸습니다. 스테이플턴 씨가 박물학자란 이야기를 들었거든요. 그런데 저는 어떻게 알아보셨습니까?"

"모티머한테 들렀었는데, 선생이 진료실 앞을 지나칠 때 창문에서 가리켜

줬습니다. 저도 선생과 같은 방면으로 가니 따라잡아서 인사를 드려도 되겠다 싶었지요. 헨리 경은 여행으로 몸이 편찮거나 하지는 않으신지요?"

"덕택에 잘 계십니다."

"찰스 경의 애석한 죽음 이후로 새 준남작이 여기에 와 살지 않을까봐 다들 걱정했습니다. 부유한 사람한테 이런 곳에 내려와 묻혀 지내라는 것은 무리한 요구이긴 하지만 바스커빌 홀에 새 주인이 생기는 게 이 지방 사람들에게는 매우 중요한 일이라는 것은 제가 굳이 설명하지 않아도 잘 아시겠지요? 헨리 경은 전설에 대한 두려움 같은 것은 없는 모양이네요."

"예, 그런 것 같습니다."

"물론 선생도 바스커빌가를 괴롭히는 악령 개의 전설은 알고 계시죠?"

"들은 적이 있습니다."

"여기 농부들은 그런 미신을 얼마나 잘 믿는지 정말 기가 막힐 정도입니다. 많은 농부들이 황무지에서 그런 괴물을 봤다고 하늘에 대고 맹세할 정도지요." 그는 빙긋 웃으며 말했지만 눈빛을 보니 이 문제를 심각하게 받아들이는 것 같았다. "찰스 경은 개의 전설에 완전히 사로잡혀 있었고, 이 때문에 비극적인 죽음까지 맞이했다고 확신합니다."

"하지만 어떻게요?"

"그분은 신경이 아주 예민해져서 어떤 개가 나타나든 그 쇠약해진 심장에 치명적이었을 겁니다. 저는 찰스 경이 그 마지막날 밤 주목 오솔길에서 그런 뭔가를 실제로 본 게 아닐까 생각합니다. 저는 불상사가 생길지도 모른다고 걱정했지요. 그분을 무척 좋아했고 또 그분이 심장이 약하다는 걸 알았거든요."

"어떻게 아셨습니까?"

"친구인 모티머가 이야기해줬습니다."

"그럼, 어떤 개가 찰스 경을 쫓아왔고 그 결과 찰스 경은 겁에 질려 돌아가신 거라 생각하시는 거군요."

"그보다 더 나은 설명이 있습니까?"

"저는 아직 아무런 결론도 내리지 못했습니다."

"셜록 홈스 씨는요?"

그 말에 나는 흠칫 놀랐지만 내 동행의 차분한 얼굴과 흔들림 없는 눈동자를 보니 나를 놀래주려는 의도는 아닌 듯했다.

"저희가 선생을 모르는 척해봤자 소용없는 일이지요." 그가 말했다. "선생께서 쓰신 탐정에 대한 기록이 이곳의 저희한테까지 전해졌는데, 그분의 활약상을 알리고 있는 선생의 이름도 알려지는 거야 당연한 일이죠. 모티모도 선생의 성함을 저에게 언급했을 때 선생이 어떤 분인지 부인하지 않았고요. 선생께서 여기 계신다면 셜록 홈스 씨도 이 사건에 흥미를 갖고 있다는 결론이 나오지요. 그래서 저는 자연히 그분의 견해가 어떤지 궁금했던 거고요."

"죄송하지만 그 질문에는 답변을 드릴 수 없네요."

"그분이 이곳을 친히 왕림하실지 여쭤도 되겠습니까?"

"홈스 씨는 현재 런던을 뜰 수 없습니다. 다른 사건들에 매여 있느라 말이죠."

"참 안타깝군요! 그분이라면 우리로서는 도통 알 수 없는 이 사건에 실마리를 던져주실 수 있을 텐데요. 하지만 선생께서 조사하시는 일에 어떻게든 제가 도움이 될 수 있다면 언제든 부탁하시지요. 선생께서 어딘가에 혐의를 두고 있다거나 아니면 사건을 어떻게 수사하실지 귀띔해주신다면 지금 당장에라도 도움이나 조언을 드릴 수 있을지도 모르겠습니다."

"무슨 말씀을…… 저는 그저 친구인 헨리 경을 방문하러 이곳에 온 것이니 도움은 괜찮습니다."

"훌륭하십니다! 이런 일은 조심스럽고 신중하게 접근하는 게 맞지요. 제가 주제넘은 참견을 해서 혼이 났군요. 앞으로 두 번 다시는 이 문제를 언급하지 않겠습니다."

우리는 풀이 난 좁은 길이 큰길에서 갈라져나와 황무지 너머로 구불구불 이

어지는 지점에 이르렀다. 우리 오른편으로는 암석들이 여기저기 흩어져 있는 가파른 언덕이 솟아 있었는데 옛날에는 화강암 채석장으로 쓰인 곳이었다. 우리가 마주보는 사면은 어두운 단층면에 틈새마다 고사리와 가시나무 관목이 자라고 있었다. 먼 언덕 너머로 잿빛 연기가 피어올랐다.

"이 황무지로 난 길을 따라 적당히 걸으면 메리피트 하우스에 닿습니다." 그가 말했다. "제 여동생을 소개해드리고 싶은데, 한 시간 정도 시간을 내주실 수 있을까요?"

처음에 나는 헨리 경 곁으로 돌아가야 한다고 생각했다. 그러다 그의 서재 책상에 널려 있는 각종 서류와 청구서 뭉치들이 떠올랐다. 그 서류 작업에 내가 도움이 될 리 없었다. 그리고 홈스는 내가 황무지의 이웃들을 조사해야 한다고 지시하지 않았던가? 나는 스테이플턴의 초대를 받아들였고 우리는 함께 황무지 길로 접어들었다.

"정말 멋진 곳입니다, 여기 황무지는." 들쭉날쭉한 화강암이 마치 흰 거품처럼 솟아올라 환상적인 물마루를 이루며 굽이치는, 길게 뻗은 초록빛 언덕을 둘러보며 그가 말했다. "황무지는 아무리 봐도 싫증이 나지 않지요. 선생께선 그 안에 담긴 놀라운 비밀들을 상상도 못하실 겁니다. 황무지는 너무도 광대하고, 너무도 황량하면서, 너무도 신비하죠."

"그럼 선생께서는 이곳을 잘 아시는 모양이지요?"

"전 이곳에 산 지 이 년밖에 안 됐습니다. 주민들은 저를 신출내기라고 불러요. 저희는 찰스 경이 정착하신 직후에 이사를 왔습니다. 하지만 제 취향 탓에 이 고장을 두루두루 탐험했으니 저보다 황무지를 잘 아는 사람은 별로 없을 겁니다."

"이곳이 그렇게 알기 어려운 곳인가요?"

"아주 어렵지요. 이를테면, 저기 북쪽 평원으로는 기이한 생김새의 언덕들이 불쑥불쑥 솟아 있지요. 저기에 뭔가 특이한 점이 보이십니까?"

"말타기에 좋은 몇 안 되는 땅 같은데요."

"당연히 그렇게 생각하실 겁니다. 그렇지만 그런 생각 때문에 예전에 주민들이 목숨을 잃었지요. 저 평원에 숱하게 흩어져 있는 작은 녹색 영역이 보이시죠?"

"예, 다른 부분보다 더 비옥해 보이네요."

스테이플턴이 웃으며 말했다. "그건 그림펜 늪지대입니다. 거기서는 한 발만 잘못 디뎌도 사람이든 짐승이든 곧장 죽을 수 있어요. 당장 어제만 해도 황무지의 망아지 한 마리가 길을 잃고 헤매다 그 속에 빠지는 걸 목격했습니다. 다시는 나오지 못했지요. 수렁 위로 길게 목을 뺀 말 머리가 꽤 오랫동안 나와 있는 것을 보았지만 결국엔 수렁으로 빨려들어가고 말았지요. 건기에도 건너기가 위험한데 이맘때 가을비가 내린 후에는 아주 무시무시한 곳입니다. 하지만 저는 거기 한복판까지 길을 잃지 않고 들어갔다가 무사히 빠져나올 수 있답니다. 이런, 세상에! 저기 불쌍한 망아지가 또 한 마리 빠졌군!"

갈색 물체가 푸른 사초 사이에서 허우적거리고 있었다. 고통으로 몸부림치는 말이 목을 수렁 위로 길게 빼고 버둥거리자 끔찍한 울음소리가 황무지에 울려퍼졌다. 나는 등골이 오싹했지만 내 동행의 신경은 나보다 더 강한 것 같았다.

"사라졌네요! 늪지대가 삼켜버렸어요. 이틀 사이에 벌써 두 마리인데, 더 많을 수도 있어요. 여기 망아지들은 날씨가 건조할 때는 그쪽으로 들어가는 습성이 있는데 늪지대가 발목을 잡아당기기 전까지는 수렁인지 아닌지 모르거든요. 기분 나쁜 곳입니다, 저 그림펜 늪지대는."

"그런데 선생은 그곳에 들어갈 수 있다고요?"

"예, 아주 민첩한 사람은 지나갈 수 있는 길이 한두 군데 나 있어요. 제가 찾아냈습니다."

"하지만 왜 그렇게 끔찍한 곳을 가고 싶어하는 겁니까?"

"아, 저 너머에 언덕들이 보이시죠? 저것들은 도저히 건널 수 없는 늪지대의 고립된 섬들인데 해가 거듭될수록 수렁이 점점 퍼져나가 저 언덕들을 에워싸고 있는 거지요. 하지만 저기 가면 희귀 식물과 나비를 구할 수 있어요. 저곳에 닿을 능력만 있다면 말이지요."

"언젠가 저도 한번 가봐야겠네요."

그는 놀란 얼굴로 나를 쳐다봤다. "제발 그런 생각은 버리십시오." 그가 말했다. "선생께서 혹여 돌아가시기라도 하면 제 책임입니다. 선생께서 살아서 돌아올 가능성은 거의 없다고 제가 장담해요. 저도 오로지 복잡한 지표들을 기억해서 갔다가 살아 돌아올 수 있는 겁니다."

"아니!" 내가 외쳤다. "이건 뭐죠?"

길고, 낮은, 말로 형언하기 힘든 구슬픈 신음소리가 황무지를 휩쓸고 지나갔다. 소리는 대기 전체를 채웠지만 정확히 어느 쪽에서 들려오는지 분간할 수 없었다. 단조로운 낮은 소리에서 깊게 그르렁거리는 소리로 커졌다가 다시, 음울하게 웅얼거리는 작은 단말마로 줄어들었다. 스테이플턴이 호기심어린 표정으로 나를 쳐다봤다.

"묘한 곳이에요, 황무지는." 그가 말했다.

"그렇지만 이 소리는 뭡니까?"

"농부들 말로는 바스커빌가의 사냥개가 먹잇감을 부르는 소리라더군요. 저도 한두 번 들은 적이 있습니다만, 이렇게 크게 들은 건 처음이네요."

나는 오싹한 공포를 느끼며 군데군데 푸른 골풀이 자란 거대하게 굽이치는 평원을 둘러보았다. 광대한 황무지에는 우리 뒤쪽 바위산에서 크게 깍깍거리는 한 쌍의 갈까마귀를 제외하고는 아무런 기척도 없었다.

"선생은 배운 사람이니 그런 헛소리는 안 믿으시죠?" 내가 물었다. "이 이상한 소리의 정체는 뭐라고 생각하십니까?"

"늪지의 수렁은 이따금 기이한 소리를 낸답니다. 진흙이 가라앉거나 물이 차오르거나 뭐 그런 소리일 겁니다."

"아니, 분명히 살아 있는 생물의 소리였어요."

"그럴 수도 있어요. 혹시 알락해오라기가 우는 소리를 들어보신 적 있습니까?"

"아니요."

"영국에서 아주 희귀한—사실상 멸종한—새지만 황무지에서는 무슨 일이든 가능하지요. 예, 저는 우리가 들은 소리가 마지막 남은 알락해오라기의 소리라고 해도 놀라지 않을 겁니다."

"제 평생 들어본 소리 중에 가장 섬뜩하고 기이한 소리였습니다."

"예, 이곳은 전체적으로 꽤 으스스한 곳이지요. 저쪽 산비탈을 보세요. 뭐 같습니까?"

사면 전체에 줄잡아도 십여 개가 넘는 회색 돌이 둥그렇게 서 있었다.

"저게 뭐죠? 양 울타리라도 됩니까?"

"아뇨, 우리의 그 훌륭한 선조들의 거주지죠. 선사시대 인간이 황무지에 밀집해 살았어요. 그런데 이후로 딱히 사람이 살지 않아서 지금도 그 선사시대 인간의 자잘한 도구들이 그 모습 그대로 발견됩니다. 원형 오두막인데 지붕은 떨어져나갔습니다. 안으로 들어가볼 만한 호기심이 있으시면 심지어 화로와 잠자리도 볼 수 있어요."

"제법 마을다운데요. 언제 사람이 거주했나요?"

"신석기시대 인간입니다. 구체적인 연도는 모르지만."

"저기서 뭘 하고 살았죠?"

"저기 언덕에서 소에게 풀을 먹이고 청동검이 돌도끼를 대체하기 시작하자 주석을 채굴했습니다. 반대편 비탈에 커다란 도랑이 보이시죠? 그들이 남긴 흔적입니다. 그럼요, 황무지에는 참 독특한 것들이 많아요, 왓슨 박사님. 오, 잠깐 실례하겠습니다. 이건 틀림없이 키클로피데스*로군!"

작은 파리인지 나방인지 알 수 없는 것이 우리 길을 가로질러 날아갔고 그 즉시 스테이플턴은 엄청난 에너지와 속도로 그 녀석을 뒤쫓아 내달렸다. 경악스럽게도 그 녀석은 곧장 늪지 쪽으로 날아갔지만 내 동행은 조금도 멈칫하지 않고 초록색 잠자리채를 허공에 휘두르며 작은 풀밭에서 풀밭으로 뛰어다녔다. 회색 옷을 입고, 급작스레 방향을 꺾으며 불규칙한 선을 그리는 그의 모습은 거대한 나방과 그리 다르지 않았다. 나는 그의 기민함에 감탄하면서 한편으로는 위험천만한 늪지 사이에서 발을 헛딛지나 않을까 걱정하며 그의 추격을 지켜보고 있었다. 그때 문득 발소리가 들려와 고개를 돌리니 어떤 여자가 내 바로 옆 오솔길 위에 있었다. 그녀는 메리피트 하우스의 위치를 가리키는 연기가 나는 쪽에서 왔지만, 움푹 팬 황무지의 지형 때문에 아주 가까워질 때까지 오는 것을 볼 수 없었던 것이다.

그 여자는 내가 얘기를 들은 스테이플턴 양이 분명했다. 애초에 황무지에는 숙녀분이 거의 없을 테고 또 누군가 그녀가 미인이라고 말했던 기억이 났기 때문이다. 내게 다가온 여인은 확실히 미인, 그것도 매우 보기 드문 미인이었다. 이 남매보다 남매끼리 생김새가 이렇게 딴판인 경우도 없으리라. 스테이플턴은 피부색이 희끄무레하고 머리색은 밝으며 눈동자는 회색인 데 반해 여동생은 내가 지금까지 영국에서 본 어느 갈색머리 여인보다 머리 색깔이 진하고—호리호리하며 우아하며 키가 컸다. 얼굴은 깎아놓은 조각상처럼 당당했는데 아주 균형이 잡혀서 섬세한 입과 아름답고 열렬한 검은 눈동자가 없었다면 무표정해 보일 정도였다. 완벽한 몸매와 우아한 옷차림까지, 그녀는 과연 외로운 황무지의 오솔길에 나타난 이질적인 환영이었다. 내가 몸을 돌렸을 때 그녀는 오빠를 바라보고 있었지만 이내 나를 향해 발길을 재촉했다. 나는 모자를 들어 인사한 다음 뭔가 소개를 하려 했지만 그녀의 말을 듣는 순간 내 머

---

* 그리스신화의 외눈박이 거인 키클롭스에서 따왔으리라 짐작되는, 작가가 지어낸 학명.

릿속은 텅 비어버리고 말았다.

"돌아가세요! 당장 런던으로 돌아가세요."

나는 놀라서 멍청하게 그녀를 쳐다볼 뿐이었다. 나를 향한 그녀의 눈동자가 번뜩였고 그녀는 조바심을 내며 발을 굴렀다.

"왜 돌아가야 합니까?"

"설명할 수는 없지만," 그녀는 낮고 열띤 목소리로 말했는데 특이한 혀짤배기 발음*을 했다. "제발 제 말대로 하세요. 돌아가서서 두 번 다시 황무지에 발을 딛지 마세요."

"하지만 전 방금 왔는데요?"

"이런, 이런!" 그녀가 외쳤다. "당신을 생각해서 하는 경고라는 걸 모르시나요? 런던으로 돌아가세요. 오늘밤 당장! 무슨 수를 써서라도 이곳에서 벗어나세요! 쉿! 오빠가 오고 있어요! 제가 한 말은 오빠한테 한마디도 하지 마세요. 저기 쇠뜨기 사이에 핀 난초를 꺾어주시겠어요? 황무지에는 난초가 매우 풍성하게 자란답니다. 하긴 이곳의 아름다움을 구경하기에는 때가 좀 늦었지만 말이에요."

스테이플턴은 추격을 단념하고 우리에게 돌아왔다. 열심히 뛰어다닌 탓에 상기된 얼굴로 숨을 헐떡거렸다.

"여어, 베릴!" 인사하는 그의 말투가 순전히 다정하게만 들리지는 않았다.

"응, 잭, 오빤 더운가봐."

"그래, 키클로피데스를 쫓고 있었어. 아주 희귀한데다 이런 늦가을에는 좀처럼 발견하기 힘들지. 그 녀석을 놓치다니!"

그는 무심한 듯 이야기했지만 그의 작은 눈동자는 끊임없이 나와 여동생을 흘끗거렸다.

---

* s나 z를 th로 발음하는 것.

"먼저 인사를 나눴나보구나."

"응. 헨리 경에게 황무지의 진짜 아름다움을 느끼기에는 때가 다소 늦었다고 말씀드리던 차였어."

"뭐? 이분이 누구라고?"

"헨리 바스커빌 경 아니야?"

"이런, 아닙니다." 내가 입을 열었다. "저는 한낱 평민입니다. 헨리 경의 친구 왓슨 박사라고 합니다."

표정이 풍부한 얼굴에 순간 낭패한 기색이 스쳐지나갔다.

"어머, 그럼 우린 서로 딴소리를 하고 있었네."

"애초에 말을 나눌 시간도 별로 없지 않았어?" 그녀의 오빠가 아까처럼 미심쩍은 눈길을 던지며 대꾸했다.

"난 왓슨 박사님이 그냥 방문객이 아니라 이곳에 사시는 분인 줄 알고 이야기했지. 난초를 보기에 이른지 늦은지는 별로 중요하지 않겠군요. 하지만 메리피트 하우스를 보러 들르실 거죠, 그렇죠?"

잠깐 걸으니 황량한 황무지에 주택이 나타났다. 한때 번창하던 옛 시절에 어떤 목축업자의 농장이었으나 이제는 수리를 하여 현대 주택으로 변신한 집이었다. 둘레로 과수원이 있었지만 황무지에서는 으레 그렇듯이 나무들이 왜소하고 잘 자라지 않아 전반적인 분위기는 초라하고 음침했다. 빛바랜 코트를 입은 주름투성이의 기이한 하인이 우리를 맞이했는데 그 모습이 집의 분위기와 어울리는 것 같았다. 그러나 내부에는 숙녀분의 취향으로 짐작되는 우아하게 장식된 넓은 방이 늘어서 있었다. 나는 창밖으로, 먼 지평선까지 끝도 없이 굽이치며 화강암이 점점 박혀 있는 황무지를 내다보며 이 학식 높은 남자와 이 아름다운 여인이 어쩌다 이런 곳에 와서 살게 되었을까 의아해하지 않을 수 없었다.

"살기에는 특이한 곳이죠, 안 그래요?" 마치 내 생각에 답변이라도 하듯 그가 말했다. "하지만 우리는 꽤 행복하게 살고 있답니다. 그렇지, 베릴?"

"무척 행복해요"라고 대답했지만 그녀의 목소리에는 확신이 없었다.

"예전에 북부 지방에서 학교를 운영했어요. 저 같은 기질의 사람에게는 학교 일이 기계적이고 재미가 없었지만, 학생들과 함께하며, 그들의 정신이 성장하는 것을 돕고 또 저 자신의 성품과 이상으로 학생들을 길러내는 것은 저에게 특전이었습니다. 하지만 운이 없었어요. 학교에 전염병이 돌아서 학생 세 명이 죽었습니다. 우리는 그 타격에서 회복하지 못했고 제가 쏟아부은 재산의 대부분을 회수할 수 없었지요. 하지만 그 불운도 소년들과의 훌륭한 교제 기회를 잃은 것만 아니라면 괜찮답니다. 식물학과 동물학에 관심이 큰 저는 덕분에 이곳에서 맘껏 작업을 할 수 있고 또 제 여동생도 저만큼 자연을 열렬히 사랑하니까요. 선생께서 황무지를 보면서 지은 표정을 보고 이런 것들을 궁금해하시지 않을까 짐작했습니다, 왓슨 박사님."

"좀 심심하지 않을까 하는 생각이 들기는 했습니다—선생보다는 어쩌면, 선생 누이한테는 말이지요."

"아니에요, 심심하지 않아요." 그녀가 재빨리 대답했다.

"우리한테는 책도 있고 연구할 거리도 있고 또 재미있는 이웃들도 있지요. 모티머 박사는 전공 분야에서 아주 조예가 깊은 사람입니다. 고인이 된 찰스 경도 훌륭한 동무였지요. 우린 그분과 잘 알고 지냈기에 정말 말로 할 수 없을 정도로 애석합니다. 오늘 오후에 헨리 경을 찾아뵙고 인사를 나눠도 괜찮을까요?"

"헨리 경이 무척 기뻐할 겁니다."

"그러면 선생께서 제가 그리할 예정이라고 미리 귀띔을 해주셔도 좋을 것 같네요. 헨리 경이 새 환경에 익숙해질 때까지 변변찮게나마 우리가 뭔가 도울 수 있을지도 모르지요. 왓슨 박사님, 위층으로 올라가 제가 수집한 나비와 나방을 구경하시겠습니까? 영국 서남부에서 제일 완전한 컬렉션일 겁니다.

그걸 다 구경하시고 나면 점심이 준비될 거예요."

하지만 나는 내가 지켜야 할 사람에게 돌아가고 싶은 마음뿐이었다. 황무지의 우울, 불운한 망아지의 죽음, 바스커빌가의 음산한 전설을 연상시키는 기괴한 소리, 이 모든 것들이 내 마음에 애수를 자아냈다. 이러한 다소 막연한 인상뿐만 아니라 스테이플턴 양의 명확하고 뚜렷한 경고까지 있었다. 스테이플턴 양이 그렇게 강하게, 진심으로 경고하는데 그 경고 뒤에는 중대하고 깊은 이유가 있는 게 분명했다. 나는 점심을 들고 가라는 청을 물리치고 우리가 왔던 풀이 난 오솔길을 따라 집으로 출발했다.

그러나 아는 사람들만 아는 지름길이 있는 모양인지 큰길에 닿기 전에 스테이플턴 양이 오솔길 옆 바위에 벌써 와서 앉아 있는 모습을 보고 깜짝 놀랐다. 그녀의 아름다운 얼굴은 급하게 뛰어오느라 발그레 달아올라 있었고 손은 옆구리를 붙잡고 있었다.

"선생님을 앞지르려고 줄곧 달려왔어요. 급하게 나오느라 모자도 못 쓰고 나왔네요. 설명드릴 시간이 얼마 없어요. 오빠가 절 찾을지도 몰라요. 아까 선생님을 헨리 경이라고 생각했던 저의 바보 같은 실수를 사과드리려고 왔어요. 선생님과는 아무런 상관 없는 이야기니까 아까 제가 한 말은 부디 다 잊어주세요."

"그건 안 됩니다, 스테이플턴 양. 헨리 경은 제 친구이고 그의 안위는 저에게 아주 중요한 관심사인걸요. 당신은 헨리 경이 런던으로 돌아가기를 왜 그렇게 간절히 바라십니까?"

"여자의 괜한 걱정이에요, 왓슨 박사님. 저를 더 잘 아시게 되면 제가 제 말이나 행동에 일일이 이유를 대지 못한다는 걸 알게 되실 거예요."

"아니요, 당신의 떨리던 목소리와 눈빛이 똑똑히 기억나는걸요. 제발 솔직하게 말씀해주십시오, 스테이플턴 양. 이곳에 온 이후로 저는 줄곧 제 주변을 둘러싸고 있는 그림자를 느끼고 있었습니다. 이곳에서의 삶은 작은 늪지가 곳곳에 흩어져 있어 길을 가리키는 안내가 없으면 자칫 빠질 수도 있는 그림펜 늪지대 같습니다. 그러니 당신이 한 말의 의미를 알려주세요. 그러면 제가 당신의 경고를 헨리 경에게 반드시 전달해드리겠습니다."

한순간 그녀의 얼굴 위로 망설임이 스쳐지나갔지만, 다시 굳은 눈빛으로 대답했다.

"너무 많은 의미를 부여하시는군요, 왓슨 박사님. 저와 오빠는 찰스 경의 죽음에 심한 충격을 받았어요. 저희는 그분과 매우 친하게 지냈습니다. 그분이 가장 좋아하시던 산책길은 황무지를 넘어 저희 집으로 오는 길이었지요. 그분이 가문에 드리워 있는 저주에 깊이 마음을 쓰시다보니 이 비극이 일어났을 때 저는 자연히 그분의 두려움에 뭔가 근거가 있나보다 생각했어요. 그러니 가문의 또다른 사람이 이곳에 내려와 살기로 했다는 말을 들었을 때 크게 걱정되었고 그가 맞닥뜨릴 위험을 경고해야겠다고 생각했지요. 그게 제가 전하고자 했던 뜻입니다."

"하지만 그 위험이란 게 뭡니까?"

"사냥개의 전설을 아시죠?"

"네, 하지만 전 그런 헛소리는 믿지 않습니다."

"전 믿어요. 선생님이 헨리 경의 마음을 움직일 수 있다면 그분의 가문에 언제나 치명적이었던 이곳에서 그를 데리고 나가주세요. 세상은 넓고 넓은데 그분은 왜 하필 위험한 곳에 살고 싶어하시는 거죠?"

"위험한 곳이라는 바로 그 이유 때문입니다. 그게 헨리 경의 성정이지요. 안타깝지만 더 명확한 정보를 주시지 않는다면 그를 움직이기는 불가능할 것 같습니다."

"더 명확하게 말씀드릴 수는 없어요. 저도 명확하게 모르거든요."

"한 가지만 더 묻겠습니다, 스테이플턴 양. 당신이 제게 처음에 말을 걸었을 때 말씀하시려던 바가 이것뿐이었다면 왜 오빠가 그 말을 듣지 않았으면 하시는 겁니까? 당신이 한 말 중에 오빠가 아니라 어느 누구라도 딱히 반대할 만한 내용은 없는데요."

"오빠는 황무지의 가난한 주민들을 생각해서 바스커빌 홀에 사람이 살기를 간절히 바라고 있어요. 제가 헨리 경을 떠나게 할 만한 말을 했다는 것을 알면 무척 화를 낼 거예요. 이제 제 소임은 다했으니 더이상은 이야기하지 않겠어요. 돌아가봐야 해요, 안 그러면 오빠가 절 찾을 테고 선생님을 만났다고 의심할지도 몰라요. 안녕히 가세요!"

그녀가 몸을 돌려 몇 분 만에 흩어진 바윗덩어리 사이로 모습을 감추는 동안 나는 막연한 불안감에 사로잡힌 채 바스커빌 홀로 발길을 재촉했다.

8장
왓슨 박사의 첫번째 보고서

여기서부터는 홈스에게 보냈던 내 편지를 옮겨 적어 사건의 흐름을 따라가려고 한다. 편지는 한 장이 사라진 것만 빼면 원문 그대로이며, 이 비극적 사건에 대한 기억이 여전히 생생하기는 하나 이 편지들이 지금의 내 기억보다 당시의 내 느낌과 의심을 더 정확하게 보여줄 것이다.

바스커빌 홀, 10월 13일

친애하는 홈스,

자네가 이전 편지와 전보들을 봤다면 이 삭막하고 따분한 벽지에서 일어난 일들을 잘 알고 있겠지. 여기에 머무르면 머무를수록 황무지의 기운이, 그 광대하고 음울한 매력이 사람의 영혼 깊숙한 곳까지 파고드는 게 느껴지네. 밖으로 나가 황무지의 품에 안기면 현대 영국의 흔적은 모두 벗어버리고 사방의 선사시대의 집과 작품을 의식하게 되지. 거니는 곳마다 지금은 잊힌 사람들의 집과 무덤, 그리고 한때 그들의 신전 자리였다고 하는 거대한 돌기둥을 볼 수 있어. 이리저리 깎인 언덕 비탈을 배경으로 돌로 지은 그들의 회색 돌집을 보고 있노라면 현재는 까맣게 잊게 돼. 혹여 날가죽만 걸친 털복숭이 인간이 날카로운 돌촉이 달린 화살을 활시위에 메긴 채 낮은 문에서 기어나오는 모습을 본다 해도, 오히려 나 자신보다 그가 있는 것이 더 자연스럽다고 느낄 정도야. 참 이상한 것은 예나 지금이나 불모지인 이곳에 그때는 많은 인간이 모여 살았다는 거야. 나는 고적에 관심이 있는 사람은 아니지만, 그들은 싸움을 싫어하는 종족인데 다른 종족에게 시달리다 아무도 살지 않으려 하는 이런 곳으로 밀려난 것은 아니었을까 생각한다네.

그렇지만 이 모든 이야기는 자네가 나를 보낸 임무와는 상관이 없으니 자네처럼 지극히 실용적인 사람에게는 흥미가 없겠지. 태양이 지구 주위를 도는지 지구가 태양 주위를 도는지에 대해 철저히 무관심했던 자네가 지금도 생생하구먼. 그러니 헨리 바스커빌 경과 관련한 사실로 돌아가지.

지난 며칠 동안 아무런 보고를 보내지 않은 것은 오늘까지 헨리 경과 관련하여 이렇다 할 일이 없었기 때문일세. 그러다가 굉장히 놀라운 상황이 벌어졌는데 차근차근 설명해주지. 하지만 우선은 자네에게 그 상황과 관련하여 다른 몇 가지 사건들을 알려줘야겠네.

그 가운데 하나는 그동안 거의 언급한 적이 없었던 황무지의 탈옥수 얘기야. 이제 그가 이곳을 완전히 떴다고 믿어도 될 만한 근거가 있으니 이 지역의 혼자 사는 거주민들은 한시름 놨네. 그가 탈옥하고 이 주가 흘렀는데 그사이 그의 모습은 전혀 보이지 않았고 또 들려오는 이야기도 없었지. 그가 황무지에서 이 주나 버틴다는 것은 도저히 상상할 수 없는 일이야. 물론 그냥 숨어 지내기만 한다면 어려울 것은 없어. 이 돌집들은 다 그에게 은신처가 될 테니까. 하지만 그가 황무지의 양을 잡아먹는 게 아니라면 먹을 거라곤 전혀 없네. 따라서 우리는 그가 이곳을 빠져나갔다고 믿고 있고, 덕분에 외딴곳에 사는 농부들은 이제 두 발 뻗고 잘 수 있게 되었네.

이 집에는 신체 건장한 남자가 넷이나 있으니 별걱정이 없지만 스테이플턴 남매를 생각하면 좀 불안하더군. 그들은 도움을 얻으려면 한참을 가야 하는 곳에 살고 있거든. 하녀 한 명과 늙은 하인 한 명, 여동생과 오빠가 사는데 오빠는 그렇게 힘센 사람이 아니지. 만약 탈옥수가 집안에 일단 침입하기만 하면 그들은 이 노팅힐 살인범 같은 필사적인 인간에게는 상대가 안 될 거야. 헨리 경과 나는 그들의 처지가 걱정되어 우리 마부인 퍼킨스가 그쪽으로 건너가서 자는 게 어떻겠냐고 제의했지만 스테이플턴이 말을 들어야 말이지.

사실 우리 친구 준남작은 미모의 우리 이웃에게 적잖은 관심을 보이기 시작했어. 그처럼 활동적인 사람에게 이렇게 외로운 곳에서의 시간은 더디고, 그녀는 매우 매혹적이고 아름다운 여성이니 놀랄 일도 아니지. 그녀한테는 열대의 이국적인 분위기가 있어서 냉정하고 감정을 잘 드러내지 않는 오빠와 묘하게 대조적이야. 하지만 그도 숨겨진 열정이 있다는 것을 언뜻 내비쳤지. 확실히 그는 그녀한테 매우 큰 영향력을 발휘하고 있어. 그녀가 자신이 한 말에 대해 허락을 구하듯 수시로 오빠를 흘끗흘끗 쳐다보는 것을 보았거든. 오빠가 누이에게 다정하리라고 믿네. 그의 차갑게 번뜩이는 눈과 굳게 다문 가는 입술은 독단적이면서도 매서운 성정을 가리키는 것 같아. 자네도 스테이플턴을 보면 틀림없이 흥미로운 연구 대상이라고 생각할걸.

스테이플턴은 그 첫날에 바스커빌을 찾아왔고 바로 다음날 아침 우리 둘을 데리고 가서 사악한 휴고의 전설이 시작되었다고 하는 곳을 구경시켜주었네. 그곳은 황무지를 가로질러 몇 마일을 걸어가야 나오는 곳인데 워낙 황량한 곳이라 그런 전설이 생겨날 만도 하더군. 우리는 울퉁불퉁한 바위산 사이에서 하얀 황새풀이 듬성듬성 나 있는 탁 트인 풀밭으로 이어지는 짧은 골짜기를 발견했어. 그 중앙에는 커다란 돌 두 개가 솟아 있는데 상단부가 날카롭게 깎여나가 어떤 괴물 같은 짐승의 거대하고 부식한 송곳니처럼 보였지. 어느 모로 보나 옛 비극의 현장과 잘 어울렸어. 헨리 경은 크게 흥미를 느꼈고 스테이플턴에게 인간사에 초자연적 존재가 개입할 가능성을 정말로 믿느냐고 몇 차례나 물었지. 헨리 경은 대수롭지 않은 것처럼 이야기했지만 그가 아주 진지하다는 건 분명했어. 스테이플턴은 조심스럽게 대답했지만 그가 준남작의 감정을 고려해 자신의 생각을 다 말하지는 않는 것이 빤히 보였지. 그는 모종의 사악한 힘에 시달리는 가문들의 사례를 들려줬고 우리는 그가 그 문제에 대해 대중과 같은 생각이라는 인상을 받았어.

돌아오는 길에 점심을 먹으러 메리피트 하우스에 들렀는데 바로 거기서 헨리 경은 스테이플턴 양을 알게 되었지. 헨리 경은 처음 본 순간부터 그녀에게 반한 것 같았고 내가 잘못짚은 게 아니라면 그 감정이 일방적인 것 같지는 않아. 집으로 돌아오는 길에 헨리 경은 몇 차례나 그녀를 언급했고 그때부터 그 남매를 거의 매일 볼 정도일세. 오늘은 그들이 여기 와서 저녁을 들 예정이고 다음주에 우리가 그쪽으로 가자는 이야기가 나왔어. 두 사람의 결합은 스테이플턴에게 매우 반가운 소식일 거라 짐작하겠지만, 나는 헨리 경이 여동생에게 관심을 보일 때 그의 얼굴에서 강한 반감의 기색이 스쳐지나가는 것을 여러 차례 보았어. 그야 물론 그는 여동생에게 깊은 애정을 느끼고 있고 그녀가 없어지면 혼자서 외롭게 살아야겠지만 그렇다고 그처럼 좋은 혼사를 훼방놓겠다면 이기주의의 극치가 아닐까? 하지만 그는 분명히 두 사람의 친밀감이 사랑으로 발전하는 것을 원치 않아. 그가 두 사람이 단둘이서만 남는 상황을 기를 쓰고 막는 것을 여러 번 봤으니까. 그나저나 연애가 우리의 난관에 추가된다면 헨리 경이 혼자서 밖에 나가게 두지 말라는 자네의 지시가 더욱 부담스러워질 걸세. 자네의 명령을 곧이곧대로 따랐다가는 내 인기가 곧 바닥으로 떨어질 거 같네.

요전날―정확히 말하면 목요일―에는 모티머 박사가 우리와 점심을 같이 했네. 모티머 박사는 롱다운에 있는 고분을 발굴하고 있는데 선사시대 인간의 두개골을 손에 넣어 아주 기뻐하고 있지. 모티머 박사처럼 그렇게 일편단심으로 한 가지에만 홀딱 빠져 있는 사람도 없을 거야! 나중에는 스테이플턴 남매도 왔는데 마음씨 좋은 박사는 헨리 경의 요청에 따라 우리 모두를 주목 오솔길로 데려가서 운명의 그날 밤에 어떤 일이 일어났는지 하나도 빠짐없이 보여주었지. 주목 오솔길은 길고 음습한 산책길로, 가지를 쳐낸 높은 산울타리가 양옆으로 서 있고 길 양쪽에 띠 모양으로 좁게 풀이 나 있어. 산책길 끝에는 오래되어 다 쓰러져가는 여름 별채가 있네. 길 중간쯤에는 황무지로 통하는 쪽문이 나 있는데 거기에 노신사께서 여송연 재를 남겼지. 쪽문은 걸쇠가 달린 나무로 된 하얀 문이야. 문 너머로는 너른 황무지일세. 나는 자네의 이론을 기억하고서 그때 일어난 일들을 머릿속으로 구성해보려고 애썼네. 그 노인은 거기에 서 있다가 건너편 황무지에서 뭔가, 이성을 잃을 정도로 겁먹게 만든 뭔가가 다가오는 것을 보고, 한없이 도망치다 끝내는 지치고 공포에 사로잡혀 죽고 말았어. 그리고 여기 그가 도망친 길고 어두컴컴한 통로가 있지. 하지만 대체 무엇으로부터 도망친 거지? 황무지의 양치기 개? 아니면 검고 소리 없으며 무시무시한 유령 사냥개? 그 사건에 인간의 힘이 개입한 걸까? 안색이 창백하고 숨기는 게 있는 듯한 배리모어가 뭔가를 알고 있는 걸까? 흐릿하고 모호한 모든 것 뒤에 범죄의 검은 그림자가 드리워져 있네.

　자네한테 마지막으로 편지를 쓴 후 다른 이웃 한 명을 만났네. 라프터 홀의 프랭클랜드 씨인데 바스커빌 홀에서 남쪽으로 4마일 정도 떨어진 곳에 살고 있어. 혈색이 붉고 백발에 화를 잘 내는 노인네야. 그는 영국 법률에 아주 빠져 있어서 송사에 많은 재산을 날렸다네. 그는 순전히 다투는 걸 좋아해서 다투는데 또 그런 만큼 분쟁의 어느 쪽이든 편을 들 준비가 되어 있으니 결국 그의 송사가 돈이 많이 드는 놀이인 것도 당연하지. 어떨 때는 길의 통행을 막고 길을 틀 테면 터보라고 교구에 싸움을 걸고, 또 어떨 때는 제 손으로 다른 사람의 대문을 뜯어내고는 거기에는 까마득한 옛날부터 길이 있었다고 주장하면서 무단침입죄로 고소할 테면 해보라고 어깃장을 놓기도 해. 그는 옛 장원의 권리와 공용권에 대해 정통한데 그 정통한 지식을 펀워디 주민들에게 때로는 이롭게 때로는 불리하게 적용해서, 최신 활약상에 따라 주민들이 거리에서 그를 헹가래 쳐주기도 하고 반대로 그를 본뜬 밀짚인형을 불태우기도 해. 그는 현재 일곱 건의 송사에 걸려 있다고 하는데 어쩌면 남은 재산을 다 탕진할 수도 있으니 그의 독니가 빠지고 나면 앞으로 더이상은 아무에게도 해를 끼치지 못할 것이네. 법률 문제만 제외하면 친절하고 좋은 사람이야. 나는 오로지 주변 인물들에 대해 보고하라고 자네가 각별히 지시했기 때문에 그를 언급하는 걸세. 그는 현재 아마추어 천문학자 노릇에 몰두해 있다네. 성능이 뛰어난 망원경을 갖고 있는데 자기 집 지붕 위에 망원경을 설치하고는 탈옥수를 찾아내겠다며 하루종일 황무지를 보고 있어. 만약 그가 이 일에만 에너지를 쏟는다면 별탈이 없겠지만, 혈육의 동의 없이 무덤을 파헤쳤다는 이유로 모티머 박사를 고소하려 한다는 소문이 있어. 모티머 박사가 롱다운의 고분에서 신석기시대 인간의 두개골을 파냈거든. 프랭클랜드 씨는 유머가 절실할 때 막간 희극을 보여줘 우리를 지루하지 않게 해주고 있어.

그럼 자네에게 탈옥수와 스테이플턴 남매, 모티머 박사, 라프터 홀의 프랭클랜드에 대한 최근 소식을 전했으니 이제, 마지막으로 가장 중요한 사건인 배리모어 부부에 관해 더 언급할까 하네. 특히 어젯밤의 놀라운 사건에 관해서 말일세.

우선 배리모어가 정말로 바스커빌 홀을 지키고 있었는지 확인하기 위해 자네가 런던에서 보냈던 시험용 전보에 대한 것이네. 저번에 이미 설명했지만 우체국장의 증언대로 그 시험은 쓸모없었고 우리한테는 어느 쪽으로도 확실한 증거가 없지. 나는 헨리 경에게 진상을 이야기했고 그는 즉시 특유의 솔직한 태도로 배리모어를 불러서 직접 전보를 받았느냐고 물어봤지. 배리모어는 그렇다고 대답했어.

"그애가 자네 손에 건네주었나?" 헨리 경이 물었어.

배리모어는 놀라는 눈치였지만 잠깐 생각하더니 대답했어.

"아닙니다, 그때 다락방에 있어서 아내가 받아 가져다주었습니다."

"그래서 자네가 직접 답장을 썼나?"

"아닙니다. 제가 처에게 답장할 내용을 불러주고 처가 내려가서 썼습니다."

그날 저녁에 배리모어 쪽에서 그 문제를 다시 거론했어.

"헨리 경, 오늘 아침에 저에게 던지신 질문의 의도를 도통 모르겠습니다. 제가 주인님의 신뢰를 저버릴 만한 무슨 일을 했다는 뜻은 아니겠지요?"

헨리 경은 그런 얘기가 아니라고 안심시키고, 런던에서 구입한 옷이 다 도착했기에 꽤 많은 헌옷을 나눠주어 배리모어의 마음을 달랠 수 있었지.

배리모어 부인은 관심이 가는 사람이야. 몸집이 크고 튼실한데, 시야가 꽉 막히고 과하게 점잔을 빼는 청교도적인 구석이 있는 여자지. 절대 감정을 드러내지 않는 사람이네. 그렇지만 저번에 말한 대로 나는 이곳에 온 첫날 밤 그녀가 서럽게 흐느끼는 것을 들었고 그후로도 나는 그녀의 얼굴에서 운 흔적을 한두 차례 발견했어. 뭔가 깊은 슬픔이 줄곧 그녀의 가슴을 후벼파고 있는 게지. 때로는 양심의 가책을 자극하는 어떤 과거의 기억이 그녀를 괴롭히는 게 아닐까 싶기도 하고, 어떨 때는 배리모어가 집안의 폭군이 아닐까 싶기도 해. 나는 언제나 이 남자의 성격에 뭔가 특이하고 의심스러운 구석이 있다고 느껴왔는데 어젯밤의 모험은 내 의심이 절정에 이르게 만들었지.

이 일 자체는 사소한 문제로 보일 수도 있어. 자네가 알다시피 내가 그렇게 깊이 잠드는 사람도 아니고 또 이 집에서 나는 항상 경계 상태여서 얕은 잠을 자고 있었네. 그런데 어젯밤 새벽 두시경에 내 방 앞을 지나는 숨죽인 발걸음 소리에 잠에서 깼네. 나는 일어나 방문을 열고 밖을 몰래 내다봤지. 길고 검은 그림자가 복도를 따라 천천히 움직이고 있었어. 촛불을 들고 복도를 따라 살금살금 걷는 남자의 그림자였지. 셔츠와 바지만 입은 차림새에 맨발이었어. 윤곽만 보였지만 키를 보니 배리모어가 분명했네. 아주 천천히 조심조심 걷는 그의 모습에서 죄짓는 사람 같은 아주 수상쩍은 분위기가 났지.

전에 복도 중앙에 홀 전체를 둥그렇게 두르는 발코니가 있고 발코니 너머로 다시 복도가 이어진다고 말했지? 나는 그가 시야에서 사라질 때까지 기다렸다가 뒤를 밟았지. 내가 발코니를 돌았을 때 그는 반대편 복도 끝에 이르렀는데, 열린 문틈으로 새어나오는 깜빡이는 불빛으로 그가 그쪽에 있는 방들 가운데 하나로 들어갔다는 것을 알았어. 그런데 그쪽 방들에는 가구도 없고 아무도 살지 않으니 더욱 알 수 없는 노릇이었지. 그가 꼼짝 않고 서 있기라도 한 듯 불빛은 흔들림 없이 새어나왔어. 나는 최대한 소리를 내지 않고 복도를 걸어가 안을 엿봤네.

　배리모어는 촛불을 든 채 유리창에 대고 창문을 향해 몸을 구부리고 있었어. 내 쪽으로 몸을 반쯤 돌리고 있어서 옆모습이 보였는데 얼굴은 깜깜한 황무지를 내다보며 무언가를 기다리느라 경직되어 있는 것 같았어. 그는 몇 분 동안 유심히 밖을 바라보고 있었어. 그다음 깊은 신음을 내뱉더니 조바심이 난 듯 재빨리 촛불을 껐어. 나는 서둘러 내 방으로 돌아왔고 얼마 안 있어 살금살금 되돌아오는 발소리가 들렸네. 내가 선잠에 빠져들고 한참 후에 어디선가 자물쇠 안에서 열쇠가 돌아가는 소리가 들렸지만 어느 쪽에서 나는 소린지는 분간할 수가 없었네. 도대체 이게 다 무슨 영문인지 모르겠지만 이 음울한 집안에서 뭔가 비밀스러운 일이 벌어지고 있는 건 확실해. 조만간 우리는 진상을 알아낼 거야. 자네는 내게 사실만을 보고해달라고 부탁했으니 여기서 내 이론을 늘어놓지는 않겠네. 나는 오늘 아침 헨리 경과 길게 이야기를 나눈 다음 간밤에 내가 본 것을 바탕으로 작전을 짰네. 지금은 말하지 않겠네만 아마 다음 보고서는 흥미로울 걸세.

9장
황무지의 불빛
〔왓슨 박사의 두번째 보고서〕

바스커빌 홀, 10월 15일

친애하는 홈스,

 내가 이곳에 내려온 초기 자네에게 딱히 보고한 게 없을 만큼 허송한 시간을 요즘 만회하고 있다는 것을 인정해야 할 걸세. 이제는 여러 사건들이 한꺼번에 터지고 있네. 지난번 보고는 창가에 있는 배리모어를 클라이맥스로 하여 끝맺었는데, 지금은 자네에게 보고할 거리가 일주일 치나 있고 또 내가 잘못 짚은 게 아니라면 자네도 읽어보고 상당히 놀라게 될 거야. 사태는 내가 예상치 못한 방향으로 전개되었어. 어떤 의미에서는 지난 사십팔 시간 사이에 상황이 훨씬 분명해졌지만 또 어떤 의미에서는 더 복잡해졌지. 어쨌거나 자네에게 낱낱이 보고할 테니 판단은 자네가 알아서 하도록 해.
 한밤중에 모험을 한 다음날, 나는 아침식사 전에 복도를 따라가 배리모어가 간밤에 들어갔던 방을 조사했어. 그가 그렇게 유심히 쳐다봤던 서쪽 창문이 이 집의 다른 창문들과는 다른 점이 하나 있음을 알아냈는데 바로 황무지를 가장 가까이서 조망할 수 있다는 거지. 다른 창문들에서는 기껏해야 황무지가 저멀리 언뜻 보일 뿐이지만 이 창문에서는 두 나무 사이로 시야를 확보

할 수 있네. 그러므로 오로지 이 창문만이 배리모어의 목적에 맞는다면, 배리모어는 틀림없이 황무지에서 뭔가를 혹은 누군가를 찾고 있었다는 결론이 나오지. 그렇지만 간밤은 아주 컴컴해서 그가 누군가를 볼 수는 없었을 거야. 그럼 어떤 밀통 사건은 아닐까 하는 생각이 언뜻 들었지. 그렇다면 그의 비밀스러운 행각과 아내의 근심걱정도 설명이 되지. 배리모어는 눈에 띄게 잘생긴 인물이라 시골 처녀의 마음을 뺏을 만하니, 이 가설은 어느 정도 근거가 있는 것 같았어. 내가 방으로 돌아온 다음 들은 문 여는 소리는 그가 은밀한 약속을 지키기 위해 밖에 나갔다는 뜻일지도 모르지. 그날 아침에 나는 그렇게 이치를 따졌고, 그때는 내 의심이 그런 쪽으로 흘렀다고 설명해두는 거네. 결과적으로는 내 의혹이 얼마나 근거 없는 것이었는지 드러났지만 말일세.

하지만 진상이 무엇이든 간에 배리모어가 왜 그랬는지 알 때까지 나 혼자만 알고 있어야 한다는 책임감은 견디기 힘들었어. 그래서 아침식사 후에 서재에서 준남작에게 내가 본 모든 것을 털어놓고 상의했지. 그는 내 예상보다 덜 놀라는 눈치였어.

"저도 배리모어가 밤에 돌아다니는 것을 알고 있었고 그렇잖아도 그에게 물어볼 요량이었습니다. 선생이 말씀하신 바로 그 시간대에 복도에서 왔다갔다하는 그의 발소리를 두세 차례 들은 적이 있습니다."

"그렇다면 배리모어가 밤마다 그 창가로 가는 건지도 모르겠네요."

"그럴지도 모릅니다. 그렇다면 우리가 뒤를 밟아서 대체 무슨 꿍꿍이인지 알아낼 수 있을 겁니다. 친구분인 홈스 씨가 여기 있었다면 어떻게 했을까요?"

"경이 제안한 바로 그대로 했을 겁니다. 그도 배리모어를 뒤따라가 무엇을 하는지 지켜볼 겁니다."

"그렇다면 우리 둘이 해보죠."

"하지만 배리모어가 필시 눈치챌 텐데요."

"배리모어는 가는귀가 좀 먹었어요. 어쨌거나 한번 해봐야죠. 오늘은 제 방에서 잠을 자지 말고 그가 복도를 지나갈 때까지 기다립시다." 헨리 경은 기뻐하며 손을 비볐네. 그가 이 모험을 다소 침체된 황무지 생활에서의 기분 전환으로 반기는 게 분명했어.

준남작은 찰스 경을 위해 설계도를 준비했던 건축가와 런던의 시공업자와 논의하고 있으니 곧 여기서 대대적인 변화가 일어날 것 같네. 플리머스에서는 실내장식가와 가구제작가가 왔다 갔네. 우리 친구가 가문의 위용을 되찾겠다는 원대한 구상을 품고 노고와 비용을 아끼지 않는다는 뜻이지. 바스커빌 홀이 개조되고 가구도 모두 들어오면 이 저택을 완성하는 데 유일하게 남은 것은 부인이겠지. 이건 우리끼리 하는 얘긴데, 숙녀분만 기꺼이 원한다면 이 문제도 금방 해결될 것 같은 기미가 보여. 우리의 아름다운 이웃 스테이플턴 양에게 푹 빠진 헨리 경보다 더 여자한테 푹 빠진 남자는 본 적이 없거든. 하지만 진정한 사랑의 행로란 기대만큼 순조롭게 진행되지는 않는 법이지. 오늘만 해도 전혀 뜻밖의 사건이 파문을 일으켜 우리 친구는 적잖이 당황하고 곤혹스러워했어.

배리모어와 관련해서 앞에서 말한 대화를 나눈 후에 헨리 경은 모자를 쓰고 외출 준비를 했네. 물론 나도 그렇게 했고.

"아니, 왓슨도 나갈 거예요?" 그가 나를 이상하게 쳐다보며 물었지.

"그야 경이 황무지에 나간다면요."

"황무지에 나갈 건데요."

"그럼 제가 받은 지시 사항이 뭔지 알죠? 성가시게 해서 미안하지만 경을 절대 혼자 놔둬서는 안 된다고, 특히 혼자 황무지로 나가게 해서는 안 된다고 홈스가 얼마나 강하게 얘기했는지 경도 들었잖습니까?"

헨리 경은 싱글벙글거리며 내 어깨에 손을 얹더군.

"이봐요, 왓슨! 그렇게 현명한 홈스 씨도 내가 황무지로 내려온 이후 일어난 한두 가지 일들은 예상하지 못했어요. 제가 무슨 얘기를 하는지 알잖아요.

설마 다른 사람도 아닌 왓슨이 제 흥을 깨지는 않겠죠? 그럼 나 혼자 나가보겠습니다."

나로선 너무도 난감한 상황이었어. 나는 어찌해야 할지 몰랐고 내가 마음을 결정하기도 전에 그는 지팡이를 들고 나가버렸네.

그렇지만 곰곰이 생각해보니 어떤 구실로도 그가 내 눈에서 벗어나게 내버려둬선 안 된다고 심하게 비난하는 양심의 소리가 들려왔지. 만약 내가 자네에게 돌아가서 자네 지시를 무시한 탓에 헨리 경한테 불상사가 일어났다고 고백해야 한다면 어떤 기분일지 상상했지. 생각만으로도 얼굴이 화끈거렸네. 그래서 따라잡기 늦지 않았겠다 싶어 나는 즉시 메리피트 하우스 쪽으로 출발했네.

전속력으로 따라갔지만 황무지에서 길이 갈라지는 지점에 다다를 때까지도 헨리 경은 보이지 않았지. 방향을 잘못 잡은 게 아닐까 걱정되어 일대가 한눈에 들어오는 언덕으로 올라갔네. 검은 채석장이 있는 그 언덕이네. 거기에 오르니 바로 그가 보이더군. 그는 황무지 오솔길의 대략 사분의 일 마일 지점에 있었고 그 옆에 있는 아가씨는 말할 것도 없이 스테이플턴 양이었지. 두 사람이 이미 생각을 주고받고 미리 약속을 해서 만난 것이 분명했네. 그들은 대화에 빠져서 천천히 걸어가고 있었네. 그녀는 몹시 열을 올리는 듯 빠른 손짓을 섞어가며 이야기하고 있었고, 그는 열심히 이야기를 듣다가 절대 동의할 수 없다는 듯이 한두 차례 고개를 젓더군. 나는 이제 어떻게 해야 하나 고민하며 바위틈에 서서 그들을 지켜봤지. 두 사람을 따라가 둘만의 내밀한 대화에 끼어드는 것은 너무 무례한 일인 것 같았지만 한시도 그를 내 시야에서 놓치지 않는 것이 나의 의무니까. 친구를 상대로 한 염탐꾼 노릇이란 차마 못할 짓이더군. 하지만 언덕 위에서 그를 지켜본 후 나중에 그에게 내가 한 일을 깨끗하게 고백해 양심의 가책을 더는 것이 그나마 최상인 것 같았어. 만약 어떤 급작스러운 위험이 그를 위협한다면 나는 너무 멀리 떨어져 있어서 아무런 도움을 줄 수 없는 것이 사실이었지만, 내가 아주 난처했고 거기서 뭘 더 할 수 있는 게 없었다는 데 자네도 동의할 거야.

　우리 친구 헨리 경과 숙녀분이 길 위에 멈춰 서서 대화에 깊이 빠져 있을 때 나는 그 모습을 지켜보고 있는 사람이 나 혼자만이 아니라는 것을 깨달았어. 공중에 푸르스름한 것이 떠다니는 게 눈에 띄었어. 다시 살펴보니 그것은 울퉁불퉁한 벌판 사이로 움직이는 남자가 들고 있는 막대기에 달린 것이었어. 잠자리채를 들고 있는 스테이플턴이었던 거지. 그는 나보다 두 사람에게 훨씬 가까이 있었는데 그쪽으로 다가가고 있는 것 같았어. 그런데 그 순간 헨리 경이 갑자기 스테이플턴 양을 자기 쪽으로 끌어당겼지. 그는 그녀를 껴안았지만 스테이플턴 양은 고개를 반대편으로 돌리고 그한테서 벗어나려고 하는 것 같았어. 그가 그녀에게 고개를 숙이자 그녀는 거부하듯이 한손으로 밀쳐냈어. 다음 순간 두 사람이 화들짝 놀라 떨어지며 황급히 몸을 돌리는 것이 보였어. 스테이플턴이 방해했던 거야. 그는 그 우스꽝스러운 그물을 등뒤로 달랑거리며 두 사람을 향해 미친듯이 뛰어오고 있었어. 그는 두 연인 앞에서 요란하게 손짓 발짓을 해가며 말하는데 거의 광분한 것 같았어. 나로선 도무지 무슨 상황인지 짐작할 수 없었지만 스테이플턴이 헨리 경을 거세게 비난하고 헨리 경은 상황을 설명하려는데 스테이플턴이 설명을 들으려 하지 않자 헨리 경마저 점점 화가 나는 모양인 것 같았어. 숙녀는 도도하게 말없이 서 있었어. 마침내 스테이플턴이 돌아서서 여동생에게 위압적인 태도로 손짓을 하자 여동생은 헨리 경에게 망설이는 눈길을 보낸 다음 오빠와 나란히 가버렸지. 박물학자의 몸짓을 보아하니 숙녀에게도 화가 난 것 같더군. 준남작은 잠시 그들의 뒷모습을 지켜보며 서 있다가 고개를 떨구고 그야말로 잔뜩 풀이 죽어서 왔던 길을 천천히 되돌아갔네.

　나는 도대체 이것이 무슨 영문인지 짐작할 수 없었지만 친구 모르게 그렇게 내밀한 장면을 목격한 것이 너무 부끄럽더군. 그래서 언덕을 달려 내려가 끝자락에서 준남작을 만났네. 그의 얼굴은 화가 나서 붉으락푸르락하고 어찌해야 할 바를 모르는 사람처럼 눈썹을 찌푸리고 있었지.

"어라, 왓슨! 갑자기 어디서 나타난 거요? 설마 그렇게 말했는데도 내 뒤를 쫓아온 겁니까?"

나는 그에게 모든 것을, 어째서 내가 집에 남아 있을 수 없었는지, 어떻게 내가 그를 뒤쫓아왔는지 또 어떻게 일어난 일을 모두 목격했는지를 설명했네. 한순간 그는 나를 쏘아봤지만 나의 솔직함에 화가 누그러져서 결국엔 다소 씁쓸하게 너털웃음을 터뜨렸지.

"저기 초원 한복판이라면 다른 사람의 방해를 받지 않을 제법 안전한 장소일 거라 생각했는데…… 원 세상에, 여기 시골 사람들 전부가 내가 구애하는 것을 구경하러 나온 모양이군! 그것도 아주 형편없는 구애를! 그래, 왓슨은 좌석을 어디로 잡았습니까?"

"저기 언덕 위였습니다."

"그럼 꽤 뒷좌석이군요. 하지만 그녀의 오빠는 앞좌석에 자리를 잡고 있었더라고요. 그가 우리한테 달려오는 것을 봤습니까?"

"예."

"혹시 그가 미친 것 같지 않던가요? 이 오빠라는 사람 말입니다."

"그런 생각은 안 들던데요."

"저도 그가 멀쩡한 사람이라고 생각했었는데 이제 보니 그와 나 둘 중에 한 명은 미친 사람인 게 틀림없어요. 아니, 대체, 저에게 무슨 문제가 있습니까? 이제 저와 몇 주를 같이 지냈으니 지금 솔직하게 말해봐요. 제가 사랑하는 여인에게 좋은 남편감으로 무슨 부족한 점이라도 있습니까?"

"그럴 리가요."

"그 사람이 제 세속적 지위를 반대할 리는 없을 테고 그렇다면 틀림없이 저 개인한테 마음에 안 드는 점이 있다는 소린데 대체 뭐가 마음에 들지 않은 걸까요? 제가 아는 한 저는 평생 남자든 여자든 아무도 해친 적이 없습니다. 그런데 그는 그녀의 손끝 하나 못 건드리게 한다니까요."

"그가 그렇게 말하던가요?"

"그 말이 다가 아니었지요. 왓슨, 솔직하게 말해서 그녀를 안 지는 몇 주밖에 안 됐지만 처음 본 순간부터 그녀가 천생연분이라고 느꼈습니다. 그녀도 그렇게 느껴요. 나와 함께 있을 때 그녀는 행복해했어요. 그건 정말 맹세합니다. 여자의 눈빛은 말보다 더 많은 것을 말해주는 거 아닙니까? 하지만 그가 우리 둘이 있게 내버려두질 않아서 오늘에서야 처음으로 단둘이 몇 마디 나눌 기회를 잡은 거죠. 그녀는 나를 만나는 것을 기뻐했지만 정작 나를 만나자 사랑 이야기는 입도 뻥긋하지 않고, 내 쪽에서도 그 이야기는 못 꺼내게 했습니다. 그녀는 계속해서 이곳은 위험한 곳이다, 내가 이곳을 떠날 때까지는 자기는 절대 행복하지 않을 거다 이런 얘기만 하는 거예요. 나는 그녀를 만난 후로 서둘러 이곳을 떠날 생각은 없어졌고, 만약 정말로 내가 떠나기를 바란다면, 그렇게 할 수 있는 유일한 길은 그녀가 나와 함께 가기로 약속하는 것이라고 대답했죠. 그 말과 함께 나는 그녀에게 말 그대로 청혼을 했는데 그녀가 미처 대답하기도 전에 이 오빠라는 사람이 마치 미친 사람 같은 얼굴을 하고 우리한테 달려오더란 말이죠. 그는 그야말로 분노로 하얗게 질려 있었고 눈빛도 이글거리고 있었습니다. 대체 숙녀분한테 무슨 짓을 하고 있었느냐? 그녀가 싫어하는데도 어찌 감히 그녀에게 구애를 할 수가 있느냐? 내가 준남작이니까 다 내 마음대로 할 수 있다고 생각하느냐? 그가 그녀의 오빠만 아니었다면 그런 말에 어떻게 대꾸해야 할지는 나도 잘 압니다. 하지만 사정이 그러니 나는 그에게 여동생을 향한 내 감정은 부끄럽지 않은 것이고 그녀가 나의 아내가 되는 것을 승낙해주기를 바란다고 대답했지요. 그런데 그 대답에도 그가 조금도 누그러지지 않으니 나도 욱해서 꽤 거칠게 얘기하고 말았습니다. 그녀가 옆에 있었던 것을 생각하면 어쩌면 좀 자제하는 게 나았겠지요. 결국 그는 그녀를 데리고 가버렸고, 보다시피 나는 이 고장의 누구보다 어안이 벙벙한 사람이 된 겁니다. 그러니 왓슨, 이게 다 어찌된 일인지 설명 좀 해주시면 그 은혜는 평생 안 잊을 겁니다."

나는 한두 가지 설명을 대보았지만 사실 나도 어리둥절했어. 우리 친구는 작위와 재산, 나이, 인품, 외모, 어느 것 하나 빠지지 않고 가문의 이 어두운 운명만 아니라면 단점이라곤 없으니 말이야. 그의 구애가 숙녀분의 의향은 전혀 고려되지도 않고 그렇게 쌀쌀맞게 거절될 수 있다니, 또 숙녀분은 그 상황을 조금도 반발하지 않고 받아들이다니 놀라울 뿐이네. 하지만 우리의 구구한 추측은 바로 그날 오후 스테이플턴의 방문으로 풀렸지. 그는 오전에 자신이 보인 무례를 사과하러 와서 헨리 경과 서재에서 오랫동안 이야기를 나누고 갔는데, 결론적으로 말해, 불화는 깨끗이 해소되었고 그 증거로 다음주 금요일에 우리가 메리피트 하우스에서 저녁식사를 하기로 했네.

"지금도 그가 미친 사람이 아니라고는 말 못합니다." 헨리 경이 말을 꺼냈네. "오늘 아침 저한테 달려올 때 그의 눈빛을 잊을 수 있어야 말이죠. 하지만 그만큼 훌륭하게 사과를 할 수 있는 사람도 없을 겁니다."

"자신의 행동에 대해 뭐라고 하던가요?"

"여동생이 자기 삶의 전부라고 하더군요. 그거야 당연한 일이고 나도 그가 여동생이 얼마나 소중한지를 안다니 기뻤지요. 그들은 언제나 함께 지내왔고 그는 그녀만이 유일한 동반자로 외롭게 살아왔다고 합니다. 그래서 그녀를 잃는다는 생각이 정말로 끔찍했던 거죠. 내가 그녀에게 끌리고 있다는 것은 생각도 못했는데 그런 사실을 눈앞에서 보게 되고, 또 여동생이 자기를 떠날 수도 있다는 사실을 깨닫게 되니, 너무 충격을 받아서 완전히 이성을 잃고 그렇게 무책임한 언동을 한 거라고 하더군요. 그는 매우 미안해하면서 자기 여동생처럼 아름다운 여인을 평생토록 자기 곁에만 둘 수 있다고 생각했다니 자신이 얼마나 바보 같고 이기적인지 깨달았다고 했습니다. 만약 여동생이 자신을 떠나야 한다면 다른 누구보다도 나 같은 이웃이 낫겠다고 했어요. 하지만 어쨌거나 그에게는 이 일이 큰 타격이어서 그가 마음의 준비를 하려면 시간이 좀 걸릴 것 같습니다. 만약 내가 석 달 동안 이 문제를 다시 들고 나오지 않고, 구애 대신 숙녀분과 우정을 쌓는 데만 만족한다면 자기는 더이상 반대하지 않겠다고 하더라고요. 내가 그렇게 하겠다고 약속해 문제는 일단락되었습니다."

우리의 작은 수수께끼 가운데 하나는 이렇게 풀렸네. 우리가 지금 허우적거리고 있는 이 수렁 밑바닥 어딘가에 발이 하나 닿은 것은 대단한 일이야. 우리는 이제 스테이플턴이 여동생의 구혼자—심지어 헨리 경처럼 나무랄 데 없는 구혼자를 왜 그렇게 탐탁잖은 눈초리로 쳐다봤는지 알게 되었어. 그럼 이제 이 뒤엉킨 실타래에서 뽑아낸 또 한 가닥의 실로 넘어가세. 한밤의 흐느낌, 배리모어 부인의 눈물로 얼룩진 얼굴, 서쪽 격자창까지 집사의 비밀스러운 움직임의 수수께끼 말일세. 축하해주게, 친애하는 홈스. 자네의 대리인으로서 내가 자넬 실망시키지 않았다고—나를 이곳에 보냈을 때 자네가 보인 믿음이 아깝지 않다고 말해주게나. 하룻밤 고생해서 수수께끼들을 다 풀었네.

'하룻밤 고생'이라고 했는데 사실은 '이틀 밤'의 고생일세. 첫날은 완전히 허탕쳤거든. 난 거의 새벽 세시까지 헨리 경의 방에서 함께 밤을 새웠지만 계단계의 괘종시계 소리 말고는 아무 소리도 들리지 않았지. 아주 울적한 불침번이었네. 결국 우리 둘 다 의자에서 잠들고 말았지. 다행스럽게도 우리는 굴하지 않고 다시 시도했어. 다음날 밤에 램프 불빛을 줄이고 작은 소리도 내지 않은 채 앉아서 담배를 피우며 기다렸네. 시간이 얼마나 더디게 가던지! 사냥감이 걸려들기를 고대하며 덫을 지켜보는 사냥꾼의 심정이었네. 한시를 알리는 종이 치고 다시 두시를 알리는 종소리…… 낙담해 단념하려는 차에, 우리 둘 다 지친 신경이 다시 바짝 곤두서 의자에 꼿꼿이 앉았다네. 복도에서 삐걱거리는 발소리가 들려온 거야.

우리는 조심스럽게 발소리가 복도를 따라 들리다가 마침내 멀어질 때까지 기다렸어. 그리고 준남작이 살며시 방문을 열었고 우리는 추적에 나섰네. 우리의 목표물은 이미 복도를 돌아 사라졌고 복도는 깜깜했어. 우리는 조심조심 걸어서 반대편 복도까지 갔네. 그때 마침 검은 수염을 기른 키 큰 인물이 어깨를 구부정하게 숙이고 발끝으로 걷고 있는 모습이 보였지. 그는 전과 같은 문으로 들어갔고 촛불의 불빛이 방문 틈으로 새어나와 노란 한줄기 빛이 어두운 복도를 비추었어. 우리는 체중 전체를 싣기 전에 마룻바닥 하나하나를 시험삼아 디뎌보면서 그쪽으로 조심스레 발길을 옮겼어. 구두를 벗어두는 신중을 기했지만 오래된 마룻바닥은 요란하게 삐걱거리더군. 때로는 그가 우리가 다가가는 소리를 듣지 못할 리 없다는 생각이 들 정도였어. 하지만 천만다행으로 배리모어는 가는귀가 먹은데다 자기 일에 완전히 빠져 있었지. 마침내 우리가 그 방문까지 가 안을 엿보니 그는 내가 이틀 전에 목격한 대로 손에는 촛불을 들고 창백하고 열중한 얼굴을 창문에 댄 채 몸을 구부리고 있더군.

우리한테는 딱히 세워놓은 계획이 없었지만, 준남작은 단도직입적인 게 가장 자연스러운 사람이더군. 그가 방안으로 걸어들어가자 배리모어는 놀라서 숨을 들이키며, 납빛이 된 얼굴로 우리 앞에 벌벌 떨며 섰네. 헨리 경과 나를 번갈아 쳐다보는 그의 창백한 얼굴에서 공포와 경악으로 가득찬 어두운 눈동자가 이글거렸네.

"여기서 뭘 하고 있나, 배리모어?"

"아무것도 안 했습니다, 주인님." 그는 너무 당황해 말도 제대로 못했고, 그의 양초가 흔들리며 그림자가 위아래로 크게 흔들렸어. "창문을 살펴보는 겁니다, 주인님. 밤마다 창문들이 잘 잠겨 있나 확인합니다."

"이층에서 말인가?"

"예, 주인님, 모든 창문을 살펴봅니다."

"이봐, 배리모어," 헨리 경이 엄하게 말했지. "우리는 자네한테서 진실을 들으려고 작정했으니 얼른 털어놓는 게 좋을 거야. 자, 어서! 사실대로 말하게! 저 창가에서 대체 뭘 하고 있었나?"

배리모어는 어찌할 바 모르는 눈초리로 우리를 쳐다봤고 극도의 의심과 고통에 빠진 사람처럼 두 손을 쥐어짜고 있었다네.

"아무 짓도 안 했습니다, 주인님. 그냥 촛불을 들고 창문에 서 있었을 뿐입니다."

"그래, 왜 촛불을 들고 창문에 서 있었던 거지?"

"그건 묻지 마십시오, 헨리 경—묻지 말아주세요. 맹세코 이것은 제 비밀이 아닙니다. 그러니 저는 말씀드릴 수 없습니다. 저한테만 관계된 일이라면 주인님께 감추지 않을 것입니다."

그때 갑자기 무슨 생각이 떠올라 나는 집사가 창틀에 올려놓은 촛불을 집어 들었어.

"틀림없이 이것으로 신호를 보내고 있었을 겁니다. 무슨 응답이 오나 봅시다."

나는 그가 했던 대로 촛불을 들고서 칠흑 같은 어둠 속을 내다보았네. 달이 구름에 가려져서 어두운 덩어리는 나무들이 있는 곳이고 약간 더 밝은 드넓은 곳은 황무지라는 것만 어렴풋하게 분간되었지. 이내 나는 환호성을 질렀네. 아주 자그마한 노란 점 하나가 어두운 베일을 고정하는 핀이라도 된 듯, 창문이 만든 검은 사각형 한가운데서 흔들림 없이 빛나고 있었기 때문이네.

"저기 있다!" 내가 외쳤지.

"아닙니다, 선생님. 아무것도 아니에요!" 집사가 말을 가로챘네. "정말로 아무것도 아닙니다."

"촛불을 좌우로 움직여봐요, 왓슨!" 준남작이 소리쳤어. "봐, 저쪽도 움직이고 있어! 이 나쁜 놈, 이러고도 신호가 아니라고 할 텐가? 어서 대답해봐! 저기 밖에 있는 공모자는 누구지? 지금 무슨 음모를 꾸미고 있는 거지?"

집사의 얼굴에는 이제 반항하는 티가 역력했어.

"이건 제 일이고 주인님께서 상관하실 일이 아닙니다. 대답하지 않겠습니다."

"그렇다면 당장 이 집에서 떠나게."

"좋습니다. 정 그러시다면 할 수 없지요."

"그래, 자넨 수치스럽게 쫓겨나는 거네. 세상에, 부끄럽지도 않나? 자네 집안은 우리 집안과 이 지붕 아래서 백 년이 넘도록 함께 살아왔는데 자네가 여기서 나를 해치려는 흉악한 음모를 꾸미고 있을 줄이야."

"아닙니다, 주인님. 절대 아니에요. 주인님을 해치려는 게 아니에요!"

여자의 목소리가 들려왔어. 남편보다 더 창백하고 공포에 질린 배리모어 부인이 문간에 서 있었네. 격렬한 감정이 드러난 얼굴이 아니었다면, 숄을 두르고 치마를 입은 그녀의 커다란 몸집은 우스워 보였을 거야.

"여기서 떠나야 해, 일라이저. 이제 다 끝났어. 짐을 싸." 집사가 말했지.

"오, 존, 존, 저 때문에 이렇게 된 거죠? 제 탓이에요, 헨리 경―다 제 탓이에요. 그이는 아무 짓도 안 했어요. 오로지 저를 위해서, 제가 부탁했기 때문에 그런 거예요."

"그럼 어서 털어놔보게. 대체 어떻게 된 건가?"

"제 불쌍한 남동생이 황무지에서 굶어죽어가고 있어요. 바로 저희 문전에서 그가 죽게 내버려둘 수는 없어요. 우리가 보내는 불빛은 먹을 것이 준비되었다는 신호고, 저 너머에서 빛나는 불빛은 그쪽에 갖다놓으면 된다는 신호예요."

"그럼 자네의 남동생이란······"

"그 탈옥수예요, 주인님―범죄자 셀던 말이에요."

"사실입니다, 주인님." 배리모어가 말했어. "제가 이것은 제 비밀이 아니라 말씀드릴 수 없다고 하지 않았습니까? 이제 주인님께서도 자초지종을 들으셨으니 주인님을 해치려는 음모가 있다고 해도 이것은 아무 상관 없다는 걸 아시겠지요?"

이것이 바로 한밤의 비밀스러운 움직임과 창가의 불빛에 대한 설명이었던 것이지. 헨리 경과 나는 깜짝 놀라서 배리모어 부인을 멍하니 쳐다봤네. 이 답답할 만큼 점잖은 부인이 이 나라에서 가장 악명 높은 범죄자와 같은 피를 타고났다는 게 가능한 일일까?

"예, 주인님. 제 결혼 전 성은 셀던이고 그는 제 남동생입니다. 우리는 어렸을 때 그애의 응석을 다 받아주고 뭐든지 해달란 대로 해줘서 결국에 그애는 세상은 자기 좋으라고 만들어졌고 제 하고 싶은 대로 할 수 있다고 믿게 되었지요. 그러다 나이를 먹어 나쁜 친구들을 사귀게 되었고 악마가 그 안에 들어가, 제 어머니의 가슴을 찢어놓고 우리 가족의 이름에 먹칠을 했습니다. 범죄를 저지를 때마다 그애는 점점 더 나락으로 떨어졌고, 결국 그애가 교수대를 간신히 면할 수 있었던 것은 오로지 자비로우신 하느님 덕분이었지요. 하지만 주인님, 저에게 그애는 언제나 자그마한 곱슬머리 꼬마, 제가 돌봐주고 같이 놀던 동생입니다. 그래서 그애가 탈옥을 한 겁니다, 주인님. 그애는 제가 여기 살고 있고 우리 부부가 자기를 도와줄 수밖에 없다는 걸 알고 있었어요. 어느 날 밤 그애가 쫄쫄 굶고 지쳐 여기 나타났을 때, 간수들은 그를 바짝 뒤쫓고 있었는데 저희가 어찌할 수 있었겠어요? 저희는 그애를 안으로 들여 먹이고 돌봤습니다. 그러다 주인님께서 이곳으로 오셔서, 제 동생은 추적이 끝날 때까지는 황무지가 더 안전할 것 같아 지금도 거기에 숨어 있습니다. 저희는 이틀에 한 번씩 창문에 촛불을 밝혀서 그애가 여전히 황무지에 있는지 확인하고, 만약 응답이 있으면 남편이 빵과 고기를 조금 갖다주었습니다. 저희는 매일 그애가 멀리 가버리길 바랐지만 거기 있는 한 그애를 버릴 수는 없었어요. 이게 전부예요. 정직한 기독교 신자로서 맹세합니다. 여기에 잘못이 있다면 제 남편이 아니라 모두 제 탓입니다. 남편은 저 때문에 이 모든 일을 한 거예요."

여인은 진심에서 우러나온 이야기를 했고 모두 사실인 것 같았네.

"사실인가, 배리모어?"

"예, 헨리 경. 전부 사실입니다."

"흠, 자네가 부인을 지키려 한 것을 책망할 수는 없지. 내가 한 말은 잊어버리게. 둘 다 방으로 돌아가게. 이 문제는 아침에 더 논의하지."

그들이 돌아가자 우리는 다시 창밖을 내다봤어. 헨리 경이 창문을 활짝 열어젖히자 차가운 밤바람이 우리의 얼굴을 때렸지. 멀리 새카만 어둠 속에는 작은 점 같은 노란 불빛이 여전히 빛나고 있었고.

"좀 대담한 것 아닐까요?" 헨리 경이 물었어.

"여기서만 볼 수 있는 장소로 잡아놓았을 겁니다."

"그랬겠죠? 여기서 얼마나 먼 것 같습니까?"

"클레프트 토어쯤 되는 거 같은데요?"

"1, 2마일 정도 떨어져 있겠군요."

"그만큼도 안 될걸요?"

"배리모어가 음식을 가져다주려면 그렇게 멀리 떨어진 곳은 아니겠지요? 게다가 저 악당 놈은 지금 저 촛불 옆에서 기다리고 있을 겁니다. 젠장, 왓슨, 그놈을 잡으러 가겠습니다."

같은 생각이 내 머릿속을 스쳤지. 배리모어 부부가 우리를 믿어서 비밀을 털어놓은 것은 아니었지. 어쩔 수 없이 실토한 거였어. 또 저자는 이 사회에 위험한 인물이자, 동정이나 변명의 여지가 없는 지독한 악한이었지. 이 기회에 아무에게도 해를 끼치지 못할 곳으로 그를 돌려보낸다 한들 우리는 의무를 다하는 것일 뿐이었어. 우리가 손을 놓고 있다가는 그의 잔혹하고 폭력적인 본성에 다른 이들이 대가를 치르게 될 것 같았네. 어느 때고, 가령 우리 이웃 스테이플턴 남매가 그에게 공격을 당할지도 모를 일 아닌가? 헨리 경도 어쩌면 그 생각을 해서 그렇게 열성적으로 모험에 나서려고 했는지도 모르네.

"나도 가겠습니다." 내가 말했어.

"그럼 리볼버를 챙겨 오고 얼른 신을 신어요. 저자가 불을 끄고 달아나버릴지도 모르니까 되도록 빨리 출발하면 좋겠습니다."

오 분 안에 우리는 문밖으로 나와 원정에 나섰네. 어두운 관목을 통과해 서둘러 움직였어. 낮게 윙윙거리는 가을바람에 낙엽은 바스락거리고, 밤공기는 습하고 썩는 냄새로 가득했지. 이따금 달이 언뜻언뜻 내비쳤지만 구름이 잔뜩 끼어 하늘을 가려버렸네. 우리가 막 황무지로 나왔을 때 가랑비가 내리기 시작했어. 그래도 촛불은 여전히 우리 앞에 타오르고 있었어.

"무장은 했습니까?" 내가 물었어.

"사냥용 채찍이 있어요."

"재빨리 덮쳐야 합니다. 더이상 물러설 곳이 없는 필사적인 놈이라고 하니까, 불시에 덮쳐서 저항하기 전에 제압해야 해요."

"왓슨, 홈스 씨가 우리를 보면 뭐라고 할까요? 악의 힘이 창궐하는 어둠의 시간에 이렇게 황무지를 돌아다니는 것을 보고 말이에요."

그의 말에 대답이라도 하듯 갑자기 거대한 그림펜 늪지대 근처에서 들었던 이상한 울음소리가 어둡고 광활한 황무지 한가운데서 들려왔어. 그 소리는 바람결에 한밤의 고요를 뚫고 들려와 길고 깊은 웅얼거림처럼 울리다가 높은 짖는 소리로, 그다음 구슬픈 신음으로 바뀌더니 이내 잦아들었어. 소리는 거듭해서 들려왔고 대기 전체가 그 소리로 진동했지. 귀에 거슬리는 거칠고 위협적인 소리였어. 준남작은 내 소매를 붙들었어. 어둠 속에서도 새하얗게 질린 얼굴이 훤히 보였네.

"세상에, 저건 뭡니까, 왓슨?"

"모르겠습니다. 황무지에서 들리는 소리예요. 저도 한 번 들은 적이 있어요."

소리가 잦아들고 적막이 우리를 감쌌어. 우리는 귀를 쫑긋 세우고 서 있었지만 아무 소리도 들리지 않았어.

"왓슨," 준남작이 말했어. "그건 사냥개의 울음소리였어요."

그의 갈라진 목소리를 듣는 순간 피가 싸늘히 식는 것 같았네. 그가 갑작스러운 공포에 사로잡힌 게 역력했어.

"이 소리를 뭐라고들 합니까?"

"누가요?"

"여기 시골 사람들 말입니다."

"아, 그들은 무식한 사람들입니다. 그들이 뭐라고 하는지 신경쓸 필요 없어요."

"말해줘요, 왓슨. 사람들이 뭐라고 하는지."

나는 망설였지만 대답을 안 할 수 없었지.

"바스커빌가의 사냥개 울음소리라고 합니다."

그는 낮은 신음을 뱉으며 얼마 동안 말이 없었어.

"사냥개였어요." 그가 마침내 입을 열었어. "하지만 저기 몇 마일 떨어진 곳에서 들려오는 것 같은데."

"어디서 들려오는지 모르겠더군요."

"바람을 타고 높아졌다 낮아졌다 했어요. 그림펜 늪지대 쪽에서 들려오지 않았습니까?"

"그래요."

"그래, 그놈은 저쪽에 있었어요. 왓슨, 선생은 그게 사냥개의 울음소리라고 생각하지 않습니까? 전 어린애가 아닙니다. 걱정 말고 솔직히 말해주십시오."

"저번에 이 소리를 들었을 때 스테이플턴이 같이 있었는데 스테이플턴은 이 소리가 낯선 새의 울음소리일지도 모른다고 하더군요."

"아니, 아니요. 그건 사냥개 울음소리였어요. 아, 세상에, 그럼 그 얘기들이 진짜라는 건가? 내가 정말로 그렇게 말도 안 되는 위험에 처해 있다는 건가? 왓슨은 믿지 않지요?"

"네, 믿지 않습니다."

"런던에서는 비웃을 수 있었을지 몰라도, 여기 황무지의 어둠 속에 서서 저렇게 울부짖는 소리를 들으니 또 다르네요. 거기다 내 백부님을 생각해보라고요! 백부님의 시신 옆에는 사냥개의 발자국이 있었습니다. 모든 게 들어맞아요. 왓슨, 나는 겁쟁이가 아닙니다. 하지만 저 소리를 듣는 순간 피가 얼어붙는 것 같았습니다. 여기, 내 손을 만져봐요!"

그의 손은 대리석 덩어리처럼 차가웠네.

"내일이면 다 괜찮아질 겁니다."

"저 울음소리가 내 머릿속에서 떠나지 않을 것 같아요. 그럼 이제 어쩌면 좋겠습니까?"

"그만 돌아갈까요?"

"아니, 천만에요! 우리는 그 녀석을 잡으러 왔습니다. 그러니까 그렇게 할 겁니다. 우리는 탈옥수를 쫓고 있고, 지옥의 사냥개는 우리를 뒤쫓고 있겠군요. 갑시다. 지옥의 악귀들이 황무지로 모두 풀려나온다고 해도 우린 끝장을 봐야 합니다."

돌투성이 언덕이 검게 솟아 있는 어둠 속을 우리는 더듬더듬 나아갔네. 우리 앞에서는 작고 노란 불빛이 여전히 환하게 타고 있었지. 칠흑같이 어두운 밤에 반짝이는 불빛만큼 그렇게 사람을 속이는 것도 없네. 어떨 때는 아득한 지평선 위에 있는 것 같았고 어떨 때는 바로 몇 야드 앞에 있는 것 같았어. 그러나 마침내 우리는 그 불빛의 위치를 알아냈고, 정말 지척에 있었구나 깨달았어. 촛농이 흘러내리고 있는 양초가 양옆으로는 바람을 막고, 또 바스커빌 홀을 제외하고는 어느 방향에서도 보이지 않을 바위틈에 끼워져 있었어. 둥근 화강암 바위가 우리를 가려줘서 우리는 그 뒤에 몸을 숙인 채 바위 너머로 불빛 신호를 응시했어. 생명체의 흔적이 전혀 없는 황무지 한복판에서 양초 한 자루가 타고 있는 것을 보고 있자니 묘한 기분이 들더군. 그저 한줄기 노란 불꽃과 그것을 둘러싸고 있는 바위에 비치는 희미한 빛밖에 없었어.

"이제 어떻게 하죠?" 헨리 경이 속삭였네.

"여기서 기다립시다. 그자는 틀림없이 이 근처에 있을 겁니다. 그가 나타나는지 두고 보죠."

그 말을 하기가 무섭게 우리 둘 다 그를 보았네. 바위 너머, 초가 타고 있는 바위틈으로 사악한 누런 얼굴, 끔찍한 짐승 같은 얼굴, 야비한 정념이 할퀴고 간 흉터투성이 얼굴이 보였네. 까칠까칠한 수염, 엉겨붙은 머리칼, 늪지의 진흙탕으로 지저분한 그 얼굴은 언덕의 토굴 속에 살았던 저 옛 미개인의 얼굴에 가까웠지. 발아래 불빛에 반사된 작고 교활한 눈동자는 마치 사냥꾼의 발소리를 들은 약삭빠른 맹수처럼 어둠 속에서 무섭게 좌우를 살피고 있었지.

뭔가가 의심스러운 모양이었어. 배리모어와 은밀히 주고받는 신호를 우리가 주지 않았든가 아니면 상황이 심상치 않다고 느낄 만한 다른 뭔가가 있었는지도 모르지만, 아무튼 그의 사악한 얼굴에서 공포를 읽을 수 있었지. 금방이라도 그가 촛불을 불어 끄고 어둠 속으로 사라져버릴지 몰랐네. 그래서 나는 앞으로 펄쩍 뛰어들었고 헨리 경도 뛰어들었지. 그 순간, 탈옥수는 우리에게 욕지거리를 퍼부으며 커다란 돌덩어리를 던졌는데, 그건 우리가 숨어 있던 바위에 맞아 쪼개졌지. 다음 순간 그가 뛰어올라 몸을 돌려 달아날 때, 땅딸막하고 다부진 체구를 힐끗 볼 수 있었네. 그때 마침 운좋게도 구름 사이로 달빛이 환히 쏟아졌어. 언덕 등성이 너머로 달려갔더니 우리의 목표물은 산양 같은 몸놀림으로 돌에서 돌로 껑충껑충 뛰면서 엄청난 속도로 반대편 비탈로 내달리고 있더군. 거리는 멀어도 리볼버를 쏜다면 요행히 맞힐 수도 있을 것 같았어. 하지만 나는 만약의 경우에 내 몸을 지키려고 리볼버를 가져갔지 무기도 없이 도망치는 사람한테 쏘기 위해 가져간 것은 아니었네.

우리 둘 다 발이 빠르고 체력도 좋았지만 그를 따라잡을 가능성은 없다는 걸 금방 깨달았네. 달빛이 비쳐서 오랫동안 그의 모습이 보였지만 끝내는 먼

비탈의 둥근 바위 사이를 빠르게 움직이는 작은 점이 되고 말았지. 우리는 숨 넘어가게 달리고 또 달렸지만 그와의 거리는 갈수록 멀어졌어. 결국 우리는 달리기를 멈추고 두 바위 위에 앉아 숨을 헐떡거리며 멀리 그가 사라지는 것을 지켜보았어.

그런데 바로 그 순간에 참으로 이상하고 전혀 예기치 못한 일이 일어난 거야. 가망 없는 추격을 포기하고 집에 가려고 일어서 발길을 돌린 참이었어. 달은 오른쪽에 낮게 떠 있었고 화강암 바위산의 삐죽삐죽한 봉우리는 그 은쟁반의 아래쪽에 걸쳐 우뚝 솟아 있었지. 거기에, 한 사내가 그 환하게 빛나는 배경을 등진 채 흑단 조각상처럼 시커먼 윤곽을 드러내고 바위산 위에 서 있는 것을 보았네. 내가 헛것을 본 것이라고 생각하지 말게, 홈스. 내 인생에서 이보다 더 똑똑하게 본 것도 없으니까. 내가 분간하기로는 키가 크고 마른 사람이었어. 다리를 살짝 벌리고 서서 팔짱을 낀 채, 마치 그 아래 놓인 토탄과 화강암으로 이루어진 광활한 황무지를 두고 곰곰이 생각에 잠긴 듯 고개를 숙이고 있었지. 마치 그 무시무시한 장소의 정령이라고 해도 될 정도였어. 탈옥수는 아니었어. 탈옥수가 사라진 곳에서 멀리 떨어진 곳에 있었으니까. 게다가 그는 탈옥수보다 키가 훨씬 컸어. 나는 놀라서 소리를 지르며 준남작에게 그를 가리켰지만, 내가 준남작의 팔을 잡으려고 몸을 돌리던 순간에 온데간데없이 사라져버렸지. 뾰족한 화강암 봉우리는 여전히 달 아래쪽에 걸려 있었지만, 말없이 꼼짝 않고 서 있던 인물의 흔적은 없었어.

나는 그쪽 바위산으로 가서 수색해보고 싶었지만 꽤 떨어져 있었네. 준남작은 가문의 어두운 이야기를 떠올리게 하는 그 울음소리로 여전히 신경이 곤두선 상태라 새로운 모험에 나설 기분이 아니었네. 준남작은 바위산 위의 이 고독한 인물을 보지 못해 그의 기묘한 출현과 그 위엄 있는 모습에서 내가 느낀 전율을 느낄 수 없었지. "틀림없이 간수일 겁니다. 그자가 탈옥한 후로 황무지에 간수들이 바글바글하잖아요." 그가 말했어. 그래, 어쩌면 그의 말이 맞을지도 모르지만 나는 더 확실한 증거를 찾고 싶군. 오늘 우리는 프린스타운 형무소에 연락해서 탈옥수가 있을 만한 곳을 알려줄 작정이네만, 우리가 직접 그를 붙잡아 당당하게 끌고 오지 못한 것은 유감스러운 일이야. 이상이 어젯밤 우리의 모험이었네. 친애하는 홈스, 자네도 내가 보고에 관한 한 자네가 맡긴 임무를 훌륭하게 해낸 것을 인정해주게. 내가 자네에게 말한 내용의 상당 부분은 물론 사건과 관계가 없는 것이지만, 그래도 자네한테 모든 사실을 알리고 결론을 이끌어내는 데 도움이 되는 사실들을 자네가 취사선택하도록 하는 게 최상이라고 생각하네. 우리는 확실히 진전을 보이고 있네. 배리모어 부부가 왜 그랬는지 알아냄으로써 상황이 많이 정리되었으니까. 하지만 이상한 거주자들과 수수께끼를 간직하고 있는 황무지는 여전히 오리무중일세. 어쩌면 다음 보고서에서는 이 문제에 대해서도 조금은 밝혀낼 수 있지 않을까? 물론 자네가 여기로 내려오는 것이 가장 좋겠지. 어쨌든 다음 며칠 안으로 또 소식이 갈 거네.

10장
왓슨 박사의 일기 초록

지금까지는 내가 이곳에 내려온 초기에 홈스에게 보냈던 보고서에서 인용할 수 있었다. 그러나 이제 나의 이야기도 이 방법을 버리고 당시 쓴 일기의 도움을 받아, 다시금 기억에 의지해야 하는 시점에 도달했다. 일기에서 발췌한 몇몇 문단은 세부 사항 하나하나까지 내 기억 속에 각인된 장면들을 다시 떠올리게 해줄 것이다. 그럼, 탈옥수 추격이 수포로 돌아가고 황무지에서 기이한 경험을 한 다음날 아침부터 이야기를 이어가겠다.

10월 16일 — 안개 끼고 우중충, 부슬비. 저택을 감싼 층적운이 이따금 걷힐 때마다 황무지의 단조로운 곡선이 언덕 비탈 위로 가는 은빛 광맥과 함께 드러나고, 멀리서는 둥근 화강암의 젖은 표면이 빛을 받아 반짝거렸다. 집 안이나 밖이나 분위기가 울적하다. 준남작은 간밤의 흥분에 대한 반작용으로 침울한 상태다. 나는 가슴에 납덩어리라도 하나 올려놓은 기분이다. 위험이 임박한 느낌 — 한시도 우리 곁을 떠나지 않는, 정확히 뭔지 꼭 꼬집어 말할 수 없기에 더 무서운 위험이 임박한 느낌이다.

내가 그렇게 느끼는 것도 무리는 아니지 않은가? 지금까지 일어난 일련의 사건들을 곰곰 생각해보면 모든 것이 우리 주변에 뭔가 불길한 힘이 작용하고 있다는 것을 가리킨다. 바로 앞서 바스커빌 홀에 거주한 사람의 죽음, 그것도 가문의 전설과 모든 조건이 딱 들어맞는 죽음이다. 거기다 황무지에서 이상한 생물체를 봤다는 농부들의 증언도 계속 나오고 있다. 나도 멀리서 들려오는 사냥개의 울부짖음 같은 소리를 두 차례나 들었다. 그것이 정말로 자연의 일반법칙 바깥에 존재한다니 말도 안 된다. 도저히 믿기지 않는다. 물리적인 발자국을 남기고 울부짖는 소리가 대기 한가득 울려퍼지는 유령 사냥개라니, 분명 말도 안 되는 소리다. 스테이플턴이라면 그런 미신에 빠질 수도 있겠지. 모티머도 그렇고. 하지만 내게 한 가지 장점이란 게 있다면 그건 건전한 상식이고, 나는 무슨 일이 있어도 그런 이야기에 설득되지 않는다. 그런 이야기를 믿는다는 것은 단지 악령 개라고 하는 데 그치지 않고, 그 개가 눈과 입에서 지옥 불을 토해낸다고 묘사해야만 직성이 풀리는 딱한 농부들 수준으로 전락하는 거다. 홈스는 그런 황당무계한 이야기를 듣지 않을 것이고 나는 그의 대리인이다. 하지만 사실은 사실이다. 나는 그 울음소리를 황무지에서 두 번 들었다. 만약 정말로 황무지에 어떤 거대한 사냥개가 어슬렁거리고 있다고 치자. 그럼 모든 것이 설명될 것이다. 하지만 그런 사냥개가 대체 어디에 숨어 있을 수 있지? 어디서 왔고 어디서 먹을 것을 얻고 왜 낮에는 아무도 보지 못하는 거지?

그래, 솔직히 말해, 자연법칙에 위배되지 않는 설명도 다른 설명만큼 허점이 많다. 그리고 사냥개를 제쳐두고라도 런던에서 인력이 작용했다는 사실, 즉 마차에 탄 남자와 헨리 경에게 황무지에 대해 경고한 편지가 있었다는 사실을 잊어선 안 된다. 적어도 그것은 진짜로 일어난 일이지만 적의 소행일 수도, 친구를 보호하려는 이의 소행일 수도 있다. 지금 그 친구 혹은 적은 어디 있는가? 그는 계속 런던에 있는가 아니면 우리를 따라 이곳으로 내려왔는가? 혹시 그가—그가 내가 바위산에서 본 그 낯선 사람은 아닐까?

사실 나는 그를 딱 한 번, 그것도 흘낏 보았지만 내가 맹세할 수 있는 것이

10장 137

몇 가지 있다. 그는 내가 여기 내려와서 만났던 사람이 아니다. 이제 나는 여기 이웃들은 모두 만나봤으니까. 그 사람은 스테이플턴보다 훨씬 키가 크고, 프랭클랜드보다 훨씬 말랐다. 어쩌면 배리모어일 수도 있지만 우리는 그를 놔두고 왔고 그가 우리를 따라왔을 리는 없다고 확신한다. 그렇다면 런던에서 그랬던 것처럼 낯선 사람이 여전히 우리의 뒤를 밟고 있는 것이다. 우리는 그를 떨쳐내지 못했다. 만약 내가 그 사람을 붙잡을 수 있다면 우리의 곤경도 다 끝날지 모른다. 이 한 가지 목표를 위해서 이제 모든 힘을 쏟아야 한다.

처음에는 헨리 경에게 내 계획을 모두 말할까 하는 생각이 들었다. 그러나 다시 생각해보니 독자적으로 행동하고 되도록 아무에게도 이야기하지 않는 게 현명한 것 같았다. 헨리 경은 멍하니 말이 없다. 황무지에서 들은 그 소리 때문에 이상한 생각이 들고 동요하는 모습이다. 괜히 이야기해서 그를 더 불안하게 하지 말고 내 나름대로 일을 진행해 목적을 이루어야겠다.

오늘, 아침을 먹고 나서 약간의 소란이 있었다. 배리모어가 헨리 경과 이야기하고 싶다고 해서 한동안 서재에서 단둘이 이야기를 나눴다. 나는 당구실에 앉아 있었는데 한두 차례 목소리가 높아지는 것이 들렸고, 둘이서 무엇을 논의하고 있는지 대충 짐작이 갔다. 얼마 후에 준남작이 문을 열고 나를 불렀다.

"배리모어가 불만이 있다고 하는군요." 그가 말했다. "자진해서 우리에게 비밀을 털어놨는데도 우리가 자기 처남을 추격한 것은 부당하다는 겁니다."

집사는 얼굴이 아주 창백했지만 침착하게 우리 앞에 서 있었다.

"제가 너무 격하게 말씀드린 것 같습니다, 주인님. 만약 그랬다면 용서해주십시오. 하지만 두 분께서 오늘 새벽에 셀던을 추격하고 돌아오시는 소리를 듣고 무척 놀랐습니다. 그 불쌍한 녀석은 상대해야 할 것이 이미 많은데 제가 추격자를 더 보내다니요."

"자네가 자진해서 우리에게 털어놓았다면 이야기가 달랐겠지." 준남작이 대답했다. "자네는 강요를 받아서, 어쩔 수 없는 상황이 되고 나서야 털어놨지. 아니 그보다는 자네 부인이 털어놓은 거지만."

"저는 주인님께서 저희가 털어놓은 비밀을 이용하실 줄은 생각도 못했습니다. 헨리 경. 정말로요."

"그자는 공공의 위험이야. 황무지에는 외딴집이 여기저기 흩어져 있고 그가 무슨 짓을 저지를지 모른단 말이네. 그 녀석의 얼굴만 한 번 봐도 내 말이 무슨 뜻인지 알 걸세. 가령 스테이플턴 씨 집을 생각해봐, 그 사람 말고는 집을 지킬 수 있는 사람이 없잖아. 그자가 다시 수감될 때까지 아무도 안전하지 못해."

"그는 절대 남의 집에 침입하지 않을 겁니다, 주인님. 거기에 대해서는 제가 엄숙하게 맹세합니다. 그리고 이 고장에서 다시는 아무도 괴롭히지 않을 것입니다. 헨리 경, 이제 며칠 안으로 필요한 것이 다 갖추어지면 그는 남아메리카로 떠날 겁니다. 그러니 제발 부탁입니다. 그가 아직 황무지에 있다고 신고하지 말아주세요. 경찰들은 추적을 포기했으니 배가 준비될 때까지 조용히 숨어 있을 수 있습니다. 신고를 하시면 저와 제 처도 곤란해집니다. 제발 경찰에는 아무 말도 말아주십시오."

"어떻게 생각하십니까, 왓슨?"

나는 어깨를 으쓱했다. "그가 이 나라를 무사히 빠져나간다면 납세자들의 부담을 덜어주겠지요."

"하지만 그가 떠나기 전에 혹시 누군가를 해치기라도 하면 어떡합니까?"

"그런 미친 짓은 절대 하지 않을 것입니다, 주인님. 그가 필요로 하는 것은 저희가 다 마련해주었습니다. 범죄를 저지르면 자기가 어디에 숨어 있는지 알리는 꼴이죠."

"그건 그렇군." 헨리 경이 말했다. "그럼, 배리모어……"

"아, 정말로 감사합니다. 그 녀석이 다시 잡혀갔으면 제 처는 죽고 말았을 겁니다."

"지금 우린 중범죄를 방조하고 있는 것 같은데요, 왓슨? 그렇지만 이야기를 다 듣고 나니 그자를 다시 넘겨줄 수는 없을 것 같습니다. 그럼 이 이야기는 이렇게 끝내도록 하지. 좋아, 배리모어, 이제 가보게."

집사는 더듬더듬 몇 마디 감사의 말을 더 한 후, 몸을 돌려 나가려다 말고 잠시 망설이더니 되돌아왔다.

"지금까지 저희에게 참으로 친절하게 대해주셨으니 저도 최대한 보답을 해드리고 싶습니다. 제가 아는 게 좀 있습니다, 헨리 경. 어쩌면 전에 말씀드렸어야 했는데, 하지만 저도 그 사실을 조사가 끝나고 한참 지나서야 알았습니다. 이것은 누구한테도 말한 적이 없습니다. 찰스 경의 죽음에 관한 것이지요."

준남작과 나는 동시에 벌떡 일어섰다.

"그분이 어떻게 돌아가셨는지 자네가 안다고?"

"아닙니다, 그건 저도 모릅니다."

"그럼 대체 뭔가?"

"그분이 왜 그 시간에 황무지 쪽문에 서 계셨는지 압니다. 어떤 여자를 만나기 위해서였습니다."

"여자를 만나려고? 그분이?"

"예, 주인님."

"그럼 그 여자 이름은?"

"이름은 저도 모릅니다만 이름의 머리글자는 알려드릴 수 있습니다. 그 여자 이름의 머리글자는 L.L. 입니다."

"그걸 어떻게 알았지, 배리모어?"

"그게 말입니다, 헨리 경, 그날 아침 찰스 경께서 편지를 한 통 받으셨습니다. 보통은 편지가 굉장히 많이 왔어요. 그분은 널리 알려진 분이고 성품이 너그럽기로 유명해서 누구나 곤경에 처하면 그분께 부탁을 해오곤 했습니다. 하지만 그날 아침에는 우연히도 그 편지 한 통뿐이었고 그래서 유심히 본 거죠. 그 편지는 쿰트레이시에서 왔고 여자의 필체였습니다."

"그래서?"

"그게, 저, 그러고 나서 저는 거기에 대해 더 생각하지 않았고 아내만 아니었다면 이 문제를 영영 잊었을 겁니다. 그런데 몇 주 전에 아내가 찰스 경의 서재를 청소하다가—돌아가신 후로는 아무도 손대지 않았죠—벽난로 연료받이 뒤쪽에서 타다 남은 편지의 재를 발견했습니다. 대부분은 재가 돼버렸지만 편지 끄트머리가 조금 남아 있었습니다. 글자는 까만 바탕에 잿빛으로 변해버렸지만 여전히 알아볼 수 있었습니다. 편지 말미의 추신 같아 보였는데 '제발 부탁드리오니, 신사로서 이 편지는 태워주시고 열시까지 문으로 나와주세요'라고 적혀 있었습니다. 그 아래에 머리글자 L.L.이 서명되어 있었고요."

"그 조각을 갖고 있나?"

"아니요, 주인님. 그때 집어드니까 산산이 바스라져버렸습니다."

"찰스 경이 같은 필체의 다른 편지를 받은 적이 있나?"

"글쎄요, 저는 그분의 편지에 특별히 신경을 쓰지 않아서요. 그 편지도 그날 그 한 통만 오지 않았다면 알아차리지 못했을 겁니다."

"그리고 자넨 이 L.L.이 누군지는 전혀 모르겠다는 말이지?"

"예, 더이상 아는 바가 없습니다. 하지만 그 여인을 찾아낸다면 찰스 경의 죽음에 대해 더 많이 알아낼 수 있을 겁니다."

"이해가 안 되는군, 배리모어. 왜 이렇게 중요한 정보를 감춘 거지?"

"그게 말입니다, 바로 저희한테 곤란한 상황이 생긴 직후에 그 편지를 발견했던 겁니다. 게다가, 주인님, 그분께서 저희에게 베풀어주신 것을 생각할 때 당연한 일이지만, 저희 두 사람 다 찰스 경을 몹시 따랐습니다. 이 문제를 들춰봐야 돌아가신 주인님께 득이 될 게 없는데다가 여자가 끼어 있는 문제는 신중하게 접근하는 것이 좋으니까요. 아무리 훌륭한 사람이라고 해도……"

"그러니까 그분의 명성에 누가 될지도 모른다고 생각했단 말이지?"

"예, 밝혀서 좋을 게 없다고 생각했습니다. 하지만 주인님께서 저희에게 잘

해주셨는데, 제가 아는 걸 말씀드리지 않으면 도리가 아닌 것 같아 말씀드렸습니다."

"잘했네, 배리모어. 이제 가보게."

집사가 자리를 뜨자 헨리 경이 내게 몸을 돌렸다.

"그래, 왓슨, 이 새로운 발견에 대해 어떻게 생각합니까?"

"더 오리무중이 된 것 같은데요?"

"내 생각도 그래요. 하지만 우리가 이 L.L.을 추적하기만 한다면 이 사건을 깨끗하게 정리할 수 있을 겁니다. 거기까지는 온 셈입니다. 모든 사실을 쥐고 있는 사람이 있다는 걸 알았으니 그 여자를 찾기만 하면 되는데요. 이제 어떻게 할까요?"

"우선 홈스한테 이 사실을 알려야겠습니다. 이 사실이 그가 찾고 있던 단서를 줄 겁니다. 제가 잘못짚은 게 아니라면 그는 이 얘기를 듣고 곧장 내려올 겁니다."

나는 바로 내 방으로 가서 홈스에게 오늘 아침의 대화를 알리는 보고서를 작성했다. 홈스가 요즘 바쁜 것은 확실하다. 베이커가에서 보내오는 답신은 짧고 드문데다 내가 보낸 정보들에 대해 가타부타 말이 없고 내 임무에 대해서도 이렇다 할 언급이 없기 때문이다. 아무래도 그 협박 사건에 전력을 다하고 있는 것이 분명했다. 그렇지만 이 새로운 사실은 틀림없이 그의 주의를 끌고 관심을 되살릴 것이었다. 홈스가 여기 있다면 좋을 텐데……

10월 17일─온종일 비가 쏟아짐. 담쟁이덩굴이 찰랑거리고 처마밑으로는 낙숫물이 주르륵 흘러내린다. 음습하고 춥고 비바람을 피할 곳 없는 황무지에 있는 탈옥수를 생각했다. 불쌍한 놈! 무슨 죄를 저질렀든 간에 그는 이미 그 죄들을 속죄할 만한 고통을 겪었다. 그다음에 또다른 사람─마차 속의 얼굴, 달을 배경으로 서 있던 인물을 생각했다. 이 억수 같은 빗속에 그도 나와

있는 걸까?—보이지 않는 감시자, 어둠 속의 그 남자도? 저녁에 비옷을 걸치고, 온갖 어두운 상상을 하며 흠뻑 젖은 황무지 멀리까지 걸어나갔다. 비가 얼굴을 때리고 바람이 귓가에 윙윙거렸다. 단단한 고지대조차도 진창이 되고 있으니 지금 거대한 그림펜 늪지대를 헤매는 이들에게 신의 가호가 있기를. 고독한 감시자를 목격한 블랙 토어를 발견하고 그 암벽투성이 정상에 올라 음울한 낮은 구릉지를 내려다보았다. 구릉지의 적갈색 지표면으로 소나기가 지나갔고 먹구름이 환상적인 언덕 비탈로 옅은 회색 고리를 그리며 낮게 깔려 있었다. 왼편 먼 골짜기에는 안개에 반쯤 가려진 바스커빌 홀의 쌍둥이 탑이 나무들 위로 솟아 있었다. 그것들이야말로 언덕 비탈 곳곳에 오밀조밀 자리잡고 있는 저 선사시대 돌집들을 제외하고 내가 유일하게 볼 수 있는 인간 생활의 흔적이었다. 내가 이틀 밤 전에 같은 장소에서 목격한 그 외로운 남자의 흔적은 아무데도 없었다.

집으로 돌아올 때, 모티머 박사를 만났다. 파울마이어 외곽의 농장에서부터 이어지는 거친 황무지 길로 이륜마차를 타고 오고 있었다. 그는 우리에게 매우 신경을 써주는데 우리가 어떻게 지내고 있는지 보기 위해 거의 매일 바스커빌 홀에 들를 정도였다. 마차에 타라고 우기더니 결국 나를 집까지 태워다 주었다. 모티머 박사는 자신의 작은 스패니얼이 사라져서 몹시 걱정하고 있었다. 그 녀석이 황무지로 나갔다가 돌아오지 않은 것이다. 나는 모티머 박사를 위로해주었지만 그림펜 늪지대에 빠졌던 망아지를 떠올리니 모티머 박사가 그의 작은 개를 다시 볼 수 있을 것 같지는 않았다.

"그런데, 모티머 박사," 거친 길을 따라 온몸을 들썩거리며 내가 말을 꺼냈다. "마차로 갈 수 있는 거리 안에 사는 사람 중에 선생이 모르는 사람은 거의 없겠죠?"

"그렇겠죠."

"그럼 혹시 아는 사람 중에 머리글자가 L.L.인 여자가 있어요?"

그는 잠시 생각하더니 "아뇨. 제가 이름을 모르는 집시들하고 일꾼들이 몇몇 있기는 한데요, 여기 농부나 유지들 중에 머리글자가 L.L.인 사람은 없어요. 가만있자, 잠깐만." 그가 잠시 멈췄다가 덧붙였다. "로라 라이언스Laura Lyons가 있군. 그 여자 이름 머리글자가 L.L.이죠. 하지만 그 여자는 쿰트레이시에 살아요."

"로라 라이언스가 누군데요?"

"프랭클랜드의 딸이에요."

"뭐? 괴짜 프랭클랜드 영감 말입니까?"

"그래요. 그 여자는 라이언스라고 황무지에 그림을 그리러 왔던 화가와 결혼했어요. 알고 보니 남편이 영 몹쓸 인간이라 그녀를 버렸죠. 들리는 소문에 의하면 한쪽 잘못만은 아니라고 하더군요. 딸이 아버지의 반대를 무릅쓰고 결혼해서 아버지도 딸의 일에 전혀 상관하려고 하지 않았어요. 어쩌면 부녀간의 불화에 다른 이유가 한두 가지 더 있을 수도 있어요. 아무튼 노친네와 남편 사이에서 여자만 몹시 힘들었죠."

"지금은 어떻게 지내고 있는데요?"

"프랭클랜드 영감이 생활비를 조금 대주기는 하는 것 같지만 큰 보탬은 안 될 겁니다. 영감님 당신 일에 돈이 많이 들어가고 있으니까요. 하지만 그 여자가 설사 그런 처지를 당해 싸다고 하더라도 그렇게 무작정 나락에 빠지게 놔둘 수야 없었지요. 그녀의 사정이 알려져서 여기 사람들 여러 명이 정직하게 벌어먹고 살 수 있도록 좀 도왔어요. 스테이플턴도 도왔고 찰스 경도 도왔죠. 나도 약소하지만 힘을 좀 보탰고요. 그렇게 해서 그녀가 타자 치는 일을 할 수 있게 했습니다."

그는 내가 왜 이런 것을 묻는지 알고 싶어했지만 비밀을 다 터놓아야 할 이유는 없었기 때문에 너무 많이 밝히지는 않으며 그의 호기심을 적당히 충족해주었다. 내일 아침에 쿰트레이시를 찾아가서 평판이 애매한 이 로라 라이언스라는 부인을 만날 수 있다면, 줄줄이 이어진 수수께끼들 가운데 하나를 푸는 큰 진전을 볼 수 있을 것이다. 요즘 나는 확실히 뱀의 지혜를 키워가고 있나보다. 모티머가 불편할 정도로 캐묻기에 지나가는 말처럼 프랭클랜드의 두개골은 어떤 유형에 속하느냐고 물어서 돌아오는 내내 골상학에 대한 이야기만 들었으니까. 그동안 내가 홈스와 헛살지만은 않은 모양이다.

이 비바람이 치고 음울한 날에 기록할 만한 일이 하나 더 있었다. 방금 배리모어와 나눈 대화였는데 덕분에 나는 때가 되면 써먹을 수 있는 좋은 패 하나를 더 얻었다.

모티머가 집에 들러 저녁을 들고 그와 준남작은 식후에 에카르테*를 했다. 집사가 서재로 내 커피를 가져왔고 나는 그 기회에 그에게 몇 가지를 물어봤다.

"저, 자네의 그 귀하신 인척은 이제 떠났나, 아니면 아직도 저기에 숨어 있나?"

"저도 모릅니다, 선생님. 제발 가버렸기를 하늘에 빕니다. 그 때문에 곤경이 이만저만이 아니었으니까요. 마지막으로 음식을 놔둔 후 더는 소식이 없는데 그게 사흘 전입니다."

"그때 그를 봤나?"

"아니요, 선생님. 하지만 다음번에 제가 갔을 때 음식은 없었습니다."

"그럼 그때는 확실히 거기 있었겠네?"

"아마 그렇겠죠, 다른 사람이 집어간 게 아니라면 말입니다."

나는 커피잔을 입에 가져가려다 말고 배리모어를 빤히 쳐다봤다.

"그럼 자네도 다른 사람이 있다는 걸 알고 있군."

"예, 선생님. 황무지에 다른 사람이 있습니다."

"본 적이 있나?"

---

* 두 사람이 32장의 카드로 하는 게임.

"아니요."

"그럼 어떻게 알고 있는 건가?"

"1, 2주 전에 셀던이 말해줬습니다. 그 사람도 숨어 지내고 있지만 제가 아는 한 탈옥수는 아닙니다. 느낌이 좋지 않습니다. 왓슨 박사님—솔직하게 말씀드려서, 영 느낌이 좋지 않아요." 그는 갑자기 열을 내며 말했다.

"이보게, 배리모어, 내 말 잘 듣게! 나는 여기서 자네 주인의 일 말고는 아무 관심도 없네. 이곳에서 자네 주인을 돕겠다는 목적 말고는 없다고. 그러니, 솔직하게 말해주게. 대체 무엇 때문에 느낌이 좋지 않다는 건가?"

배리모어는 자신의 돌발적인 감정 분출을 후회하거나 아니면 자신의 감정을 말로 표현하기 어려운 듯 잠시 망설였다.

"여기서 돌아가는 일 전부가 그래요." 빗줄기가 때리는 황무지로 난 창문을 향해 손을 내저으며 그가 마침내 외쳤다. "저기 어딘가에서 못된 일이 벌어지고 있습니다. 저기서 악당이 못된 음모를 꾸미고 있다고요! 그것만은 틀림없어요! 전 헨리 경이 런던으로 돌아가시면 정말 좋겠습니다."

"왜 그렇게 불안해하는 거지?"

"찰스 경의 죽음을 보세요! 검시관이 뭐라 설명했든 끔찍하기 그지없는 죽음인데 밤에 황무지에서는 이상한 소리까지 들려오죠. 돈을 준다고 해도 해가 지고 나서 황무지를 지나가는 사람은 한 명도 없을 겁니다. 게다가 저기 숨어 있는 낯선 사람까지! 그는 감시하면서 기다리고 있습니다. 대체 뭘 기다리고 있는 거지요? 이게 다 무슨 일입니까? 이 모든 일이 바스커빌이라는 이름을 가진 그 누구에게도 좋을 게 없습니다. 헨리 경의 새 하인들이 이곳을 맡으면 전 여기서 완전히 발을 빼고 싶습니다."

"하지만 그 낯선 사람 말이야, 그에 대해 뭐 말해줄 수 있는 거 없나? 셀던이 뭐라고 이야기하던가? 그가 어디에 숨어 있다거나 뭘 하고 있는지 알아냈다고 하던가?"

"셸던은 그를 한두 번 봤는데, 도통 알 수 없는 사람이고 아무것도 드러내지 않는다고 합니다. 처음에는 셸던도 경찰인가 하고 생각했지만 곧 그 사람도 자기 볼일이 있어서 거기 있다는 걸 알게 되었지요. 신사 같기는 한데 거기서 뭘 하고 있는지는 자기도 모르겠다고 했습니다."

"그가 어디서 사는지 말하던가?"

"산비탈 중턱의 옛날 집에서요—옛날 사람들이 살았던 돌집 말입니다."

"하지만 음식은 어떡하고?"

"셸던이 알아내기로는 그가 필요한 것을 가져다주는 소년을 하나 부리고 있다더군요. 그 심부름꾼 소년은 필요한 것을 구하러 틀림없이 쿰트레이시에 갈 겁니다."

"잘 알았네, 배리모어. 이 문제는 나중에 더 이야기하지."

집사가 나간 후 나는 컴컴한 창가 쪽으로 가서 얼룩진 유리창 너머로 밀려가는 구름과 바람에 세차게 흔들리는 나무의 윤곽을 바라보았다. 집안에서도 이렇게 사나운 밤인데 황무지의 돌집에서는 오죽하랴? 대체 얼마나 강한 증오를 품고 있기에 인간이 이런 시각에 그런 곳에 숨어 있을 수 있을까? 어떤 간절하고 진지한 목적이 있기에 그런 고생을 감수할 수 있을까? 저기, 저 황무지의 돌집에 나를 그렇게 괴롭히는 그 문제의 핵심이 자리잡고 있는 것 같다. 하루빨리 수수께끼를 풀기 위해 인간이 할 수 있는 일은 다 해보리라 다짐했다.

11장
바위산 위의 남자

앞 장에 실은 일기는 이야기를 10월 18일까지 끌어왔고 여기서부터 이 기이한 사건들은 끔찍한 결론을 향해 치닫기 시작했다. 다음 며칠간의 사건들은 내 기억 속에 각인되어 그 당시의 기록을 찾아보지 않고도 이야기할 수 있다. 그럼 두 가지 중요한 사실, 쿰트레이시의 로라 라이언스 부인이 찰스 바스커빌 경에게 편지를 써서 그가 죽음을 맞이한 바로 그 시각과 그 장소에서 그와 만나기로 약속했다는 사실과 황무지에 숨어 있는 남자는 산비탈의 돌집 사이에서 찾을 수 있다는 사실을 확인한 다음날부터 이야기를 시작하겠다. 이 두 가지 사실을 손에 넣은 나는 이러고도 뭔가 밝혀내지 못한다면 내가 머리가 나쁘거나 용기가 부족한 것이라고 생각했다.

모티머 박사가 밤늦게까지 남아 준남작과 카드놀이를 했기에 준남작에게 내가 그날 저녁 라이언스 부인에 대해 알아낸 사실을 말할 기회가 없었다. 그러나 다음날 아침식사 때 나는 그에게 내가 알아낸 것을 말하고 쿰트레이시에 같이 갈 생각이 있느냐고 물었다. 처음에 그는 매우 가고 싶어했지만 다시 생각해보니 나 혼자 가는 게 더 나을 것이라는 데 우리 둘 다 동의했다. 격식을 차린 방문일수록 정보를 캐내기 어려울 수 있다. 따라서 나는 불안한 마음이 없잖아 있었지만 헨리 경은 남겨둔 채 새로운 대상을 조사하기 위해 떠났다.

쿰트레이시에 도착하자 나는 퍼킨스에게 말을 돌보며 쉬고 있으라고 이른 뒤 내가 조사하려던 부인이 어디에 사는지 알아보았다. 찾아가는 데는 전혀 어려움이 없었는데, 중심지에 있는 그 집은 잘 꾸며져 있었다. 하녀는 별다른 예를 차리지 않고* 나를 안내했고 내가 거실로 들어가자 레밍턴 타자기 앞에 앉아 있던 여인이 반갑게 미소를 지으며 벌떡 일어섰다. 그러나 방문자가 낯선 사람임을 깨닫자 그녀의 얼굴은 어두워졌고 다시 자리에 앉아 나의 방문 목적을 물었다.

라이언스 부인의 첫인상은 빼어난 미인이라는 것이었다. 그녀의 눈동자와 머리색은 똑같이 그윽한 녹갈색이었고 뺨은 주근깨가 상당했지만 윤기 있는 절묘한 갈색, 그러니까 유황빛 장미 꽃봉오리 한가운데 자리한 화사한 분홍빛을 띠었다. 그러나 다시 말하지만 나의 감탄은 첫인상에 그쳤다. 다시 보니 흠이 보였다. 얼굴에 약간 이상한 구석이 있었다. 표정에서 살짝 보이는 천박함이랄까, 살짝 딱딱한 눈이랄까, 아니면 살짝 처진 입술 같은 것이 완벽한 아름다움을 해쳤다. 하지만 이런 느낌들은 나중에 떠오른 것이었다. 당시에는 '내 앞에 지금 대단한 미인이 있는데 그녀가 내게 방문 목적을 묻고 있구나' 하는 의식뿐이었다. 나는 그 순간까지 내 임무가 얼마나 복잡미묘한지 제대로 깨닫지 못했던 것이다.

"외람되오나," 내가 말문을 열었다. "아버님과 아는 사이입니다."

이것이 얼마나 눈치 없는 자기 소개였는지는 숙녀의 반응을 보니 금방 알 수 있었다.

"저는 아버지와 아무 상관 없습니다. 저는 아버지께 신세진 것이 없으며 아버지의 친구 되시는 분들은 제 친구가 아닙니다. 돌아가신 찰스 바스커빌 경

---

* 방문객을 안으로 들이기 전에 이름이나 신분, 방문 목적을 주인에게 먼저 알리는 절차를 생략했다는 뜻이다.

이나 다른 친절한 분들이 안 계셨더라면 저는 굶어죽었을지도 모르지만 그래도 아버지는 눈 하나 깜짝 않으셨겠죠."

"제가 여기 찾아온 이유는 작고하신 찰스 바스커빌 경 때문입니다."

부인의 얼굴에서 주근깨가 불쑥 도드라져 보였다.

"그분 일로 찾아오셨다고요?" 손가락으로 타자기의 자판을 신경질적으로 만지작거리며 그녀가 물었다.

"그분을 아시죠? 그렇지 않습니까?"

"아까도 말씀드렸다시피 그분에게 큰 은혜를 입었습니다. 제가 이렇게 먹고살 수 있는 건 그분께서 저의 불행한 상황에 관심을 보여주신 덕분이죠."

"그분과 서신 왕래를 하셨습니까?"

부인이 재빨리 얼굴을 쳐들었고 녹갈색 눈동자에 성난 기색이 비쳤다.

"이런 질문을 하시는 목적이 뭐죠?" 그녀가 날카롭게 물었다.

"공공연한 추문을 피하기 위해서입니다. 이 문제가 걷잡을 수 없게 되기 전에 여기서 제가 묻는 게 더 낫습니다."

그녀는 묵묵부답이었고 얼굴은 매우 창백했다. 마침내 그녀는 개의치 않는다는 듯 도전적인 태도로 고개를 쳐들었다.

"좋아요, 대답하겠어요. 뭐가 궁금하신 거지요?"

"찰스 경과 서신 왕래를 하셨습니까?"

"그분께 세심한 배려와 너그러움에 감사드리는 편지를 한두 차례 쓰긴 했습니다."

"그 편지들을 쓰신 날짜를 기억하시나요?"

"아니요."

"그분을 뵌 적이 있습니까?"

"예, 그분이 쿰트레이시에 오셨을 때 한두 번 뵀어요. 그분은 여간해서는 바깥출입을 안 하시는 분이었고 남몰래 선행하시는 것을 좋아하셨지요."

"그렇지만 그분을 그렇게 만난 적도, 편지를 쓴 적도 거의 없으시다면 그분은 어찌 당신이 말씀하신 대로 당신의 상황을 그리 잘 알고 도와주실 수 있었던 거지요?"

그녀는 나의 까다로운 질문에 아주 흔쾌히 대답했다.

"저의 안타까운 사정을 알고 힘을 합쳐 도와주신 신사분들이 여러 명 계셨습니다. 그 가운데 한 분이 찰스 경의 이웃이자 친구였던 스테이플턴 씨였어요. 그분은 굉장히 친절하셨고 바로 그분을 통해 찰스 경도 저의 사정을 아시게 되었지요."

나는 이미 찰스 바스커빌 경이 스테이플턴을 앞세워 몇 차례 자선을 베푼 사실을 알고 있었으므로 숙녀의 진술은 사실인 것 같았다.

"그럼 찰스 경께 만나달라고 부탁하는 편지를 쓰신 적이 있습니까?" 나는 질문을 계속했다.

라이언스 부인은 다시 화가 나서 얼굴이 벌게졌다.

"참으로 이상한 질문이군요."

"죄송하지만 부인, 다시 묻겠습니다."

"그렇다면 저도 대답하죠. 물론 그런 적 없습니다."

"찰스 경이 돌아가신 바로 그날에 편지를 쓰신 적이 없다고요?"

순식간에 핏기가 가신 그녀의 얼굴은 꼭 죽은 사람 같았다. 그녀의 마른 입술은 "예"라는 대답을 할 수 없었고 나는 답변을 들었다기보다는 보았다.

"아무래도 기억을 잘 못하시는 것 같군요. 저는 부인이 쓴 편지의 일부를 인용할 수도 있습니다. '제발 부탁드리오니, 신사로서 이 편지를 태워주시고 열시까지 문으로 나와주세요.'"

나는 일순간 그녀가 실신한 줄 알았지만, 그녀는 간신히 정신을 추슬렀다.

"이 세상에 신사란 없는 건가요?"

"찰스 경을 오해하신 겁니다. 그분은 실제로 편지를 태우셨습니다. 하지만 편지란 타버린 뒤에도 읽을 수 있는 경우가 있습니다. 그럼 이제 편지를 썼다고 인정하시는 겁니까?"

"그래요, 썼어요." 그녀가 본심을 드러내며 말을 쏟아냈다. "썼다고요. 부인할 이유가 뭐 있겠어요? 제가 부끄러워해야 할 것은 전혀 없어요. 저는 그분께 도움을 받고 싶었어요. 그래서 그분을 직접 뵙고 이야기하면 도움을 얻을 수 있겠다 싶어 만나달라고 부탁했어요."

"하지만 왜 하필 그런 시각에 말입니까?"

"그분이 다음날 런던으로 떠나서 몇 달간 여기에 안 계실 수도 있다는 사실을 그때서야 알았기 때문이에요. 다른 이유들이 있어서 더 일찍 찾아갈 수 없었어요."

"하지만 왜 집으로 방문하지 않고 정원에서 만나자고 하신 겁니까?"

"그런 시각에, 혼자 사는 남자의 집에 여자가 갈 수 있을 것 같아요?"

"그럼, 거기 가셨을 때 무슨 일이 일어났습니까?"

"가지 않았어요."

"라이언스 부인!"

"정말이에요, 제게 소중한 모든 것을 걸고 맹세해요. 정말로 가지 않았어요. 다른 일이 생겨서 가지 못했어요."

"그 다른 일이란 게 무엇이었습니까?"

"그건 사적인 문제예요. 말씀드릴 수 없습니다."

"그럼 부인은 찰스 경이 죽음을 맞이한 바로 그 시각, 그 장소에서 만나기로 약속을 했다는 것은 인정하지만 지금 그 약속을 지키지 않았다고 말씀하시는 겁니까?"

"그게 사실이에요."

나는 여러 차례 그녀에게 따져 물었지만 더이상 알아낼 수는 없었다. 결론 없는 긴 면담을 마치고 일어서면서 내가 말했다. "라이언스 부인, 부인께서는 아시는 모든 것을 깨끗하게 털어놓지 않음으로써 막중한 책임을 져야 하고 또 자신을 매우 고약한 처지에 빠트리고 있습니다. 만약 제가 경찰의 도움을 요청해야만 한다면 지금 부인께서 얼마나 위태로운 상황에 처해 있는지 알게 되실 겁니다. 만약 부인이 결백하다면 왜 처음에는 그날 찰스 경께 편지를 썼다는 사실을 부인하셨습니까?"

"오해로 인해 제가 추문에 휘말리게 될까봐 두려웠어요."

"그리고 찰스 경에게 그 편지를 태워달라고 왜 그렇게 강하게 요구하셨습니까?"

"그 편지를 읽으셨다면 이유를 아실 텐데요."

"그 편지 전체를 읽었다고 말하지는 않았습니다."

"일부를 인용하셨잖아요."

"저는 추신을 인용했습니다. 말씀드린 대로 편지는 불태워졌고 전부 다 읽을 수 있는 상태는 아니었지요. 다시 한번 묻겠습니다. 찰스 경이 돌아가시던 날 받은 그 편지를 태워달라고 왜 그렇게 강하게 요구하셨습니까?"

"그 문제는 아주 사적인 거예요."

"그렇다면 더욱이 공공연한 수사를 피해야 하지 않겠습니까?"

"그렇다면 말씀드리겠어요. 저의 불행한 과거사에 대해 들어보셨다면 제가 경솔한 결혼으로 후회를 많이 하고 있는 것을 아시겠지요?"

"그렇다고 들었습니다."

"저는 혐오스러운 남편으로부터 끊임없이 학대를 당하며 살아왔습니다. 법은 그의 편이고 저는 그 사람과 억지로 다시 같이 살아야 할지도 모른다는 불안에 매일 떨고 있어요. 그런데 찰스 경에게 이 편지를 쓸 당시에 저는 돈을 좀 들이면 자유를 되찾을 가망이 있다는 것을 알게 되었어요. 그것은 저에게 모든 것을—마음의 평화와 행복, 자존감—그 모든 것을 의미했어요. 저는 찰스 경이 관대하시다는 것을 알고 만약 그분이 제 이야기를 저한테서 직접 들으면 도와주실 거라 생각했어요."

"그럼 어째서 가지 않았습니까?"

"그사이 다른 데서 도움을 받았거든요."

"그렇다면, 왜 찰스 경께 편지를 써서 그 사정을 설명하지 않았습니까?"

"다음날 아침 제가 신문에서 그분의 죽음에 관한 기사를 보지 않았다면 당연히 그랬겠지요."

여자의 이야기는 아귀가 맞았고 내가 아무리 질문해도 허점을 찾을 수 없었다. 진위를 검증하려면 그녀가 정말로 비극이 일어난 그 무렵에 남편에게 이혼소송을 냈는지 조사해볼 도리밖에 없었다.

그녀가 실제로 바스커빌 홀에 갔는데도 가지 않았다고 말했을 가능성은 별로 없었는데 그녀가 거기까지 가려면 마차가 필요했을 테고 이른아침이나 되어서야 쿰트레이시로 돌아올 수 있었을 것이기 때문이다. 그런 외출은 비밀로 유지될 수가 없다. 따라서 그녀가 사실을, 적어도 부분적으로는 사실을 이야기하고 있을 가능성이 컸다. 나는 혼란스럽고 낙심한 채로 돌아왔다. 다시금 나는 막다른 벽에 부딪혔고 그 벽은 내가 목표에 도달하기 위해 시도하는 모든 길목마다 서 있는 것만 같았다. 그리고 숙녀의 얼굴과 태도를 생각하면 할수록 그녀가 뭔가를 감추고 있다는 느낌이 강하게 들었다. 그녀는 어째서 그렇게 얼굴이 창백해졌을까? 억지로 답변을 끌어내기 전까지는 왜 모든 사실을 애써 부인했을까? 비극이 일어난 당시에 왜 그렇게 함구했던 것일까? 아무런들 이 모든 의문에 대한 설명이 그녀가 나에게 설명한 것만큼 한 점의 의혹도 없는 것일 리는 없다. 지금으로서는 이쪽으로는 더이상 조사를 진행할 수 없다. 대신 관심을 돌려 황무지의 돌집 사이에서 다른 단서를 찾아야 할 차례였다.

그리고 그 방면은 가장 막연한 것이었다. 나는 집으로 마차를 타고 돌아오면서 언덕마다 고대인들의 흔적이 남아 있는 것을 보며 이를 깨달았다. 배리모어의 유일한 암시는 그 낯선 사람이 이 버려진 돌집 가운데 하나에서 산다는 것이지만 수백 채나 되는 돌집들은 황무지 전역에 널리 흩어져 있었다. 그러나 나는 나만의 경험을 길잡이로 삼을 수 있었는데, 낯선 이가 블랙 토어 꼭대기에 서 있는 것을 보았기 때문이다. 그렇다면 거기서부터 수색해야 한다. 찾아낼 때까지 황무지의 돌집을 하나하나 탐색해야 한다. 만약 이 사람이 안에 있다면 정체가 뭐고 왜 그렇게 오랫동안 우리 뒤를 밟아왔는지를 제 입으로, 필요하다면 총을 들이대고라도 실토하게 해야 한다. 리젠트가의 군중 속에서는 우리한테서 벗어날 수 있었을지 몰라도 인적이 드문 황무지에서는 그러기 쉽지 않을 터이다. 한편으로 만약 내가 돌집을 찾아냈는데 집주인이 안에 없다면 돌아올 때까지, 얼마나 오랫동안이든 거기서 지키고 있어야 한다. 홈스는 런던에서 그를 놓쳤다. 만약 스승이 붙잡는 데 실패했던 그를 내가 꼼짝 못하게 잡을 수 있다면 그거야말로 진정 나의 승리가 되리라.

이번 수사에서 운은 항상 우리 편이 아니었지만 마침내 이제 내게 운이 따르기 시작했다. 그리고 행운의 전령은 다름 아닌 프랭클랜드 씨로, 마침 내가 그 앞을 지나갈 때 회색 수염이 무성하고 혈색이 붉은 그가 큰길을 향해 열어놓은 정원 문 바깥에 서 있었다.

"안녕하시오, 왓슨 박사." 그가 평소답지 않게 기분좋게 인사를 건넸다. "말을 좀 쉬게 하고 들어와서 와인 한잔 들며 날 좀 축하해주시게."

그가 딸에게 한 짓을 이미 들었기에 그에게 우호적이진 않았지만 퍼킨스와 마차를 집으로 보내고 싶던 차였기에 호기를 놓치지 않았다. 나는 마차에서 내려 저녁때까지 걸어서 돌아가겠다는 말을 헨리 경에게 전해달라고 부탁했다. 그런 다음 프랭클랜드를 따라 식당으로 들어갔다.

"굉장한 날이오, 선생―내 인생에서 기념할 만한 날 중 하나지." 그는 연신 너털웃음을 터뜨리며 외쳤다. "오늘 두 가지 일을 한꺼번에 해냈소. 나는 사람들에게 법은 법이고, 그 법을 적용하기를 두려워하지 않는 사람이 여기 있다는 것을 가르쳐줄 작정이오. 나는 미들턴 영감의 사유지 한복판을, 그것도 그 집 정문에서 100야드도 안 떨어진 데를 가로질러 다닐 수 있는 권리를 따냈소. 어찌 생각하시오? 이 부자 놈들한테 평민의 권리를 마음대로 짓밟을 수 없다는 것을 가르쳐줄 거요. 망할 놈들! 그리고 나는 펀워디 주민들이 소풍을 가던 숲을 폐쇄했소. 이 지긋지긋한 인간들은 거기가 주인 없는 땅이라 자기들 마음대로 죽치고 앉아 있을 수 있다고 생각한 모양인데 두 건 다 내게 유리하게 판결났소, 왓슨 박사. 몰런드 경이 자기 수렵지에서 총을 쏜 것을 두고 불법침해로 고소해 승소한 이래로 이런 날은 없었소."

"대체 어떻게 그렇게 하신 겁니까?"

"판결문에 다 나와요, 선생. 읽어보면 다 피가 되고 살이 될 거요—프랭클랜드 대 몰런드, 왕좌 법정. 200파운드가 들었지만 난 원하는 판결을 받아냈지."

"그래서 그걸로 영감님께 무슨 좋은 일이 있었습니까?"

"없었소, 전혀. 나는 그 문제에 개인적 이해관계는 조금도 없었다고 떳떳하게 말할 수 있소. 나는 전적으로 공적 의무감에서 행동한다오. 물론 펀워디 사람들은 오늘밤 내 밀짚인형을 불태울 거요. 지난번에 그랬을 때 난 그런 꼴사나운 시위는 그만두게 해야 한다고 말했소. 그런데 여기 마을 경찰은 완전히 썩었소, 선생. 나를 정당하게 보호해주지 않는단 말이오. 프랭클랜드 대 여왕 재판*이 이 문제에 대중이 주목하게 만들 거요. 그놈들이 나를 그렇게 취급한 것을 후회하게 될 거라고 말했는데 벌써 내 말이 사실이 되었지."

"어떻게요?"

노인은 자기는 다 안다는 듯한 표정을 지었다.

"그놈들이 죽도록 알고 싶어하는 걸 난 말해줄 수 있으니까. 하지만 무슨 일이 있어도, 절대로, 그 불한당 놈들을 도와주지 않을 거요."

---

* 정부를 상대로 한 소송이라는 뜻.

나는 그의 잡담에서 벗어날 핑곗거리를 열심히 찾고 있었지만 이제는 그 이야기가 더 듣고 싶어졌다. 그러나 이 노친네의 청개구리 본성을 충분히 본 터라 내 쪽에서 관심이 있다는 기색을 조금이라도 내비치면 그가 바로 입을 다물리라는 것을 알고 있었다.

"틀림없이 무슨 밀렵 사건이겠죠?" 나는 짐짓 무관심한 듯 대꾸했다.

"하하, 이보시오, 그보다 훨씬 중요한 문제요! 황무지의 탈옥수라면 어떻겠소?"

나는 깜짝 놀랐다. "설마 그자가 어디 있는지 아신다고요?"

"정확히 어디 있는지는 모르지만 경찰이 그를 붙잡을 수 있도록 도와줄 수는 있다오. 그자를 잡는 길은 그가 어디서 음식을 얻는지 알아내서 거기를 추적하는 것이라는 생각이 안 들던가?"

그는 확실히 불편할 정도로 진실에 가까이 다가간 듯했다. "물론이죠." 내가 대답했다. "하지만 그가 황무지에 있다는 건 대체 어찌 아십니까?"

"그야 내 두 눈으로 심부름꾼이 그에게 음식을 가져다주는 걸 보았으니까 알지요."

배리모어 생각에 가슴이 철렁했다. 이 심술궂은 참견쟁이 늙은이의 손아귀에 걸려드는 것은 심각한 일이었다. 그러나 그의 다음 말에 나는 한시름 놓았다.

"놀랍게도 그에게 음식을 가져다주는 심부름꾼은 어린애라오. 나는 지붕 위에 설치한 망원경으로 그앨 매일 본다오. 그애는 항상 같은 시각에 같은 길을 지나가니 그 탈옥수가 아니라면 대체 누구한테 가겠소?"

이런 행운이 있나! 그러나 나는 관심이 간다는 내색을 전혀 하지 않았다. 어린애라니! 배리모어는 우리의 미지의 인물이 소년한테서 필요한 것을 건네받는다고 말하지 않았던가? 프랭클랜드가 우연히 밟은 것은 탈옥수가 아니라 그자의 꼬리였다. 프랭클랜드한테서 정보를 얻어낸다면 내가 굳이 길고 지루

한 수색을 하지 않아도 될 것이다. 그러나 관심 없고 못 믿겠다는 태도를 보이는 것이 가장 유력한 한 수였다.

"황무지 양치기들의 아들 중 하나가 아버지한테 저녁을 가져다주는 걸걸요?"

살짝 반대 의견을 내비치자 늙은 독재자한테서 불같은 반응이 터져나왔다. 그는 나를 잡아먹을 듯이 노려봤고 그의 회색 수염은 화가 난 고양이털처럼 쭈뼛 섰다.

"이보시오, 선생!" 그는 넓게 펼쳐진 황무지를 가리키며 말했다. "저기 블랙 토어가 보이시오? 그 아래 가시덤불이 우거진 낮은 동산이 보이시오? 거기는 황무지에서도 제일 돌투성이 땅이오. 아무런들 양치기가 그런 데서 지낼까? 선생의 주장은 터무니없소."

나는 잘 모르고 말했다고 소심하게 대꾸했다. 그는 나의 저자세에 기뻐했고 더 많은 비밀이 술술 흘러나왔다.

"내가 의견을 낼 때는 다 그럴 만한 이유가 있다는 걸 믿어도 좋소. 난 보통이를 든 소년을 여러 번 봤지. 매일같이, 어떨 때는 하루에도 두 번이나 볼 수 있었소—가만, 왓슨 박사. 지금 내가 잘못 본 건가, 아니면 지금 뭔가가 등성이에서 움직이고 있는 건가?"

여러 마일 떨어진 곳이었지만 단조로운 초록과 잿빛 풍경을 배경으로 움직이는 작고 검은 점이 똑똑히 보였다.

"어서 올라오시오, 선생, 어서!" 프랭클랜드가 위층으로 황급히 뛰어가며 외쳤다. "선생 눈으로 직접 보고 판단해보시오."

제법 그럴듯한 망원경 하나가 저택의 평평한 납판 지붕 위에 설치된 삼각대 위에 세워져 있었다. 프랭클랜드는 망원경에 눈을 대고 만족스럽게 외쳤다.

"어서요, 왓슨 박사, 어서! 저 녀석이 언덕을 넘어가버리기 전에!"

아닌 게 아니라 확실하게, 어깨에 작은 짐을 진 어린애가 힘겹게 천천히 언덕을 오르고 있었다. 그애가 꼭대기에 도달했을 때 허름한 옷을 걸친 꾀죄죄한 사람의 윤곽이 차갑고 파란 하늘을 배경으로 언뜻 보였다. 그는 쫓기는 사람처럼 슬그머니 주변을 훔쳐봤다. 그다음 언덕 너머로 사라졌다.

"어떻소! 내 말이 맞지?"

"그렇군요, 뭔가 비밀스러운 심부름을 하고 있는 아이 같군요."

"그리고 그 심부름이 뭔지는 시골 순경이라도 짐작할 수 있소. 하지만 나는 입도 뻥긋 안 할 거고 선생도 비밀을 지켜야 하오. 한마디도 흘려선 안 되오! 알았소?"

"분부대로 하겠습니다."

"경찰은 나한테 아주 못되게 굴었소. 고얀 놈들 같으니! 프랭클랜드 대 여왕 재판에서 모든 사실이 드러나면 온 나라 사람들이 분노에 몸을 떨 거요. 경찰을 도울 생각은 추호도 없소. 그 악당 놈들이 말뚝에 세워 태운 것이 밀짚인형이 아니라 나였다 해도 경찰은 손가락 하나 까딱 안 했을 거요. 아니, 벌써 가는 거요? 오늘같이 좋은 날에는 나랑 이 술병을 마저 비워야지."

그러나 나는 그의 간청을 다 물리치고, 함께 바스커빌 홀까지 걸어가겠다는 뜻을 가까스로 만류했다. 그런 다음 그의 눈길이 미치는 곳까지 길을 따라가다가 시야에서 벗어나자 곧장 황무지로 발길을 옮겨, 소년이 사라진 돌투성이 언덕을 향했다. 모든 것이 나에게 유리하게 돌아가고 있었고, 나는 행운의 여신이 내게 던져준 이 기회를 인내심이나 능력이 부족해서 놓쳐서는 안 된다고 다짐했다.

내가 언덕 꼭대기에 도달했을 때 해는 이미 기울었고 긴 언덕 비탈들의 한쪽은 온통 황금빛 초록색으로 물들고 다른 한쪽은 회색 그림자가 드리워져 있었다. 희끄무레한 옅은 안개가 멀리 지평선에 낮게 깔려 있었고, 거기에는 벨리버와 빅센 토어의 환상적인 윤곽이 툭 튀어나와 있었다. 광활한 황무지 위로는 아무런 소리도 움직임도 없었다. 갈매기나 도요새로 짐작되는 커다란 회색 새 한 마리가 푸른 하늘 위로 높이 날아올랐다. 그 새와 나만이 드넓은 창공과 그 아래 황야 사이의 유일한 생명체인 듯했다. 황량한 풍경, 혼자라는 느낌, 불가사의하고 긴박한 임무 모두 내 가슴에 오싹한 한기를 불어넣었다. 소년은 어디서도 보이지 않았다. 그러나 내 아래로 언덕의 움푹 들어간 틈에 옛 돌집들이 둥글게 모여 있었고 그 가운데는 비바람을 막아줄 만한 지붕이 달린 집이 있었다. 그것을 보자 가슴이 뛰었다. 이곳이 틀림없이 그 낯선 사람이 숨어 있는 은신처이리라. 마침내 나의 발길은 그의 은신처 문턱에 다다랐고—그의 비밀은 이제 내 손안에 있었다.

가만히 앉아 있는 나비한테 잠자리채를 들고 다가가는 스테이플턴처럼 조심스레 오두막으로 접근하면서 나는 그곳이 정말로 거처로 쓰이고 있음을 확신했다. 커다란 돌들 사이로 난 희미한 길이 문으로 이용되는 허름한 입구로 이어져 있었다. 안은 조용했다. 미지의 인물은 거기에 잠복해 있거나 아니면 황무지를 배회하고 있는지도 모른다. 나는 모험에 대한 기대감으로 들떴다. 담배를 내던진 후 리볼버 자루를 꼭 쥐고 재빨리 문까지 걸어가 안을 들여다보았다. 안은 비어 있었다.

그러나 내가 잘못짚은 게 아님을 보여주는 흔적은 충분했다. 이곳은 분명히 그자가 사는 곳이었다. 방수천에 싸인 담요가 신석기 인간이 한때 잠들었을 바로 그 납작한 돌 위에 놓여 있었다. 조잡한 화로 안에 타고 남은 재가 쌓여 있었다. 그 옆에는 약간의 조리 도구와 물이 반쯤 담긴 양동이가 있었다. 어지러이 내버려진 빈 깡통들을 보아하니 사람이 산 지 꽤 된 듯했다. 어둑어둑한 실내에 눈이 익숙해지자 구석에 작은 양철 컵과 반쯤 마신 술병이 보였다. 돌집 가운데에는 식탁 역할을 하는 평평한 돌이 있었고 그 위에 작은 천 보퉁이가 놓여 있었다—분명히 내가 망원경으로 본 소년이 어깨에 짊어지고 있던 그 보퉁이였다. 보퉁이에는 빵 한 덩이와 혀 통조림 한 통, 설탕에 절인 복숭아 통조림 두 통이 들어 있었다. 조사를 마치고 보퉁이를 내려놓다가 바닥에서 글씨가 적힌 종잇조각을 발견하고 가슴이 뛰었다. 나는 쪽지를 집어들어 연필로 휘갈겨쓴 내용을 읽었다.

"왓슨 박사는 쿰트레이시에 갔음."

한동안 나는 이 쪽지를 손에 들고 이 짤막한 메시지의 의미가 무엇인지 헤아려봤다. 그래, 이 비밀스러운 사람이 미행하는 대상은 헨리 경이 아니라 나였구나. 본인이 미행하지는 않았지만 부하―아마도 그 소년―를 시켜 내 뒤를 밟게 했고 이 쪽지는 그의 보고문이었던 것이다. 내가 이곳에 내려온 이후로 어디를 가든, 항상 감시와 미행이 뒤따랐을지도 모를 일이었다. 보이지 않는 힘이 작용하고 있다는 느낌, 미세한 그물이 아주 정교하게 우리 주위에 둘러쳐져 있다는 느낌이 한시도 나를 떠나지 않았다. 우리를 아주 살며시 두르고 있어서 최후의 순간에 가서야 정말로 자신이 얽혀 있었다는 것을 깨닫게 되는 그런 그물이.

여기 보고가 하나 있는 이상 다른 보고가 더 있을지도 모른다는 생각에 돌집 안을 더 둘러보았다. 그러나 보고서와 비슷한 것의 흔적은 더는 없었고, 스파르타식 생활습관이 몸에 배어 안락한 생활에 별로 연연하지 않는다는 점을 제외하고는, 이 특이한 곳에 사는 남자의 성격이나 의도를 가리키는 표지도 전혀 없었다. 일전에 내린 세찬 비를 떠올리며 구멍이 뻥 뚫린 지붕을 올려다봤을 때 그자가 이렇게 불편한 거처를 감수하는 걸 보면 틀림없이 확고부동한 목적이 있겠구나 하는 생각이 들었다. 그는 악의에 찬 적일까 아니면 우리의 수호천사일까? 답을 알아내기 전까지는 절대 이곳을 뜨지 않겠다고 다짐했다.

바깥에서는 해가 지고 있었고 서쪽 하늘은 진홍과 황금빛으로 환하게 불타오르고 있었다. 석양은 거대한 그림펜 늪지대 가운데 자리한 먼 웅덩이들에 불그스레한 얼룩처럼 반사되었다. 바스커빌 홀의 두 탑이 보였고 멀리서는 그림펜 마을의 위치를 가리키는 연기가 희미하게 피어올랐다. 홀과 마을 사이,

언덕 뒤에는 스테이플턴 남매의 집이 있었다. 황금빛 저녁 햇살 속에서 모든 것이 아름답고 그윽하고 평화로웠지만, 그것들을 바라보는 내 마음은 자연의 평화를 누리지 못하고 매 순간 가까워오는 그자와의 대면에 대한 막연한 공포에 떨고 있었다. 초조했지만 나는 마음을 단단히 먹고 돌집의 어두운 구석에 앉아서 집주인이 오기를 참을성 있게 기다렸다.

그리고 마침내 그의 소리를 들었다. 멀리서 신발이 돌을 차는 날카로운 소리가 들려왔다. 그다음 또 한번, 또 한번, 점점 가까이 다가오고 있었다. 나는 가장 어두컴컴한 구석으로 물러나 몸을 웅크렸고 그 낯선 자를 조금이라도 볼 기회를 얻기 전까지 절대 들키지 않겠다고 작정하며 주머니 속 권총의 공이치기를 당겼다. 그가 멈춰 섰음을 가리키는 긴 정적이 있었다. 그다음 다시금 발소리가 접근해 왔고 돌집 입구로 그림자가 드리웠다.

"멋진 저녁이야, 친애하는 왓슨." 귀에 익은 목소리였다. "자네, 안에 있는 것보다는 바깥으로 나오는 게 편할 거야."

12장
황무지에서의 죽음

도저히 귀를 믿을 수가 없어 한동안 나는 숨도 못 쉬고 앉아 있었다. 그다음 정신이 들고 목소리가 돌아왔다. 그동안 나를 짓누르던 무거운 책임이 순식간에 내게서 떨어져나가는 듯했다. 저 차갑고 날카롭고 빈정거리는 목소리는 이 세상에서 딱 한 명한테서만 나올 수 있었다.

"홈스!" 나는 외쳤다. "홈스!"

"이리로 나와. 제발 그 리볼버는 조심히 다루고."

내가 조잡한 상인방 아래로 몸을 숙이고 내다보니 돌 위에 홈스가 앉아 있었다. 나의 놀란 표정이 재미있다는 듯 나를 보는 회색 눈동자가 환하게 반짝거렸다. 그는 여위고 해쓱했지만 밝고 기민했으며 그의 예리한 얼굴은 햇볕에 그을리고 바람에 거칠어져 있었다. 트위드 양복과 천 모자를 걸친 그는 황무지의 여느 관광객처럼 보였고, 고양이처럼 제 몸을 깨끗이 하는 성격도 여전해서 베이커가에 있는 것처럼 턱도 말끔하고 셔츠와 칼라도 완벽했다.

"내 인생에서 누군가가 이렇게 반가웠던 적은 없었네." 내가 그의 손을 붙잡고 흔들며 말했다.

"이렇게 놀란 적도 없었지, 안 그래?"

"음, 인정해."

"놀란 건 자네만이 아니야, 정말이야. 문 앞 스무 발자국 안으로 들어오기 전까지는 자네가 나의 임시 피난처 안에 있다는 것은 고사하고 이곳을 찾아냈으리라고는 생각도 못했었어."

"내 발자국을 봤나보지?"

"아니, 왓슨. 안타깝지만 이 세상의 모든 발자국 가운데 자네 발자국만 알아볼 재주는 나도 없어. 자네가 나를 진심으로 속이고 싶다면 단골 담뱃가게부터 바꿔야 할걸? 옥스퍼드가, 브래들리 상표가 새겨진 담배꽁초를 보고서야 내 친구 왓슨이 근처에 있다는 것을 알아챘으니까. 저 길 옆에 꽁초가 보일 거네. 물론 내 빈집으로 돌진하는 최후의 순간에 내던졌겠지."

"맞아."

"그래서 그렇게 추리한 다음, 난 자네의 훌륭한 끈기를 잘 알고 있으니 자네가 집주인을 기다리며 무기를 가지고 매복하고 있으리라 확신했지. 그래, 자넨 정말로 내가 범죄자라고 생각했단 말인가?"

"자네가 누군지는 몰랐지만 알아내려고 작정하고 있었네."

"훌륭해, 왓슨. 어떻게 내가 있는 곳을 알아냈나? 아마도 탈옥수를 추격하던 밤에 경솔하게 달을 등지고 서 있던 나를 봤겠지?"

"응, 그때 자넬 봤어."

"그리고 물론 이곳을 찾아낼 때까지 모든 돌집을 수색했겠지?"

"아니, 자네가 부리는 아이를 목격한 것이 어디를 살펴봐야 할지 길잡이가 되어줬지."

"틀림없이 망원경을 가진 그 노신사일 테지. 렌즈의 반사광을 처음 봤을 때는 도대체 뭔가 했지." 그는 일어나 돌집 안을 들여다보았다. "하, 카트라이트가 식량을 가져왔군. 이 쪽지는 뭐지? 그래, 자넨 쿰트레이시에 다녀왔군?"

"응."

"로라 라이언스 부인을 만나러?"

"맞았어."

"잘했네. 우리의 수사는 분명히 같은 방향으로 가고 있고 그 결과를 합쳐보면 사건의 전모를 파악하게 될 거야."

"자네가 여기 있어서 진심으로 기뻐. 책임은 무겁고 수수께끼는 풀리지 않으니 신경이 곤두서 있었거든. 하지만 자넨 어떻게 여기로 왔고 또 뭘 하고 있었던 거지? 나는 자네가 베이커가에서 협박 사건을 해결하고 있는 줄 알았는데?"

"자네가 그렇게 생각하기를 바랐지."

"그렇다면 자넨 날 이용하면서 신뢰하지는 않은 거였군." 내가 섭섭함을 감추지 않고 외쳤다. "내가 자네한테 이 정도밖에 안 되는 사람이었나?"

"아, 친애하는 왓슨! 다른 여러 사건들에서처럼 이 건에서도 자네의 도움은 절대적이었어. 내가 자네한테 술수를 부린 것 같다면 제발 용서해줘. 사실, 어느 정도는 자네를 위해서 그런 거야. 그리고 자네에 대한 걱정 때문에 내가 직접 조사하려고 내려온 거고. 내가 자네와 헨리 경과 함께 있었다면 나의 시각도 자네와 똑같았을 거고, 내가 여기 있다는 걸 알리는 것은 우리의 가공할 적들에게 경계하라고 경고해주는 격이었을 거네. 여태까지 나는 마음대로 돌아다닐 수 있었지만 바스커빌 홀에 묵었다면 그런 자유로운 활동은 불가능했을 거야. 나는 이 사건에서 미지의 요소로 남아서, 결정적 순간에 온 힘을 다해 뛰어들 준비를 하고 있었던 거지."

"하지만 왜 나한테 계속 비밀로 했지?"

"자네가 알고 있다고 딱히 도움이 되지는 않았을 테고 오히려 위치만 발각될 수도 있었으니까. 자넨 나에게 무슨 이야기를 하러 오거나 친절하게 이런저런 편의를 제공해주려 찾아오는 식으로 불필요한 위험을 초래했을 거야. 대신 카트라이트를 데려와서─송달 사무소의 아이 기억나지?─그애가 내게 필요한 소소한 것들을 챙겨주고 있지. 빵과 깨끗한 칼라 같은 것 말이야. 그

이상 필요한 게 뭐가 있겠나? 게다가 그애는 내게 한 쌍의 눈과 아주 활동적인 한 쌍의 다리도 제공했는데 둘 다 아주 유용했다네."

"그렇다면 내 보고서는 모두 헛수고였겠군!" 고생스레 보고서를 작성하며 자랑스러워했던 것이 떠올라 목소리가 절로 떨렸다.

홈스는 주머니에서 종이 뭉치를 꺼냈다.

"여기 자네의 보고서가 있네, 친애하는 친구. 몇 번씩 읽었지. 내 앞으로 배달되도록 미리 훌륭하게 손을 써놔서 하루만 지연되었을 뿐이야. 굉장히 어려운 사건에서 자네가 보여준 열성과 지성에는 어떤 찬사도 아깝지 않을 거야."

나를 속였다는 사실에 여전히 속이 상했지만 홈스의 따뜻한 칭찬을 들으니 화가 풀렸다. 나는 내심 그가 한 말이 옳고 그가 황무지에 있다는 사실을 몰랐던 것이 우리의 목적을 위해 최선이었다고 느꼈다.

"이제 좀 낫군." 그가 나의 얼굴에서 어두운 그림자가 걷히는 것을 보며 말했다. "이제 로라 라이언스 부인에게 다녀온 결과를 말해주게―자네가 그녀를 보러 갔다는 걸 짐작하기는 어렵지 않지. 쿰트레이시에 살고 있는 사람 중 이 문제에서 우리에게 도움을 줄 만한 유일한 사람은 그녀라는 걸 이미 알고 있었으니까. 사실, 자네가 오늘 가지 않았다면 내가 내일 갈 가능성이 아주 컸어."

해가 떨어졌고 황무지에 땅거미가 내렸다. 공기는 쌀쌀해졌고 우리는 온기를 찾아 돌집 안으로 들어갔다. 저녁 어스름 속에 앉아서 나는 홈스에게 그 부인과 나눈 대화를 들려주었다. 그가 아주 흥미를 보여서 몇몇 내용은 홈스가 만족할 때까지 재차 이야기해줘야 했다.

"이게 가장 중요한 단서야." 내가 이야기를 마치자 홈스가 입을 열었다. "이 복잡한 사건에서 내가 지금까지 메우지 못했던 빈틈을 채워주는군. 자네도 이 부인과 스테이플턴이란 자가 아주 친밀한 관계라는 걸 알아챘나?"

"그렇게 친밀한 사이인 줄은 몰랐네."

"그건 분명해. 그들은 서로 만나고 편지를 쓰고 속속들이 알고 지내지. 이제 우리는 강력한 무기 하나를 손에 넣은 셈이야. 내가 이 무기를 이용해 그한테서 아내를 떼어낼 수 있다면—"

"뭐, 아내라고?"

"그래, 자네가 내게 준 정보에 대한 보답으로 나도 자네에게 정보를 주는 건데, 여기서 스테이플턴 양으로 통하는 숙녀는 실제로는 그의 아내야."

"세상에, 홈스! 확실한가? 그렇다면 어떻게 그가 헨리 경이 그녀와 사랑에 빠지게 놔둘 수 있단 말인가?"

"헨리 경이 사랑에 빠지는 것은 헨리 경을 제외하고는 아무에게도 해가 될 게 없지. 자네도 보았다시피 그는 헨리 경이 그녀에게 구애하지 못하도록 각별히 신경을 썼지. 다시 말하지만 그 숙녀는 그의 아내이지 여동생이 아니야."

"하지만 왜 그렇게 치밀하게 사람들을 속인 거지?"

"그녀가 미혼인 행세를 하는 편이 자신에게 훨씬 유리하다는 사실을 내다봤기 때문이지."

입 밖에 내지는 않았지만 그동안 본능적으로 느껴온 막연한 의심들이 갑자기 구체적 형태를 띠며 박물학자에게 집중되었다. 밀짚모자를 쓰고 잠자리채를 든 그 무표정하고 특색 없는 인간한테서 뭔가 소름 끼치는 것—웃는 얼굴과 살의를 품은 심장을, 무한한 인내심과 책략을 갖춘 존재—을 보는 것 같았다.

"그럼 우리의 적은 그자야? 런던에서 우리를 미행한 자도?"

"내가 푼 수수께끼는 그래."

"그러면 경고는—그건 그 여자가 보냈겠군!"

"맞았어."

뭔가 추악한 음모가 그렇게 오랫동안 나를 옥죄어왔던 어둠을 뚫고 서서히 모습을 드러내기 시작했다. 절반은 보이지만 절반은 아직 어둠 속에 잠겨 있었다.

"하지만 홈스, 이거 정말 확실한가? 그 여자가 그의 아내라는 것은 어떻게 알았나?"

"그가 자네를 처음 만났을 때 무심코 자신의 진짜 과거에 대한 정보를 흘렸기 때문일세. 틀림없이 그는 이후로 몇 번이나 그 일을 후회했을 거야. 그는 실제로 영국 북부에서 한때 교사였어. 그런데 교사보다 더 추적이 쉬운 사람도 없지. 교육계에 몸담았던 사람들은 관련 직업소개소를 통해 누구든 확인 가능하니까. 좀 조사를 해보니 한 학교가 열악한 상황에 빠져 망하고, 학교의 주인—이름은 달랐어—은 아내와 함께 사라졌다는 거야. 묘사는 일치했어. 그리고 행방을 감춘 사람이 곤충학에 몰두했다는 것을 알았을 때 신원 확인은 끝났지."

어둠이 걷히고 있었지만 여전히 많은 것들이 그림자 속에 감춰져 있었다.

"이 여자가 실제로는 그의 아내라면 로라 라이언스 부인은 여기에 어떻게 연루되어 있는 거지?"

"자네의 조사가 규명해주는 지점이 바로 거기야. 그 부인과의 면담은 상황을 아주 분명하게 해줬어. 난 아직 그녀와 남편 간의 이혼 계획에 대해서는 모르고 있었거든. 스테이플턴이 미혼남이라고 여긴 그녀는 자기가 이혼을 하면 틀림없이 그의 아내가 되리라 생각하고 있었던 거야."

"그럼 그녀가 진실을 깨닫게 된다면?"

"그야, 우리에게 도움을 줄 수 있겠지. 그녀를 만나는 것이—우리 둘이서—내일 처음 할 일이야. 그런데 왓슨, 자네가 지켜줘야 할 사람 곁에서 너무 오래 떨어져 있는 것 아닌가? 자네가 있어야 할 곳은 바스커빌 홀이야."

마지막 저녁놀이 서쪽에서 사라졌고 황무지에는 밤이 찾아왔다. 희미한 별 몇 개가 보랏빛 하늘에 빛나고 있었다.

"마지막으로 질문 하나만 더, 홈스." 내가 일어서며 말했다. "자네와 나 사이에 비밀은 필요 없겠지. 대체 이 모든 게 무슨 의미인가? 그는 대체 무슨 속셈인 거지?"

대답하는 홈스의 목소리는 착 가라앉았다. "살인이야, 왓슨—치밀하고 냉혹하고 계획적인 살인. 더 구체적인 것은 묻지 말게. 나의 그물은 그를 에워싸고 있어, 그의 그물이 헨리 경을 에워싸고 있는 것처럼 말이야. 그리고 자네의 도움 덕분에 그는 이미 거의 우리 손안에 들어온 셈이지. 하지만 한 가지 위험이 우리를 위협할 수도 있어. 우리가 칠 준비가 되기 전에 그가 선수를 칠지도 모른다는 것이지. 하루—끽해야 이틀—만 더 있으면 나는 사건을 해결할 수 있지만 그때까지는 아픈 자식을 돌보는 다정한 엄마처럼 자네의 보호 대상을 철저히 지켜야 하네. 오늘 자네의 성과는 훌륭했지만 그래도 자네가 그의 곁을 떠나지 않았으면 좋았을 거란 생각이 들기도 해…… 잠깐, 들어봐!"

끔찍한 비명—공포와 고통에 찬 긴 절규가 황무지의 적막 속에서 터져나왔다. 그 무시무시한 비명에 피가 얼어붙는 것 같았다.

"오, 맙소사!" 나는 숨을 들이켰다. "뭐지? 무슨 일이지?"

홈스는 벌떡 일어섰고 문간에 구부정하게 서서 머리를 앞으로 내밀고 어둠 속을 응시하는 탄탄한 몸의 윤곽이 보였다.

"쉿! 쉿!" 그가 속삭였다.

워낙 격렬한 비명이어서 크게 들렸지만 어둑어둑한 평원 멀리 어디에선가 울려퍼지는 소리였다. 이제 그 소리는 점점 더 가까이, 더 크게, 더 다급하게 들려왔다.

"어느 쪽이지?" 홈스가 속삭였다. 그의 떨리는 목소리에서 강철 같은 사람인 그도 영혼까지 충격받았음을 알 수 있었다. "어디지, 왓슨?"

"저기 같아." 나는 어둠 속을 가리켰다.

"아니, 저쪽이야!"

다시금 괴로움에 몸부림치는 비명이 전보다 더 크고 가까워지면서 고요한 밤을 휩쓸었다. 그리고 새로운 소리가 비명에 섞였다. 깊고 낮게 으르렁거리는 소리, 높아졌다 낮아지는 파도의 단조로운 웅얼거림처럼 음악적이면서도 위협적인 소리였다.

"사냥개야!" 홈스가 외쳤다. "어서, 왓슨! 맙소사, 우리가 한발 늦은 거면 어떡하지?"

그는 황무지로 재빨리 달리기 시작했고 나도 그를 바짝 뒤쫓았다. 그러나 우리 바로 앞, 굴곡진 땅 어딘가에서 마지막 한차례 절망스러운 비명이 들린 다음 쿵 하는 둔탁한 소리가 들려왔다. 우리는 멈춰 서서 귀를 기울였다. 바람 없는 밤의 무거운 침묵을 깨는 소리는 더이상 들려오지 않았다.

홈스가 넋 나간 사람처럼 이마에 손을 대는 것이 보였다. 그는 발을 굴렀다.
"그가 이겼어, 왓슨. 우리가 너무 늦었다고."
"아니야, 그럴 리가 없어."
"바보같이 손을 놓고 있었다니! 그리고 왓슨, 자네가 임무를 방치한 결과를 봐! 만약 최악의 일이 일어났다면 우린 맹세코 놈에게 복수해야 해!"

돌에 부딪히고 가시금작화 덤불에 생채기가 난 채, 우리는 숨을 헐떡거리며 언덕을 오르고 비탈을 달려 내려가며 무작정 그 끔찍한 소리가 들려왔던 방향으로 어둠 속을 내달렸다. 언덕을 오를 때마다 홈스는 주변을 열심히 둘러보았지만 어둠이 짙은 황무지의 그 황량한 땅에서는 아무것도 움직이지 않았다.

"뭐가 보이나?"
"아무것도 안 보여."
"잠깐, 들어봐. 이게 무슨 소리지?"

우리 귀에 낮은 신음소리가 들려왔다. 그리고 다시 한번 우리 왼쪽에서 소리가 들렸다! 그쪽은 암벽 등성이가 깎아지른 낭떠러지로 끝나는 곳이었고 그 아래로는 돌투성이 산비탈이 내려다보였다. 그 울퉁불퉁한 비탈 위에 어둡고 형체를 알 수 없는 물체가 사지를 벌린 채 쓰러져 있었다. 우리가 그쪽으로 달

려가자 흐릿했던 윤곽은 뚜렷해졌다. 얼굴을 땅에 처박은 채 엎드린 사내였다. 머리는 끔찍한 각도로 꺾였고, 어깨는 굽었으며 몸은 마치 공중제비 돌듯 웅크리고 있었다. 자세가 너무나 기괴했기에 순간적으로 나는 아까 들은 그 낮은 신음소리가 영혼이 떠나가는 소리였음을 깨닫지 못했다. 우리가 내려다보는 검은 형체로부터 이제 어떤 낮은 소리도, 숨소리도 흘러나오지 않았다. 홈스가 그에게 손을 얹었다 공포의 외마디와 함께 다시 뗐다. 그가 켠 성냥불이 피가 엉긴 그의 손가락과 희생자의 박살난 두개골에서 천천히 흘러나와 퍼지는 섬뜩한 피 웅덩이를 비췄다. 그리고 성냥불이 다른 뭔가도 비춘 순간 우리는 어질어질해지며 심장이 철렁 내려앉았다―그건 바로 헨리 바스커빌 경의 시신이었다!

우리 둘 다 그 불그레한 트위드 양복을 몰라볼 리 없었다. 그를 베이커가에서 처음 본 날 아침에 입었던 바로 그 옷이었다. 시신을 똑똑히 본 그 순간 마치 희망이 우리 영혼에서 빠져나가듯 성냥불이 깜빡이다 꺼졌다. 홈스는 신음을 흘렸고 그의 하얗게 질린 얼굴이 어둠 속에서 번뜩였다.

"그 짐승이! 바로 그 짐승이!" 나는 주먹을 꼭 쥐고 외쳤다. "아, 홈스, 헨리 경이 이런 꼴을 당하게 하다니, 날 도저히 용서할 수 없어."

"자네보다 내 잘못이 더 커, 왓슨. 사건을 완벽하게 매듭지으려다 의뢰인의 목숨을 내팽개치고 말았어. 이건 탐정으로서 내 일생일대의 타격일세. 하지만 난들 어찌 알 수 있었겠나? 내가 그렇게 경고했는데도 그가 목숨을 걸고 황무지에 혼자 나올 줄 어찌 알았겠냐고!"

"우리가 그의 비명을 듣고도―아, 맙소사, 그 비명!―그를 구하지 못하다니! 그를 죽음으로 몰아넣은 그 흉악한 사냥개는 어디 있지? 이 순간에도 여기 바위틈에 웅크리고 있을지도 몰라. 스테이플턴은 어디 있지? 대가를 치러야 해."

"그렇게 될 거야. 그렇게 해주고 말겠어. 백부와 조카가 모두 살해되다니,

한 명은 유령이라고 생각한 짐승의 모습을 보는 것만으로도 공포에 질려서 죽고, 다른 한 명은 그 짐승으로부터 미친듯이 도망치다가 죽었어. 하지만 우리는 그자와 짐승이 연관돼 있다는 것을 입증해야 해. 우리가 들은 소리를 빼면 우리는 심지어 짐승의 존재를 단언할 수도 없어. 헨리 경은 추락해 죽은 것으로 보이니까. 하지만 아무리 교활하다 해도 그자는 하루가 더 지나기 전에 반드시 내 손에 잡힐 거네."

우리의 길고 고된 노력을 그렇게 비참한 결말로 이끈, 이 갑작스럽고 돌이킬 수 없는 재앙에 홈스와 나는 정신을 차릴 수 없었다. 우리는 쓰라린 마음을 안고 엉망이 된 시신 옆에 서 있었다. 그러다 달이 떠오르자 불쌍한 우리 친구가 떨어진 낭떠러지 꼭대기로 올라가 반은 은빛으로 빛나고 반은 어둠에 잠긴 황무지를 바라봤다. 저멀리 수마일 떨어진 그림펜 방면에서 한줄기 노란 불빛이 흔들림 없이 빛나고 있었다. 외딴 스테이플턴의 집에서 나오는 불빛이 틀림없었다. 나는 불빛을 바라보며 분해서 욕설을 퍼붓고 주먹을 흔들었다.

"왜 당장 그를 붙잡으면 안 되는 거지?"

"증거가 아직 완전히 갖춰지지 않았어. 그자는 극도로 교활하고 빈틈없어. 진상을 아는 것과 그걸 입증하는 것은 다른 문제야. 만약 우리가 한걸음만 잘못 움직여도 그놈은 우리 손아귀에서 빠져나갈지도 몰라."

"그럼 어떻게 해야 하지?"

"내일은 할일이 많을 거야. 오늘밤은 우리의 불쌍한 친구의 시신을 수습해 주는 것밖에 할 게 없어."

우리는 함께 깎아지른 비탈을 내려와 은빛 바위에 검고 선명하게 보이는 시신 곁으로 다가갔다. 고통에 몸부림치다 심하게 뒤틀린 사지를 보니 별안간 아픔이 밀려와 눈물이 앞을 가렸다.

"홈스, 사람을 불러야 해. 우리 둘이 홀까지 그를 지고 갈 수는 없어. 세상에, 자네 미쳤나?"

홈스는 외마디 소리를 지르며 시신 위로 몸을 숙였다. 그리고 이제는 기뻐 날뛰며 내 손을 잡고 마구 흔들었다. 이 사람이 과연 엄격하고 자제력이 큰 내 친구가 맞을까? 그한테 이런 열정이 숨겨져 있었단 말인가!

"수염이야! 수염! 이 사람은 수염이 있어!"

"수염?"

"이 사람은 준남작이 아니야—이 사람은—아니, 내 이웃이잖아? 그 탈옥수라고!"

우리는 들떠서 황급히 시신을 뒤집었고 피가 뚝뚝 떨어지는 그 수염이 차갑고 맑은 달을 향해 삐죽 솟았다. 튀어나온 앞이마, 쑥 들어간 동물적 눈은 의심의 여지가 없었다. 그건 정말로 바위 너머 양초 불빛 속에서 나를 노려보던 얼굴—범죄자 셀던의 얼굴이었다.

순식간에 모든 것이 분명해졌다. 준남작이 배리모어에게 자신의 헌옷을 넘겨주었다고 한 말이 기억났다. 배리모어가 셀던의 도주를 도우려고 그에게 그 옷들을 준 것이다. 신발, 셔츠, 모자—모두 헨리 경의 것이었다. 여전히 끔찍한 비극이기는 했지만 이자는 적어도 나라의 법에 따라 죽음이 마땅한 자였다. 감사와 기쁨이 넘쳐나는 가슴을 안고 나는 홈스에게 어찌된 사정인지를 설명했다.

"그렇다면 이 옷가지들 때문에 저 불쌍한 친구가 죽었군." 그가 말했다. "헨리 경의 물건—호텔에서 훔친 구두일 가능성이 크지—으로 냄새를 쫓도록 훈련받은 게 분명해. 그래서 이자를 쫓아간 거지. 하지만 아주 이상한 점이 하나 있어. 셀던이 어둠 속에서 사냥개가 자길 쫓아온다는 것을 어떻게 알았을까?"

"소리를 들었겠지."

"황무지에서 개 짖는 소리를 듣는다고 이 탈옥수같이 겁 없는 인간이 그렇게 공포에 사로잡혀, 다시 붙잡힐 위험을 무릅쓰고 미친듯이 비명을 지르며 도망칠 리는 없어. 그의 비명으로 보아, 그 개가 자기를 뒤쫓아오고 있다는 것을 안 뒤로도 한참을 도망쳤어. 어떻게 안 거지?"

"나는 이게 더 궁금한데, 우리의 추측이 모두 맞는다고 가정하면 이 사냥개가 왜—"

"나는 아무것도 가정하지 않네."

"좋아, 그럼, 이 사냥개가 왜 오늘밤 풀려난 거지? 이놈이 항상 황무지에 풀려나와 있지는 않을 텐데? 스테이플턴은 헨리 경이 황무지에 있다고 생각하고 풀어놓았을 거야."

"내 의문이 더 풀기 어려운 것 같군. 자네의 의문점에 대해서는 곧 해답을 얻을 테지만 나의 궁금증은 영영 해소되지 않을 것 같으니 말이야. 어쨌든 지금 문제는 우리가 이 불쌍한 친구의 시신을 어떻게 해야 하느냐는 거지. 여우와 까마귀 밥이 되도록 여기에 그냥 내버려둘 수는 없어."

"경찰에 연락할 때까지 돌집에 두면 어떨까?"

"그래. 우리 둘이서 거기까지는 옮길 수 있을 거야. 잠깐, 왓슨, 이게 누구지? 장본인이 납시는구먼! 대담하고 뻔뻔한 놈 같으니! 자네, 의심을 드러내는 말은 한마디도 말게나. 입도 뻥긋하면 안 돼. 안 그러면 내 계획은 물거품이 될 거야."

황무지를 가로질러 한 사람이 우리를 향해 다가오고 있었고 여송연에서 타오르는 희미한 붉은빛이 보였다. 달빛이 그를 비치자 나는 박물학자의 말쑥한 차림새와 경쾌한 발걸음을 알아볼 수 있었다. 그는 우리를 보자 우뚝 멈춰 섰다가 다시 우리에게 다가왔다.

"아니, 왓슨 박사 아니십니까? 선생을 이 시각에 황무지에서 보리라고는 꿈에도 생각 못했는데요. 아니, 이런, 이건 또 무슨 일이죠? 누가 다친 건가요? 설마—우리 친구 헨리 경은 아니죠?"

그는 재빨리 나를 지나쳐 죽은 사람 위로 몸을 숙였다. 날카롭게 숨을 들이

켜는 소리가 들렸고 그의 손에서 여송연이 떨어졌다.

"이, 이 사람은 누굽니까?" 그가 더듬거렸다.

"셀던입니다, 프린스타운에서 도망친 죄수요."

스테이플턴은 송장처럼 하얗게 굳은 얼굴을 우리 쪽으로 돌렸지만, 초인적인 노력으로 경악과 실망의 표정을 감췄다. 그는 홈스와 나를 날카로운 눈길로 번갈아 쳐다보았다.

"저런 세상에, 이렇게 충격적인 일이! 어떻게 죽은 거죠?"

"이 바위로 떨어져 목이 부러져 죽은 것 같습니다. 친구와 제가 황무지를 거닐고 있을 때 비명을 들었습니다."

"저도 비명을 들었습니다. 그래서 여기로 나와봤지요. 헨리 경이 걱정되어서요."

"왜 특별히 헨리 경이 걱정되었나요?" 나는 참지 못하고 물었다.

"오늘 저희 집으로 건너오시라고 했거든요. 그런데 헨리 경이 안 오시니 놀랐고, 황무지에서 들려오는 비명을 들었을 때 자연히 그분의 안위가 걱정되었지요. 그나저나—" 그의 눈길이 다시금 내 얼굴에서 홈스한테로 움직였다. "비명 말고 다른 소리는 못 들으셨습니까?"

"예." 홈스가 대답했다. "선생은 들으셨습니까?"

"저도 못 들었습니다."

"그럼 왜 그런 걸 물으시죠?"

"아, 농부들이 유령 개니 뭐니 하며 떠드는 이야기를 아시죠? 밤에 황무지에서 소리가 들린다고 하더군요. 오늘밤 그런 소리에 대한 무슨 증거가 나오진 않았는지 궁금했습니다."

"그런 소리는 전혀 못 들었습니다." 내가 대답했다.

"그럼 이 불쌍한 친구는 어떻게 죽은 거라고 보십니까?"

"거친 자연환경 속에서 불안에 떨며 살다가 정신이 나가버린 것이 확실합니다. 미쳐서 황무지를 뛰어다니다가 결국 여기로 떨어져 목이 부러진 것이지요."

"가장 합리적인 설명 같군요." 스테이플턴이 안도하듯 한숨을 내쉬며 대답했다. "홈스 씨는 어떻게 생각하십니까?"

내 친구는 정중하게 목례를 했다.

"사람을 금방 알아보시는군요."

"왓슨 박사께서 여기로 내려오신 이후로 모두 홈스 씨가 오시기를 고대하고 있었으니까요. 오시자마자 참변을 목격하셨군요."

"그렇군요. 제 친구의 설명이 모두 맞는 것 같습니다. 전 내일 불쾌한 기억을 안고 런던으로 돌아가야겠군요."

"아니, 내일 돌아가신다고요?"

"그럴 생각입니다."

"선생께서 오신 김에 저희들을 곤혹스럽게 한 사건에 해결의 실마리를 던져주시길 기대했는데요."

홈스는 어깨를 으쓱했다. "언제나 바라는 대로 성공을 거둘 수는 없는 법이죠. 수사관에게는 사실이 필요하지 전설이나 소문으로는 안 됩니다. 이번 사건은 만족스러운 사건이 못 되는군요."

내 친구는 아주 솔직하고 무심한 태도로 말했다. 스테이플턴은 여전히 그를 빤히 쳐다봤다. 그다음 내게 고개를 돌렸다.

"이자를 제 집으로 옮기자고 하고 싶지만 그랬다가는 제 여동생이 벌벌 떨 테니 그건 안 될 것 같습니다. 얼굴에 뭘 덮어놓고 가면 내일 아침까지는 안전할 것 같습니다."

그래서 그렇게 하기로 했다. 집에 들렀다 가라는 박물학자의 권유를 물리치고 그가 혼자 돌아가게 내버려둔 채 홈스와 나는 바스커빌 홀로 출발했다. 뒤를 돌아보니 너른 황무지 너머로 천천히 멀어져가는 사람이 보이고 그 뒤로는 은빛으로 빛나는 비탈 위에 처참한 종말을 맞은 자가 시커먼 얼룩처럼 누워 있었다.

"거의 다 붙잡았어!" 함께 황무지를 가로질러 걸어가는 동안 홈스가 말했다. "참 뻔뻔스러운 놈이야! 엉뚱한 사람이 자기가 꾸민 음모의 희생자가 된 것을 알고 충격이 컸을 텐데도 얼른 정신을 차리더군. 런던에서 얘기한 것을 또 되풀이하지만, 왓슨, 우린 이번에 정말 제대로 된 적수를 만났네."

"그가 자네를 본 건 아쉽게 되었어."

"나도 처음엔 그렇게 생각했네. 하지만 어쩔 수 없지."

"자네가 여기 있다는 걸 알게 된 게 그자의 계획에 어떤 영향을 미칠 것 같은가?"

"더 조심스러워질 수도 있고 당장 더 필사적인 수단을 쓸 수도 있지. 대부분의 영리한 범죄자들처럼 그자도 자신의 영리함을 과신해서 우리를 완전히 속였다고 자신하고 있을 수도 있어."

"왜 그를 당장 체포하면 안 되는 거지?"

"왓슨, 왓슨, 자넨 타고난 행동파야. 언제나 정력적으로 활동하는 게 자네 본능이지. 하지만 한번 따져보자고. 가령 오늘밤 그를 체포했다면 대체 우리한테 뭐가 더 유리해졌을까? 우리한테는 그의 혐의를 입증할 게 아무것도 없어. 그만큼 악마같이 교활한 자야. 그가 하수인을 부리고 있다면 무슨 증거를 확보할 수도 있겠지. 하지만 이 거대한 개를 벌건 대낮에 끌어낸다고 해도 개 주인의 목에 밧줄을 거는 데는 도움이 되지 않을 걸세."

"하지만 엄연히 범죄가 벌어졌지 않은가?"

"범죄의 그림자도 없네—추측과 짐작만 있을 뿐이야. 만약 우리가 그런 전설이나 이야기를 들고 법정에 나갔다간 웃음거리만 될걸."

"찰스 경이 죽었잖아."

"그렇지만 시신에는 특별한 흔적이 없었지. 우리는 찰스 경이 순전히 겁에 질려 죽었다는 사실을 알고 있고 또 무엇이 그를 공포로 몰아넣었는지도 알고 있어. 하지만 열두 명의 둔감한 배심원에게 그걸 어떻게 이해시키지? 어디 사냥개의 흔적이 있나? 어디 이빨 자국이라도 있나? 물론 우리는 사냥개란 시체를 물어뜯지 않는다는 것을, 그리고 찰스 경은 그놈이 덤비기도 전에 죽었다는 것을 알지. 하지만 우리는 이 모든 것을 입증해야 하고 지금은 그럴 수 있는 입장이 아니야."

"흠…… 그렇다면 오늘밤 일은?"

"오늘밤에 벌어진 일에서도 우리는 그리 유리한 입장이 아닐세. 이번에도 탈옥수의 죽음과 사냥개 사이에 직접적인 연관성은 없어. 우리는 사냥개를 보지 못했어. 소리는 들었지. 하지만 그놈이 이자의 뒤를 쫓고 있었다는 걸 입증할 수가 없어. 동기도 전혀 없어. 그러니까 역시 안 돼. 왓슨, 안타깝지만 현재 우리한테는 범죄라 할 만한 사건이 없고, 어떤 위험을 무릅써서라도 범죄가 존재한다는 것을 입증해야 해."

"그럼 앞으로 어떻게 할 작정이야?"

"로라 라이언스 부인이 사건의 진상을 안다면 우리를 도와줄 수 있지 않을까 기대를 걸고 있네. 그리고 나름대로 계획도 세워뒀어. 내일 일은 내일이 염려할 것이니!* 하지만 내일이 다 끝나기 전에 우리가 이번만은 우위를 점할 수 있으면 좋겠군."

나는 홈스로부터 더이상의 얘기는 들을 수 없었고 그는 바스커빌 홀의 대문까지 생각에 잠긴 채 걸어갔다.

"자네도 같이 들어가는 거야?"

"그래, 이제 더이상 은신해야 할 이유가 없잖아? 하지만 마지막으로 한마디만 당부할게. 왓슨. 헨리 경에게 사냥개에 대해서는 아무 말도 하지 마. 셀

* 「마태복음」 6장 34절을 인용한 것이다.

던의 죽음에 대해서는 스테이플턴이 우리를 속이려 한 대로 생각하게 놔두자고. 그럼 내일 겪어야 할 시련에 더 대담하게 맞설 수 있을 거야. 자네의 보고를 내가 제대로 기억하는 거라면, 헨리 경은 내일 스테이플턴의 집에서 저녁 식사 약속이 잡혀 있지?"

"나도 마찬가지야."

"그럼 자네는 양해를 구한 후 빠지고 헨리 경 혼자만 보내. 그렇게 하기는 쉬울 거야. 그럼 이제 저녁 먹기에는 늦어버린 것 같으니 간단하게 요기라도 하러 가세."

13장
그물을 치다

헨리 경은 셜록 홈스를 보자 놀라기보다는 기뻐했다. 요 며칠 최근의 사건들이 홈스를 런던에서 이곳으로 불러들이지 않을까 기대하고 있었기 때문이다. 그러나 내 친구가 짐도 없고 또 그 이유를 설명하려 하지도 않자 의아해했다. 헨리 경과 나는 홈스에게 필요한 물품을 챙겨주었다. 그후 홈스와 나는 늦은 저녁을 들며 우리가 겪은 일들을 준남작이 알아두는 것이 좋을 만큼만 들려주었다. 그러나 나는 먼저 셀던의 죽음을 배리모어와 그의 아내에게 알리는 달갑지 않은 임무를 떠맡아야 했다. 배리모어에게는 크게 안도할 일이었을지도 모르지만 그의 아내는 앞치마에 얼굴을 파묻고 서럽게 울었다. 온 세상 사람들에게 그는 반은 짐승이고 반은 악마인 폭력적 인간이었지만 그녀에게 그는 언제나 소녀 시절의 작고 고집 센 아이, 그녀의 손에 꼭 매달리던 아이로 남아 있었다. 자신의 죽음에 슬퍼해줄 여인이 단 한 명도 없는 사람이야말로 진정으로 악한 사람이리라.

"왓슨이 아침 일찍 나간 뒤로 전 하루종일 무기력하게 집안에 틀어박혀 있었습니다." 준남작이 말을 꺼냈다. "약속을 지켰으니 칭찬을 받아야 할 것 같은데요. 제가 혼자 나다니지 않겠다고 맹세하지 않았으면 더 유쾌한 저녁 시간을 보냈을지도 모릅니다. 스테이플턴한테서 건너오라고 초대를 받았었거든요."

"틀림없이 보다 더 유쾌한 저녁을 보내셨을 겁니다." 홈스가 건조하게 대꾸했다. "그나저나, 아까 우리가 경이 목이 부러져 죽은 줄 알고 슬퍼했다는 사실은 모르셨죠?"

헨리 경이 눈을 크게 떴다. "그게 무슨 소립니까?"

"그 불쌍한 친구는 경의 옷을 입고 있었죠. 그에게 그 옷가지를 건네준 경의 하인은 경찰한테 곤란을 겪을 것 같습니다."

"그렇진 않을 거예요. 제가 아는 한 그 옷들에는 아무런 표식도 없거든요."

"그에게 참 다행한 일이군요. 사실, 여러분 모두에게 다행한 일입니다. 이 문제에서 여러분 모두는 범법자니까요. 성실한 탐정으로서 제 첫번째 의무는 이 집안 사람들 모두를 체포해야 하는 게 아닌가 싶군요. 왓슨의 보고서야말로 가장 확실하게 유죄를 입증하는 문서이니 말이죠."

"하지만 사건에 대해서는요?" 준남작이 물었다. "뭘 좀 알아내셨습니까? 왓슨과 저는 여기로 내려온 이후로 더 알게 된 게 없는 것 같습니다만."

"곧 경께 상황을 더 분명하게 설명해드릴 수 있을 겁니다. 지극히 어렵고 복잡한 사건이었습니다. 여전히 단서가 필요한 지점이 여러 군데 있습니다만 곧 진상이 밝혀질 겁니다."

"우리가 겪은 일이 하나 있습니다. 물론 왓슨이 이미 말씀드렸겠지요. 우리는 황무지에서 사냥개의 소리를 들었습니다. 그러니 그게 다 허황된 미신은 아니라고 장담할 수 있습니다. 저도 서부에 있을 때 개를 다룬 적이 있어 개 짖는 소리를 잘 압니다. 그놈을 잡아서 입에 재갈을 물리고 쇠사슬로 묶어놓을 수 있다면 저는 당장이라도 선생을 역사상 가장 위대한 탐정이라고 선언하겠습니다."

"경께서 도와주시기만 하면 안전하게 그 녀석의 입을 틀어막고 쇠사슬을 채울 수 있을 것 같습니다."

"말씀만 하십시오. 뭐든지 하겠습니다."

"아주 좋아요. 그리고 부탁할 때마다 이유를 묻지 마시고 무조건 제 말씀대로만 해주십시오."

"그러죠."

"그렇게만 해주시면 우리의 이 작은 문제는 곧 해결될 것 같습니다. 물론……"

홈스는 갑자기 말을 멈추고 내 머리 위의 허공을 빤히 쳐다보았다. 등잔 불빛이 비추는 그의 얼굴은 뭔가에 열중한 채 눈 하나 깜빡하지 않아서 마치 깎아놓은 고전 조각상 같았다. 주의를 집중하고 뭔가를 기대하는 모습 그 자체였다.

"무슨 일입니까?" "무슨 일이야?" 우리 둘이 외쳤다.

그가 다시 눈을 내리깔았을 때 나는 그가 마음속의 감정을 억누르고 있음을 알 수 있었다. 그의 표정은 여전히 침착했지만 기쁨이 넘쳐나는 눈은 환하게 빛나고 있었다.

"제가 미술품을 감상하다가 실례를 했습니다." 그가 반대편 벽에 줄지어 걸린 초상화들을 손짓으로 가리키며 말했다. "왓슨은 제가 미술에 대해 좀 안다는 것을 인정하지 않지만 괜히 질투하는 것뿐입니다. 미술에 관해서 우리는 견해가 다르거든요. 그런데 이 초상화들은 정말이지 아주 훌륭합니다."

"그렇게 말씀해주시니 고맙습니다." 헨리 경이 다소 놀란 눈길로 내 친구를 쳐다보며 대답했다. "전 이런 분야에 대해서는 잘 알지 못합니다. 아마 그림보다는 말이나 수송아지를 더 잘 알아볼 겁니다. 홈스 씨께서 이런 것에도 관심을 가질 시간이 있으신지는 몰랐습니다."

"저도 좋은 그림을 보면 알아봅니다. 그런데 이건 좋은 그림이군요. 저건, 저쪽에 푸른 비단옷을 입은 귀부인 그림은 틀림없이 넬러입니다. 그리고 가발을 쓴 통통한 신사는 레이놀즈의 작품이겠군요. 저 그림들은 다 가족 초상화죠?"

"네, 전부 다요."

"그럼 저 사람들이 누군지 다 아십니까?"

"배리모어한테 배워서 꽤 잘 설명해드릴 수 있습니다."

"망원경을 든 저 신사는 누구죠?"

"그분은 서인도제도에서 로드니 밑에서 복무한 바스커빌 부제독입니다. 푸른 코트를 입고 두루마리를 들고 있는 남자는 피트 수상 아래서 하원 위원회의 위원장을 지낸 윌리엄 바스커빌 경이고요."

"그럼 제 맞은편의 이 기사는요? 레이스가 달린 검은 벨벳 옷을 입은 사람 말입니다."

"아, 그 사람은 알아두시는 게 좋죠. 이 모든 불행의 원인, 바스커빌가의 사냥개 전설을 만들어낸 사악한 휴고입니다. 잊어버리려야 잊을 수 없겠죠."

흥미가 생긴 나는 약간 놀라서 초상화를 올려다봤다.

"저런!" 홈스가 말했다. "조용하고 얌전한 사람처럼 보이는데요? 하지만 저 눈 뒤에는 악마가 도사리고 있는 것 같습니다. 저는 더 힘이 넘치고 불한당처럼 생긴 사람을 상상하고 있었습니다."

"확실해요. 캔버스 뒷면에 이름과 1647년이라는 연도가 적혀 있으니까요."

홈스는 몇 마디 더 이야기했지만 옛 난봉꾼의 초상화가 그를 사로잡은 듯 저녁식사 동안 그의 눈길은 자꾸만 그곳에 고정되었다. 헨리 경이 자기 방으로 돌아가고 난 후에야 나는 그가 무슨 생각을 하고 있는지 알 수 있었다. 그는 침실의 촛불을 들고 나를 식당으로 다시 데려갔고 세월에 빛바랜 초상화를 향해 촛불을 치켜들었다.

"저기서 뭐가 보이나?"

나는 깃털을 단 넓은 모자와 이마 위로 동그랗게 말린 앞 머리칼, 하얀 레이스 칼라와 그 가운데 자리잡은 진지하고 엄격한 얼굴을 보았다. 그것은 잔인한 얼굴이 아니라, 꾹 다문 가는 입술과 냉정하고 편협한 눈빛이 깐깐하고 엄해 보이는 얼굴이었다.

"자네가 아는 누구와 닮지 않았나?"

"턱 부근이 헨리 경과 닮은 구석이 있는데."

"그래, 살짝 그런 느낌이 있지. 잠깐 기다려봐!"

그는 의자 위에 올라가 왼손에 촛대를 들고 오른팔로 넓은 모자와 긴 곱슬머리를 가렸다.

"맙소사!" 나는 놀라서 외쳤다.

스테이플턴의 얼굴이 캔버스에서 튀어나왔다.

"하! 자네도 이제 보이지. 내 눈은 장식은 떼어버리고 얼굴만 보도록 훈련되어 있지. 변장을 꿰뚫어봐야 하는 것이 범죄 전문가의 첫째 자질이야."

"하지만 이건 정말 놀라운데! 그의 초상화라고 해도 되겠어."

"그래, 격세유전의 흥미로운 예지. 이 경우는 신체적 측면과 정신적 측면 둘 다인 것 같군. 가족 초상화를 연구하다보면 환생설의 신봉자가 될 만도 해. 그자는 바스커빌가 사람이야. 분명해."

"상속을 받으려는 속셈이군."

"맞았어. 초상화의 이 우연한 발견은 우리에게 가장 명백하게 빠져 있던 고리를 채워주었어. 잡았어, 왓슨, 잡았다고. 내일 밤이 되기 전까지 그자는 우리의 그물 안에서 자기가 잡은 나비처럼 힘없이 파닥거리고 있을 거라 장담하지. 핀, 코르크, 카드를 갖춰서 베이커가 컬렉션에 그를 추가하자고!" 그는 초상화에서 고개를 돌리며 좀처럼 보이지 않는 커다란 웃음을 터뜨렸다. 홈스의 커다란 웃음소리를 듣는 것은 드문 일인데 그것은 언제나 누군가에게는 불길한 전조였다.

나는 아침에 일찍 일어났지만 홈스는 더 먼저 일어난 모양이었다. 옷을 입는데 그가 진입로로 걸어들어오는 것이 보였기 때문이다.

"그래, 오늘 하루는 할일이 많을 거야." 그가 즐거운 듯 손을 비비며 말했다. "그물은 모두 쳤고 이제 곧 끌어올릴 참이네. 오늘 안으로 턱이 길쭉한 그 커다란 창꼬치가 잡혔는지 아니면 그 녀석이 그물 사이로 빠져나갔는지 알게 될 거네."

"벌써 황무지에 나갔다 왔나?"

"셀던의 죽음과 관련해서 그림펜에서 프린스타운으로 소식을 보냈어. 이 집 사람들 아무도 그 일로 곤란을 겪지 않을 테니 안심해. 그리고 나의 믿음직한 카트라이트한테도 연락했어. 그 녀석에게 내가 무사한지 알려주지 않았다가는 주인의 무덤 앞 개처럼 내 오두막 문간에서 슬퍼하며 말라 죽어갈걸?"

"다음 조치는?"

"헨리 경을 만나는 거야. 아, 마침 여기 있군."

"안녕히 주무셨습니까? 홈스 씨?" 준남작이 말했다. "참모장과 함께 전투 계획을 짜는 장군처럼 보이는군요."

"정확한 설명입니다. 왓슨이 명령을 내려달라고 말하던 참이었죠."

"저한테도 명령을 내려주시죠."

"좋아요. 오늘밤 우리 친구인 스테이플턴의 집에서 저녁을 먹기로 약속이 잡혀 있지요?"

"홈스 씨도 함께 가면 좋겠는데요. 손님을 아주 환대하는 사람들이라 홈스 씨도 가면 분명 좋아할 겁니다."

"안타깝지만 저와 왓슨은 런던으로 가야겠습니다."

"런던으로요?"

"예, 현재로서는 이곳보다 거기에 있는 편이 더 나을 것 같습니다."

준남작의 표정이 살짝 언짢아졌다. "저는 홈스 씨가 이 사건을 깨끗이 해결해줄 거라고 기대하고 있었는데요. 황무지와 바스커빌 홀이 혼자서 지내기에는 그리 유쾌한 곳도 아니고요."

"친애하는 헨리 경, 저를 무조건 믿고 정확히 제가 말한 대로 해야 합니다. 친구들한테는 우리도 무척 오고 싶어했지만 런던에서 긴급한 일이 생겨서 어쩔 수 없이 돌아가야 했다고 전하세요. 저희도 데번셔로 곧 되돌아올 수 있기를 바라고 있습니다. 그럼 그들에게 전해주시겠습니까?"

"그렇게 말씀하신다면야, 물론이죠."

"다른 대안은 없습니다, 정말로요."

준남작의 얼굴이 흐려진 것으로 보아 그가 깊이 상처받았음을 알 수 있었다.

"언제 가실 생각입니까?" 그가 냉랭하게 물었다.

"아침식사 후 바로 떠날 생각입니다. 우리는 마차를 타고 쿰트레이시로 갈 것입니다만 곧 돌아온다는 약속의 증표로 왓슨의 물건은 여기 놔두고 가겠습니다. 왓슨, 자넨 스테이플턴에게 못 가게 되어서 아쉽다고 쪽지를 보내게."

"저도 두 분과 함께 런던에 꼭 가고 싶습니다." 준남작이 말했다. "왜 저만 여기 남아 있어야 합니까?"

"이곳이 경이 있어야 할 곳이기 때문입니다. 그리고 경은 제가 시키는 대로 하겠다고 약속하셨지요? 전 경에게 여기에 남으라고 명령했습니다."

"좋아요, 그럼 남지요."

"한 가지 더요! 메리피트 하우스에 마차를 타고 가주셨으면 합니다. 하지만 도착하면 마차는 먼저 보내고 집에는 걸어서 돌아갈 생각이라고 밝히세요."

"황무지를 걸어서요?"

"예."

"하지만 그동안은 절대 그러지 말라고 그렇게나 자주 경고하지 않았습니까?"

"이번에는 안전하게 걸어가실 수 있을 겁니다. 제가 경의 용기와 담력을 자신하지 않는다면 이런 부탁을 할 수가 없지요. 그러니 이번에는 꼭 그렇게 해주셔야 합니다."

"그렇다면 그렇게 하겠습니다."

"그리고 목숨이 귀한 줄 아신다면, 메리피트 하우스에서 그림펜 큰길로 이어지는 곧게 뻗은 길, 집으로 돌아갈 때 언제나 이용하는 그 길이 아닌 황무지의 다른 곳으로 벗어나시면 절대 안 됩니다."

"홈스 씨가 말한 그대로 하겠습니다."

"좋아요. 전 오후에 런던에 도착할 수 있도록 아침식사 후 최대한 빨리 떠나야겠습니다."

나는 이 일정에 크게 놀랐지만 홈스가 전날 밤 스테이플턴에게 자신은 다음날 돌아갈 것이라고 한 말이 기억났다. 그러나 나도 함께 갈 것이라고는 생각지 못했고, 그 자신이 가장 결정적인 순간이라고 한 지금 어떻게 우리 둘 다 이곳을 비울 수 있다는 건지 이해가 되지 않았다. 그러나 묵묵히 따르는 것 외에는 별도리가 없었다. 그래서 우리는 서운해하는 우리의 친구에게 작별인사를 했고 몇 시간 후 쿰트레이시역에 도착해 마차를 돌려보냈다. 작은 아이가 승강장에서 우리를 기다리고 있었다.

"시키실 일이라도 있으세요, 선생님?"

"카트라이트, 이 기차를 타고 런던으로 가거라. 그리고 런던에 도착하는 대로 내 이름으로 헨리 바스커빌 경에게 전보를 쳐. 내가 두고 온 수첩을 발견하거든 등기우편으로 베이커가로 보내라고 말이야."

"예, 알겠습니다."

"그리고 역무실에 가서 내 앞으로 무슨 메시지가 왔는지 물어보렴."

소년은 전보 한 통을 들고 돌아왔고 홈스는 내게 그것을 건넸다. 내용은 다음과 같았다.

전보 받음. 백지 체포영장을 가지고 감. 5시 40분 도착─레스트레이드.

"오늘 아침 내가 보낸 전보에 대한 답전일세. 내 생각에 레스트레이드는 형사들 중에서 최고야. 우린 그의 도움이 필요할지도 몰라. 자, 왓슨, 이제 자네와 안면이 있는 로라 라이언스 부인을 만나러 가는 게 시간을 가장 효과적으로 이용하는 길일 것 같네."

그의 작전이 분명해지기 시작했다. 그는 우리가 진짜로 떠났다고 스테이플턴이 믿게 하기 위해 준남작을 이용하는 한편, 실제로는 우리가 꼭 있어야 할 순간에 즉시 돌아갈 생각이었다. 런던에서 올 전보를 헨리 경이 스테이플턴에게 언급하기라도 하면 그의 마음속에 남아 있던 마지막 의심까지도 지워질 것이었다. 이미 나는 그 턱이 길쭉한 창꼬치를 둘러싼 우리의 그물이 점차 당겨지는 것을 보는 듯했다.

로라 라이언스 부인은 자기 사무실에 있었고 셜록 홈스는 처음부터 솔직하고 직설적으로 이야기를 꺼내 그녀를 크게 놀라게 했다.

"저는 작고하신 찰스 바스커빌 경의 죽음을 둘러싼 정황을 수사중입니다. 여기 제 친구 왓슨 박사가 그 문제와 관련해 부인이 털어놓은 사실과 또 감추고 있는 것을 알려주었습니다."

"제가 무엇을 감추고 있다는 거지요?" 그녀가 반항적으로 물었다.

"찰스 경에게 열시까지 쪽문으로 나와달라고 부탁했다는 것을 시인하셨습니다. 그런데 그분은 바로 그 시각, 그 장소에서 사망하셨고요. 부인은 이 둘 사이에 어떤 관계가 있는지 감추고 있어요."

"그 둘 사이엔 아무 관계도 없어요."

"그렇다면 정말 굉장한 우연의 일치라고밖에 할 수 없군요. 하지만 우리는 결국 그 둘 사이에 관계가 있음을 밝혀낼 겁니다. 라이언스 부인, 솔직하게 터놓고 말씀드리겠습니다. 저희는 이 사건을 살인 사건으로 간주하고 있으며 당신의 친구인 스테이플턴 씨만이 아니라 그의 아내도 연루된 증거가 있습니다."

부인은 의자에서 벌떡 일어났다. "그의 아내라고요?" 그녀가 소리쳤다.

"그 사실은 더는 비밀이 아닙니다. 그의 여동생 행세를 하는 사람은 사실 그의 아내입니다."

라이언스 부인은 다시 의자에 앉았다. 팔걸이를 꼭 붙잡은 손에 너무 힘을 주어서 분홍색 손톱이 하얗게 변하는 것이 보였다.

"아내라고요?" 그녀가 되뇌었다. "아내라니! 그는 결혼하지 않았어요."

셜록 홈스는 어깨를 으쓱했다.

"증거를 대세요! 대보시라고요! 증거를 댈 수 있다면!" 강렬하게 번뜩이는 그녀의 눈빛이 어떤 말보다 더 많은 것을 말해주고 있었다.

"그럴 작정으로 준비를 해왔습니다." 홈스가 주머니에서 여러 장의 서류를 꺼내며 대답했다. "이건 그 두 사람이 사 년 전에 요크에서 찍은 사진입니다. 아래에는 '반들러 부부'라고 적혀 있지만 그 남자가 누군지, 또 안면만 있다면 그 여자가 누군지는 쉽게 알아보실 겁니다. 여기 이 세 장의 진술서는 믿을 만한 목격자들이 세인트올리버스 사립학교를 운영하던 시절 반들러 부부에 대해 작성한 겁니다. 이 둘의 신원에 대해 의심할 수 있는지 한번 읽어보세요."

그녀는 서류들을 흘끗 본 다음 절망에 빠져 딱딱하게 굳은 얼굴로 우리를 쳐다봤다.

"홈스 씨, 이 남자는 제가 남편과 이혼만 하면 저와 결혼하겠다고 약속했습니다. 그자는, 그 악당은 온갖 수법으로 저를 기만했습니다. 지금까지 제게 했던 말 중에 진실은 단 한 마디도 없었네요. 하지만 왜—왜? 저는 그 모든 게 저를 위해서라 생각했어요. 이제야 그에게 저는 하나의 도구에 불과했다는 것을 알겠군요. 저에게 한 번도 성실했던 적이 없었던 사람에게 제가 왜 신의를 지켜줘야 하나요? 그자가 자신의 악행에 대한 대가를 치르지 않게 제가 왜 막아줘야 하지요? 뭐든지 물어보세요. 아무것도 감추지 않을 테니까요. 한 가지는 맹세해요, 그 편지를 썼을 때, 저에게 누구보다도 친절하게 대해주신 그 신사분께 무슨 해가 가리라고는 꿈에도 생각 못했어요."

"부인의 말을 전적으로 믿습니다." 홈스가 대답했다. "그 일을 다시 거론하는 것은 부인에게 퍽 고통스럽겠죠? 그러니 무슨 일이 있었는지 제가 설명하고 제 이야기에 틀린 부분이 있는지 부인이 확인해주시는 편이 더 나을 것 같습니다. 그 편지를 보내는 것은 스테이플턴이 부인에게 제안한 거지요?"

"그가 편지 내용을 불러주었습니다."

"편지를 쓰게 한 이유는 이혼과 관련한 법률 비용을 대는 데 찰스 경에게 도움을 받을 수 있을 거란 것이었죠?"

"정확해요."

"그럼 그 편지를 보낸 후에 그가 약속에 나가지 말라고 설득했습니까?"

"내 이혼을 위해 다른 남자가 돈을 마련해주면 자신의 자존심이 상처를 받을 거고 비록 자신은 가난하지만 우리 둘을 갈라놓고 있는 장애물을 없애는 데 마지막 한 푼까지 털어넣겠다고 말했습니다."

"퍽 지조 있군요. 그럼 부인은 신문에서 찰스 경의 죽음에 대한 보도를 읽기 전까지는 아무런 이야기도 못 들었겠지요?"

"예."

"그리고 그는 부인과 찰스 경의 약속에 대해 아무 말도 하지 않겠다고 맹세하라고 했지요?"

"예, 그랬어요. 그는 찰스 경의 죽음이 수수께끼 같은 일이어서 그 사실들이 드러나면 틀림없이 제가 의심받을 거라고 했어요. 제게 겁을 줘서 입을 다물게 했어요."

"그렇군요. 하지만 부인도 의심을 하고 있었죠?"

그녀는 망설이다 고개를 떨궜다.

"그를 잘 알았으니까요. 저에게 충실하기만 했다면 저도 끝까지 그렇게 했을 거예요."

"전체적으로 보면, 부인은 운좋게 빠져나오신 겁니다." 홈스가 말했다. "부인이 자신의 약점을 쥐고 있는 것을 그가 알고 있는데도 부인은 아직 멀쩡히 살아 있죠. 부인은 지난 몇 달간 절벽 끝으로 걸어가고 있었던 겁니다. 이만 가봐야겠습니다, 라이언스 부인. 아마도 조만간 또 저희한테서 연락이 갈 겁니다."

"사건은 점차 마무리되고 있고 어려운 문제들도 하나씩 걷혀가는군." 런던에서 출발한 급행열차가 도착하기를 기다리며 홈스가 말했다. "이 시대에 가장 충격적이고 독특한 범죄 가운데 하나를 곧 아귀가 맞는 한 편의 이야기로 엮을 수 있게 될 거야. 범죄 연구가들은 1866년 소러시아 그로드노에서 유사한 사건이 있었다는 것을 기억할 거야. 물론 노스캐롤라이나의 앤더슨 살인 사건도 있고. 하지만 이 사건에는 다른 데서는 찾아볼 수 없는 독특한 요소들이 있어. 심지어 지금도 이 교활한 인간의 죄를 뚜렷하게 입증할 만한 혐의가 없지. 하지만 오늘밤 우리가 잠자리에 들기 전까지 이 사건은 깨끗하게 밝혀질 거네."

런던발 급행열차가 굉음을 내며 역으로 들어왔고 불도그처럼 생긴 작고 강인한 남자가 일등실에서 뛰어나왔다. 우리 셋은 악수를 나눴고 나는 내 친구를 존경스럽게 바라보는 레스트레이드의 눈빛에서 그들이 함께 일하기 시작한 이후 그가 많은 것을 배웠다는 사실을 금방 알 수 있었다. 나는 예전에 이 추론가의 이론들이 저 현실적인 인간에게 조롱을 사곤 했던 것을 잘 기억하고 있었다.

"뭐 좋은 사건이라도 있습니까?" 그가 물었다.

"최근 몇 년 사이에 가장 큰 사건입니다. 출발하기 전까지 두 시간이 남았으니 그 사이 저녁을 먹으면 좋겠군. 레스트레이드, 그다음 다트무어의 맑은 밤공기로 당신 목에 낀 런던의 안개를 모두 걷어내주겠소. 여기는 한 번도 안

와봤다고요? 아, 그럼, 이번 초행길은 절대 못 잊을 거요."

14장
바스커빌가의 사냥개

　셜록 홈스의 결점 중 하나는—사실, 결점이라고 할 수 있다면—자신의 계획이 완성되는 순간까지 전체 계획을 밝히기를 지극히 꺼리는 것이었다. 이는 물론 어느 정도는 주변 사람들을 좌지우지하고 놀라게 하는 것을 좋아하며, 언제나 상황을 주도하는 그의 성격 탓이었다. 또 한편으로는 어떤 경우도 운에 맡기는 법이 없는 그의 직업적 신중함 때문이었다. 그러나 그 결과 그의 조수와 대리인으로 활동하는 사람은 아주 피곤한 노릇이었다. 나도 종종 그 밑에서 고생을 했지만 어둠 속에서 마차를 타고 가는 그 긴 시간만큼 괴로웠던 적도 없었다. 커다란 시련이 우리 앞에 기다리고 있었고 마침내 최후의 노력을 기울일 참인데 홈스는 아무런 귀띔도 해주지 않았고 나는 그가 어떻게 할 건지 짐작해볼 따름이었다. 마침내 차가운 바람이 얼굴을 때리고 좁은 길 양편의 어둡고 광활한 공간이 우리가 황무지로 돌아왔음을 알리자 나는 기대감으로 흥분했다. 말이 성큼성큼 내달릴 때마다, 마차 바퀴가 돌 때마다 우리는 모험의 최후 순간에 다가가고 있었다.
　전세 마차의 마부가 같이 있어서 대화가 어려웠던 우리는 기대감과 불안감으로 바짝 긴장했지만 사소한 이야기밖에 할 수 없었다. 어색한 침묵이 불편했던 나는 마침내 프랭클랜드의 저택을 지나고 바스커빌 홀과 모험의 현장에 가까이 가자 안도를 느꼈다. 우리는 현관까지 가지 않고 정문 근처에서 내렸다. 마부에게 삯을 치르고 곧장 쿰트레이시로 돌아가라고 지시한 후 우리는 메리피트 하우스로 걸어서 출발했다.

"무장은 했습니까, 레스트레이드?"

키가 작은 형사는 빙그레 웃었다. "내가 바지를 입고 있는 한 뒷주머니가 있고 뒷주머니가 있는 한 항상 그 안에 뭔가가 있지요."

"잘했습니다! 내 친구와 나도 긴급 상황에 대비하고 있습니다."

"이 사건에 대해서 굉장히 입이 무겁군요, 홈스 씨. 이제 계획이 뭡니까?"

"기다리는 겁니다."

"원, 그리 기분좋은 곳은 못 되는 것 같군." 어두운 산비탈과 그림펜 늪지대 위를 덮은 거대한 안개의 호수를 둘러본 형사가 몸을 부르르 떨며 말했다. "우리 앞에 있는 집에서 불빛이 보입니다."

"거기가 메리피트 하우스이자 우리 목적지입니다. 여기서부터는 발끝으로 걷고 목소리도 낮춰주십시오."

우리는 집을 향하여 조심스럽게 길을 따라 움직였지만 홈스는 집에서 200야드 정도 떨어진 곳에서 우리를 멈춰 세웠다.

"이 정도면 될 겁니다. 오른쪽의 이 바위들이 훌륭한 엄폐물이 되어줄 겁니다."

"여기서 기다리는 거요?"

"예, 여기서 잠시 잠복할 겁니다. 여기, 움푹한 곳으로 와요, 레스트레이드. 왓슨, 자넨 집안으로 들어가본 적이 있지? 집안 구조를 말해줄 수 있겠나? 이쪽 끝의 저 격자 창문은 어디지?"

"부엌 창문일 거야."

"그럼 저 너머에 불빛이 환하게 비치는 창문은?"

"거긴 틀림없이 식당일 거야."

"블라인드가 걷혀 있어. 여기 지형은 자네가 가장 잘 알지. 앞으로 조용히 기어가서 그들이 뭘 하고 있는지 살펴보게. 하지만 절대로 엿보고 있다는 걸 들켜선 안 돼!"

나는 살금살금 걸어서 키 작은 과실수를 둘러싸고 있는 낮은 담 뒤에 몸을 숙였다. 그다음 담장 그늘 아래로 기어서 커튼을 치지 않은 창문을 들여다볼 수 있는 지점까지 갔다.

방안에는 단 두 사람, 헨리 경과 스테이플턴만이 있었다. 그들은 옆모습이 내게 보이는 방향으로 둥근 식탁 양편에 앉아 있었다. 둘 다 여송연을 피우고 있었고 커피와 와인이 두 사람 앞에 놓여 있었다. 스테이플턴은 활기차게 이야기하고 있었지만 준남작은 얼굴이 창백하고 신경이 딴 데 가 있는 것 같았다. 아마도 흉흉한 황무지를 홀로 걸어갈 일을 생각하니 마음이 무거운 모양이었다.

스테이플턴이 일어나서 방을 나간 사이 헨리 경은 와인잔을 다시 채우고 의자에 등을 기댄 채 담배 연기를 내뿜었다. 그때 문이 끼익 하고 열리는 소리와 신발이 자갈을 가볍게 차는 소리가 들렸다. 발소리는 내가 웅크리고 숨은 담장 너머 길을 따라갔다. 넘겨다보니 박물학자가 과수원 구석의 별채 문 앞에 멈추는 것이 보였다. 자물쇠 안에서 열쇠가 돌아가는 소리가 들렸고 그가 안으로 들어가자 안쪽에서 뭔가가 움직이는 이상한 소리가 들렸다. 기껏해야 일 분 정도 후에 그가 나온 뒤 다시 열쇠 돌아가는 소리가 들렸고 그는 나를 지나쳐 집안으로 들어갔다. 나는 그가 손님에게 돌아간 것을 보고 동료들이 기다리고 있는 곳으로 살금살금 기어가 내가 본 것을 말해주었다.

"숙녀분이 거기 없었단 말이지?" 내가 보고를 마치자 홈스가 물었다.

"응."

"그렇다면 어디에 있는 거지? 부엌 말고 다른 방에는 불빛이 없는데."

"어디 있는지 모르겠군."

그림펜 늪지대 위로 하얀 안개가 짙게 끼어 있었다. 이제 안개는 천천히 우리 쪽으로 흘러와 우리들 저편에, 낮지만 영락없이 담처럼 두텁게 쌓였다. 달빛이 비추자 안개는 희미하게 반짝이는 거대한 빙판처럼 보였고 멀리 바위산의 꼭대기들은 마치 그 위로 솟아난 바위 같았다. 홈스는 고개를 돌려 안개가 느릿느릿 흘러가는 것을 지켜보다 초조한 듯 내뱉었다.

"우리 쪽으로 오고 있어, 왓슨."

"심각한가?"

"아주 심각해, 아주—이 세상에서 내 계획을 망칠 수도 있는 단 하나의 요소야. 헨리 경은 이제 곧 나오겠지. 벌써 열시야. 저 길에 안개가 깔리기 전에 헨리 경이 나오느냐에 우리의 성공과 그의 목숨까지 달려 있어."

우리 머리 위로 밤하늘은 맑고 화창했다. 별빛은 차갑고 밝게 빛난 반면 반달은 풍경 전체를 부드럽고 흐릿한 빛으로 감쌌다. 우리 앞에는 시커멓고 커다란 저택이 있었고 뾰족뾰족한 지붕과 튀어나온 굴뚝의 윤곽이 별들이 은빛으로 반짝이는 하늘을 배경으로 선명하게 드러났다. 아래층 창문에서 흘러나오는 폭넓은 금빛 광선들은 과수원과 황무지 쪽으로 뻗어나가고 있었다. 그 가운데 하나가 갑자기 꺼졌다. 하인들이 부엌을 나간 것이었다. 두 남자, 살의를 품은 주인과 그것을 까맣게 모르는 손님이 담배 연기 사이로 여전히 담소를 나누는 식당의 램프만 남아 있었다.

황무지의 반을 뒤덮은 그 하얗고 흐릿한 평원은 시시각각 집 쪽으로 다가오고 있었다. 처음 도착한 안개의 가는 실오라기는 이미 안에서 불빛이 비쳐 금빛 사각형으로 빛나는 창문 앞에서 맴돌았다. 과수원 저편의 담은 벌써 안개에 가려 보이지 않았고 나무들은 하얀 김의 소용돌이 속에 서 있었다. 우리가 지켜보는 동안 안개는 느릿느릿 집의 양 모퉁이를 맴돌더니 켜켜이 쌓여, 위층과 지붕이 어슴푸레한 바다 위의 기이한 배처럼 두터운 안개 둑 위로 붕 뜨게 되었다. 홈스는 손으로 우리 앞의 바위를 힘껏 내리치며 조바심이 나서 발을 동동 굴렀다.

"십오 분 안으로 나오지 않으면 길은 안개로 뒤덮일 거야. 반시간 안으로 코앞도 내다볼 수 없게 될 거라고."

"더 높은 곳으로 물러날까?"

"그래, 그게 낫겠어."

그래서 두터운 안개가 전진함에 따라 우리는 안개에 밀려 집에서 반 마일이나 떨어진 곳까지 물러났지만, 여전히 그 짙은 하얀 바다는 달빛을 받아 은은히 반짝이며 천천히 그리고 가차없이 우리를 향해 밀려왔다.

"너무 멀리 왔어." 홈스가 말했다. "헨리 경이 우리가 있는 곳까지 오기 전에 먼저 공격을 당하게 둘 수는 없지. 무슨 일이 있어도 여기서 더 물러나면 안 돼." 그는 엎드려서 땅바닥에 귀를 댔다. "됐어, 발걸음 소리가 들려!"

재빠른 발걸음 소리가 황무지의 고요를 깨트렸다. 바위 사이에 몸을 숙인 채 우리는 은빛으로 반짝이는 안개를 뚫어지게 바라보았다. 발소리는 점점 커졌고 안개 사이로, 마치 커튼 사이로 나오는 것처럼 우리가 기다리던 사내가 걸어나왔다. 그는 별이 총총한 맑은 밤하늘 아래로 나오자 놀란 듯 주위를 둘러보았다. 그러고는 오솔길을 재빨리 걸어와 우리가 숨어 있는 바로 옆을 지나서 뒤편으로 보이는 긴 비탈을 올라가기 시작했다. 걸어가면서도 불안한 사람처럼 끊임없이 어깨 너머를 두리번거렸다.

"쉿!" 홈스의 외침과 함께 권총의 공이치기를 당기는 날카로운 소리가 들렸다. "조심해! 온다!"

그 느릿느릿 기어가는 안개 한가운데 어디선가 약하지만 지속적인 타닥타닥 소리가 들렸다. 안개구름은 우리가 엎드려 있는 곳에서 50야드 이내까지 다가와 있었다. 우리 세 사람은 과연 어떤 무시무시한 존재가 튀어나올지 알지 못한 채 안개 속을 노려봤다. 홈스 옆에 바짝 붙어 있었던 난 한순간 그의 얼굴을 흘끗 보았다. 창백한 얼굴은 승리감에 휩싸여 있었고 눈은 달빛 속에 환하게 반짝이고 있었다. 그러나 갑자기 그의 눈은 튀어나올 듯 한곳을 뚫어지게 노려보았고 입술은 놀라움에 벌어졌다. 그 순간 레스트레이드는 공포의 외마디 소리를 지르며 땅바닥에 얼굴을 처박고 엎드렸다. 나는 벌떡 일어서서 힘없는 손으로 권총을 움켜쥐었으나 안개의 그림자 속에서 우리 앞에 튀어나온 무시무시한 형상에 순간 정신이 아득해졌다. 그것은 사냥개, 석탄처럼 새까만 거대한 사냥개였으나 지금까지 인간이 봐온 여느 사냥개가 아니었다. 벌린 입에서는 불이 뿜어져나오고, 눈은 타고 있는 숯불처럼 이글거렸으며 주둥이와 목덜미, 턱 아래 처진 살은 불꽃에 휩싸여 있었다. 정신 나간 인간의 혼탁한 꿈에서도, 안개의 벽을 뚫고 우리 앞으로 뛰쳐나온 그 어둡고 흉포한 얼굴보다 더 포악하고 더 소름 끼치고 더 무시무시한 존재는 상상할 수 없으리라.

그 거대한 검은 짐승은 펄쩍펄쩍 내달아 오솔길을 뛰어내려 헨리 경을 바짝 뒤쫓고 있었다. 갑자기 나타난 형상에 넋이 빠진 우리가 다시 정신을 차렸을 때 그 짐승은 벌써 우리 앞을 지나쳐 있었다. 그때 홈스와 내가 동시에 총을 쐈고 적어도 한 발은 맞은 듯 그놈은 무시무시하게 한차례 울부짖었다. 그러나 끄떡도 하지 않고 계속 달려갔다. 멀리 오솔길에서 헨리 경이 뒤를 돌아봤다. 그는 달빛 속에 하얗게 질린 얼굴로 두 손을 높이 치켜든 채 자신을 뒤쫓아오고 있는 무서운 짐승을 절망에 떨며 쳐다보고 있었다.

그러나 고통에 찬 사냥개의 울부짖음은 우리의 모든 두려움을 싹 날려버렸다. 그것이 총알에 상처를 입을 수 있다면 불사의 존재는 아니며, 상처를 입힐 수 있다면 죽일 수도 있는 것이다. 나는 그날 밤의 홈스처럼 빨리 달리는 사람은 처음 봤다. 나도 발이 빠른 편이었지만 그는 내가 키 작은 형사를 떼놓은 만큼 나를 떼놓았다. 우리가 달려가는 동안 앞쪽에서는 사냥개의 낮은 울부짖음과 헨리 경의 비명이 끝없이 들려왔다. 그 짐승이 제물을 향해 뛰어올라 땅바닥에 쓰러뜨린 다음 목에 달려드는 것이 보였다. 그러나 다음 순간 홈스가 그놈의 옆구리를 향해 리볼버의 탄창 다섯 개를 비웠다. 짐승은 단말마의 신

음과 함께 사납게 펄쩍 뛰어올랐다가 땅바닥에 나가떨어졌고 네 발을 세차게 허공에 버둥거리다 마침내 힘없이 쓰러졌다. 나는 숨을 헐떡이며 몸을 숙여 희미하게 빛나는 그 끔찍한 머리에 권총을 갖다댔으나 방아쇠를 당길 필요는 없었다. 거대한 사냥개는 죽어 있었다.

헨리 경은 정신을 잃고 쓰러져 있었다. 우리는 그의 칼라를 벗겨내어 목에 아무런 상처가 없는 것을 확인했다. 구조가 늦지 않았음을 확인한 홈스는 감사의 기도를 중얼거렸다. 그때 눈꺼풀이 파르르 떨리며 우리 친구가 힘없이 몸을 움직이려 했다. 레스트레이드가 준남작의 입안에 브랜디 병을 밀어넣자, 겁에 질린 두 눈이 우리를 올려다보았다.

"세상에!" 그가 힘없이 말했다. "뭐였습니까? 대체, 그건 뭐였습니까?"

"그게 뭐든 간에 이젠 죽었습니다." 홈스가 대답했다. "가문의 유령을 완전히 처치했어요."

우리 앞에 뻗어 있는 짐승은 그 크기와 힘만으로도 무시무시했다. 순종 블

러드하운드도 아니고 그렇다고 순종 마스티프도 아니었다. 그 둘의 잡종인 듯했다. 비쩍 마르고 흉포하고 암사자만큼 컸다. 심지어 죽어서 꼼짝 않고 있는 지금도 거대한 턱은 시퍼런 불꽃을 내뿜는 것 같았고 안쪽 깊숙이 박힌 맹수 같은 작은 눈에서는 불이 이글거리고 있었다. 은은하게 빛나는 주둥이에 손을 갖다댔다가 들어올리자 어둠 속에서 손가락이 환하게 빛났다.

"인燐이로군." 내가 말했다.

"아주 교묘한 솜씨였어." 홈스가 죽은 짐승의 냄새를 맡으며 말했다. "후각을 방해할 만한 것은 묻히지 않았어. 헨리 경, 이렇게 끔찍한 일을 겪게 해 정말 죄송합니다. 저도 사냥개에는 대비하고 있었지만 이렇게 무시무시한 놈일 줄은 상상도 못했습니다. 게다가 안개 탓에 미처 대비할 틈이 없었습니다."

"홈스 씨가 제 목숨을 구했습니다."

"그전에 먼저 위험에 빠트렸지요. 일어서실 수 있겠습니까?"

"브랜디를 한 모금 더 주시면 괜찮을 것 같습니다. 좀 일으켜 세워주시겠어요? 이제 어떻게 할까요?"

"헨리 경은 여기 그대로 계십시오. 오늘밤 더이상의 모험은 안 됩니다. 여기서 기다리시면 이따가 우리 중 한 명이 바스커빌 홀로 모셔다드리겠습니다."

그는 비틀거리며 일어섰다. 하지만 여전히 끔찍하게 창백했고 온몸을 덜덜 떨고 있었다. 우리는 그를 부축해 바위까지 데려갔고 그는 양손에 얼굴을 파묻은 채 부르르 떨며 앉았다.

"일단은 여기에 계십시오. 나머지 일을 해치워야 하는데 일분일초가 중요합니다. 사건은 해결되었고 이제 범인만 잡으면 됩니다."

"그자가 아직 집안에 있을 확률은 천분의 일도 안 돼." 우리가 메리피트 하우스로 재빨리 길을 되짚어가는 동안 홈스가 말을 이었다. "총성을 듣자마자 모든 게 끝났다는 것을 알았을 거야."

"우리가 제법 떨어져 있었고, 또 이 안개에 총소리가 묻혔을지도 몰라."

"사냥개를 다시 불러들이기 위해 뒤따라왔을 거야. 그건 확실해. 아니야, 지금쯤 이미 도망쳤을 거야. 하지만 집안을 수색해서 확인해보는 게 좋겠어."

현관문이 열려 있어서 우리는 서둘러 안으로 들어가 이 방 저 방을 뒤지다, 복도에서 마주친 비실비실한 늙은 하인을 깜짝 놀라게 했다. 식당을 제외하고는 온통 어두웠지만 홈스는 램프를 들고 집안 구석구석을 살폈다. 우리가 쫓고 있는 남자의 흔적은 찾을 수 없었다. 그러나 위층의 침실 문 하나가 잠겨 있었다.

"안에 누가 있어요!" 레스트레이드가 소리쳤다. "움직이는 소리가 들려요. 문 열어!"

안에서 희미한 신음과 부스럭거리는 소리가 들려왔다. 홈스가 구둣발로 자물쇠 바로 윗부분을 차자 문이 활짝 열렸다. 권총을 손에 쥐고 우리 세 사람은 방안으로 뛰어들었다.

그러나 그 안에는 우리가 기대하던 그 필사적으로 반항하는 악당의 흔적은 없었다. 대신 너무도 기이한 뜻밖의 대상과 마주쳐서 우리는 어안이 벙벙한 채 물끄러미 쳐다만 보았다.

그 방은 작은 박물관처럼 꾸며져 있었고 벽에는 유리를 씌운 상자가 줄지어 걸려 있었다. 이 복잡하고 위험한 인간의 취미 생활이었던 나비와 나방의 컬렉션이었다. 이 방 한가운데, 지붕을 가로지르는, 오래되고 벌레 먹은 들보를 지탱하기 위해 나중에 세운 것으로 짐작되는 수직 기둥이 있었다. 이 기둥에 누군가가 묶여 있었는데 시트에 푹 싸인 채 꽁꽁 묶여 있어서 남자인지 여자인지도 분간할 수 없었다. 목을 감은 수건 한 장이 기둥 뒤쪽으로 묶여 있었다. 또다른 수건은 얼굴 아랫부분을 덮고 있었고 그 위로 나온 검은 두 눈동자―비탄과 수치심, 끔찍한 의심으로 가득찬―가 우리를 바라보고 있었다.

우리가 당장 재갈과 결박을 풀자 스테이플턴 부인이 우리 앞 마룻바닥에 축

쓰러졌다. 그녀의 아름다운 머리가 푹 떨구어지며 목에 붉은 채찍 자국이 선명히 드러났다.

"짐승 같은 놈!" 홈스가 소리쳤다. "여기요, 레스트레이드, 브랜디를 가져와요! 여잘 의자에 앉혀요! 학대와 혹사를 당해 기절한 것 같군."

그녀는 눈을 떴다. "그는 무사해요?" 그녀가 물었다. "도망쳤나요?"

"그자는 우리 손에서 빠져나가지 못할 겁니다, 부인."

"아뇨, 남편 말고 헨리 경 말이에요. 그분은 무사하신가요?"

"예."

"사냥개는?"

"죽었습니다."

그녀는 다행스럽다는 긴 안도의 한숨을 내쉬었다. "하느님, 감사합니다! 감사합니다! 오, 이 악당. 그자가 절 어떻게 했는지 보세요!" 그녀는 손목을 걷어 팔뚝을 드러냈고 우리는 온통 멍투성이인 팔을 보고 경악했다. "이건 아무 것도 아니에요! 그자가 고문하고 더럽힌 것은 제 마음과 영혼이에요. 저는 모든 것을 견딜 수 있었어요. 학대, 외로움, 기만으로 점철된 인생까지. 제가 여전히 그의 사랑을 받고 있다는 희망에 매달려 그 모든 것을 참을 수 있었어요. 하지만 알고 보니 저는 이번에도 그에게 속아 이용당해왔던 거예요." 그녀는 말을 하면서 크게 흐느껴 울었다.

"부인은 이제 더이상 그에게 좋은 감정이 없으시죠. 그렇다면 어디로 가야 그를 찾을 수 있는지 말씀해주십시오. 지금까지 그의 악행을 도왔다면 이제는 우리를 도와서 속죄하세요."

"그가 도망칠 데는 딱 한 곳이에요. 그림펜 늪지대 한가운데 있는 섬에 오래된 주석 폐광이 있어요. 그곳이 사냥개를 숨겨둔 장소이자 피신할 수 있도록 대비해둔 곳이지요. 거기로 도망쳤을 거예요."

두터운 안개가 거대한 양털처럼 창문을 휘감고 있었다. 홈스가 그쪽으로 램프를 치켜들었다.

"보이시죠? 오늘밤엔 아무도 그림펜 늪지대로 찾아갈 수 없을 겁니다."

그녀는 웃으며 손뼉을 쳤다. 희열에 찬 그녀의 눈과 이가 하얗게 반짝거렸다.

"들어갈 수 있을지는 몰라도 나오지는 못해요." 그녀가 외쳤다. "오늘밤 어떻게 길잡이 막대기를 볼 수 있겠어요? 우리 둘이서 그것들을 심었어요. 늪지대로 통하는 길을 표시하려고요. 아! 오늘 내가 그것들을 뽑아버릴 수만 있었다면, 그럼 틀림없이 그자를 붙잡을 수 있었겠죠."

안개가 걷히기 전에는 추적해봐야 아무 소용이 없었다. 그사이 우리는 레스트레이드에게 집을 맡기고 준남작과 함께 바스커빌 홀로 돌아갔다. 더이상 그에게 스테이플턴 부부 이야기를 감출 수가 없었다. 그는 자신이 사랑한 여자의 진실에 충격받았지만 꿋꿋하게 이겨냈다. 그러나 그날 밤의 모험으로 신경이 크게 쇠약해진 그는 다음날 아침까지 고열에 시달리고 정신이 혼미해져 모티머 박사의 간호를 받아야 했다. 헨리 경이 그 불길한 영지의 주인이 되기 전처럼 건강과 원기를 회복하면 두 사람은 함께 세계 곳곳을 여행하기로 했다.

이제 이 기이한 이야기도 빠르게 결말로 치닫고 있다. 이 이야기에서 나는 우리의 삶을 오랫동안 어둡게 뒤덮고 결국은 비극으로 끝난 저 어두운 공포와 막연한 억측을 독자들에게 전하려고 애썼다. 사냥개가 죽은 다음날 아침 안개가 걷혔고 우리는 스테이플턴 부인의 안내를 받아 두 사람이 수렁 사이로 통과하는 길을 발견했던 지점까지 갔다. 그녀가 남편의 뒤를 쫓는 우리를 열성적으로 돕는 것을 보고 우리는 이 여인의 삶이 얼마나 끔찍했을지 익히 짐작할 수 있었다. 우리는 넓게 펼쳐진 수렁 안쪽으로 가늘게 뻗어 있는 단단한 토탄질 땅에 그녀를 남겨두고 앞으로 나아갔다. 토탄질 땅 끄트머리부터 여기저기 꽂힌 작고 가는 막대기가, 낯선 이들의 접근을 막는 녹색 버캐가 둥둥 떠 있는 습지와 탁한 수렁 사이로 길을 가리키고 있었다. 길은 수렁의 골풀 덤불 사이로 지그재그를 그렸다. 무성한 갈대와 울창하고 미끌미끌한 수생식물이 우리 얼굴로 썩은 내와 독기를 풍기는 한편, 한두 차례 잘못 내디딘 발걸음은 어둡고 출렁거리는 늪으로 허벅지 깊이까지 빠트렸다. 한걸음씩 내디딜 때마다 발 주변으로 몇 야드 반경까지 부드러운 파문이 일었다. 늪은 걸어가는 우리의 발꿈치를 끈질기게 붙들고 잡아당겼다. 거기에 빠지면 마치 어떤 무자비한 목적을 가진 마수가 저 추악한 나락 속으로 우리를 끌어당기는 듯했다. 집요하고 섬뜩한 손길이었다. 우리보다 앞서 누군가가 그 위험천만한 길을 지나간 흔적은 딱 한 번 발견했다. 황새풀 덤불 한가운데 어떤 검은 것이 진흙탕에 가라앉지 않고 삐어져나와 있었다. 홈스는 길에서 벗어나 그것을 집으려다 허리 깊이까지 잠기고 말았고, 우리가 그를 끌어내주지 않았다면 그는 두 번 다시 땅을 디디지 못했을 것이다. 그는 낡은 검은 구두 한 짝을 들어올렸다. 안쪽에는 '메이어스, 토론토'라는 상호가 찍혀 있었다.

"진흙으로 목욕을 할 만했어." 그가 말했다. "우리 친구 헨리 경이 잃어버린 구두야."

"스테이플턴이 도망치면서 내던졌군."

"그래. 사냥개가 냄새를 맡고 구두 주인을 쫓아가게 한 뒤에도 갖고 있었지. 그는 다 끝났다는 것을 알고 도망칠 때도 여전히 이걸 손에 쥐고 있었어. 도망치다 이 지점에서 내던진 거야. 그러니 적어도 그가 여기까지는 무사히 왔다는 걸 알 수 있지."

그러나 우리는 그의 운명에 대해 그 이상은 알 수 없었다. 물론 짐작할 수 있는 것은 많았다. 진흙이 솟아나와 재빨리 발자국을 지워버리기 때문에 늪지에서 발자국을 찾을 가능성은 없었지만, 늪지를 지나 마침내 더 단단한 땅에 도달했을 때 우리는 모두 열심히 발자국을 찾았다. 그러나 조그만 흔적도 눈에 들어오지 않았다. 만약 흙이 진실을 이야기해준다고 한다면 스테이플턴은 지난밤 안개 속을 헤매다 은신처 섬에 닿지 못한 것이 분명했다. 거대한 그림펜 늪지대 어딘가, 그를 빨아들인 거대하고 악취나는 더러운 수렁 아래에 이 냉혈하고 잔혹한 인간이 영원히 묻혀 있을 것이다.

그가 포악한 공범을 숨겨두었던, 수렁이 둘러싸고 있는 섬에서 우리는 그의 흔적을 많이 찾아냈다. 거대한 구동 바퀴와 쓰레기로 반쯤 찬 수직 갱도는 폐광의 위치를 가리켰다. 그 옆에는 습지의 악취를 피해 떠난 광부들의 다 허물어져가는 오두막집 잔해가 있었다. 그 가운데 하나에 자물쇠와 쇠사슬, 깨끗이 뜯어먹은 다량의 뼈가 그 짐승이 갇혀 있었던 곳을 가리키고 있었다. 갈색 털 뭉치가 붙어 있는 뼈가 잔해 사이에 보였다.

"개야!" 홈스가 말했다. "저런, 털이 곱슬곱슬한 스패니얼이야. 가엾은 모티머 박사는 귀여운 강아지를 다시는 못 보겠군. 이곳에 더이상 우리가 알아내지 못한 비밀은 없는 것 같군. 여기에 사냥개를 숨길 수는 있지만 그놈이 짖지 못하게 할 수는 없지. 그래서 대낮에도 그 듣기 괴로운 울부짖음이 들려왔던 거야. 급할 때는 메리피트 하우스의 별채에 숨겨둘 수도 있었지만 그건 발각될 위험이 있으니, 자신의 모든 노력이 끝나는 날이라고 생각한 그 마지막 날에만 대담하게 그렇게 한 거야. 이 깡통 속에 든 반죽은 물론 그 녀석에게 바른 발광 물질이네. 그야 물론 지옥의 사냥개라는 가문의 전설을 듣고 떠올렸을 텐데, 늙은 찰스 경을 겁에 질려 죽게 하려는 의도였겠지. 그런 괴물이 황무지의 어둠 속에서 뒤쫓아오는 것을 본 그 탈옥수가 우리 친구 헨리 경처럼 비명을 지르며 달아난 것도 당연해. 아마 우리도 마찬가지였을 거야. 희생자를 죽음으로 몰아넣는 것 말고도 여러모로 교묘한 장치였어. 실제로 많은 농부들이 목격하기도 했지만, 설사 황무지에서 그런 괴물을 본다 해도 누가 감히 가까이 가서 살펴볼 마음을 먹을 수 있었겠나? 런던에서도 한 말을 여기서 되풀이하지만, 왓슨, 우리가 지금까지 추적한 자들 가운데 저기 누워 있는 인간보다 더 위험한 인간은 없었네." 홈스는 긴 팔을 들어 녹색 수초가 점점

이 떠 있는 광활한 늪지 쪽을 가리켰다. 쭉 펼쳐진 늪지는 어느새 황무지의 적갈색 산비탈로 이어지고 있었다.

15장
회고

 11월 말이었다. 안개가 낀 으슬으슬한 밤, 홈스와 나는 베이커가 거실의 난롯가에 마주앉아 있었다. 우리의 데번셔 방문이 비극적 결말을 맺은 후 홈스는 중대한 사건 두 건을 맡았었다. 첫번째 사건은 그가 농파레유 클럽의 유명한 카드 스캔들과 관련해 업우드 대령의 만행을 폭로한 일이었고, 두번째 사건은 의붓딸 카레르 양의 죽음과 관련해 살인 혐의를 받은 불운한 몽팡시에 부인의 누명을 벗겨준 일이었는데, 독자들도 기억하시겠지만 후자의 사건에서 그 젊은 숙녀분은 결혼해 뉴욕에서 살고 있는 것이 반년 후에 드러났다. 내 친구는 잇따라 일어난 어렵고도 중요한 사건을 성공적으로 해결해 기분이 썩 좋았기 때문에 나는 그를 구슬려 바스커빌 사건의 자세한 내막을 들을 수 있었다. 홈스는 사건들이 서로 겹치는 것을 싫어했고 또 그의 명료하고 논리적인 정신은 현재 맡은 일에서 벗어나 과거의 기억에 머물지 않는다는 것을 잘 알기에 나는 참을성 있게 기회를 엿보고 있었다. 마침 헨리 경과 모티머 박사가 헨리 경의 쇠약해진 신경을 추스르기 위해 함께 여행을 떠나고자 런던에 왔고, 그날 오후 두 사람이 우리를 방문했기 때문에 나는 자연스럽게 그 이야기를 꺼낼 수 있었다.
 "사건의 자초지종은 자칭 스테이플턴이란 자의 입장에서 본다면 단순하고 명백했어. 물론 처음에 그 동기를 알 길이 없고 사실의 일부만을 알 수 있었던 우리에게는 모든 게 지극히 복잡해 보였지만 말이야. 나는 스테이플턴 부인과 두 차례 대화를 나눌 기회가 있었어. 덕분에 사건은 깨끗이 정리되었고 의문스러운 구석은 더이상 남아 있지 않네. 이 사건에 관해서는 내 사건 목록의 B 항목에서 몇몇 메모를 발견할 수 있을 거야."

"그렇지만 기억을 더듬어 사건의 자초지종을 대강 얘기해줄 수는 없겠나?"

"물론 해줄 수 있지. 관련 사실들을 모조리 기억하고 있다고 장담은 못하겠지만 말이야. 고도의 정신 집중은 이미 지나가버린 일을 기억에서 지워버리는 신기한 구석이 있어. 맡은 사건을 속속들이 알고 있고 그 사건에 대해 전문가와 논쟁할 수 있는 변호사도 법정에서 1, 2주를 보내고 나면 머릿속에서 그 기억들이 싹 지워지곤 하지. 마찬가지로 내 사건들도 바로 앞에 일어난 사건들을 차례차례 몰아내버린다네. 카레르 양의 사건이 바스커빌 홀에 대한 기억을 흐릿하게 만들어버렸단 말이지. 내일 다른 작은 문제가 내 앞에 나타난다면 역시 그 아름다운 프랑스 숙녀와 악명이 자자한 업우드를 머릿속에서 몰아내버릴 거야. 그러나 그 사냥개 사건에 한해서는 최대한 자네에게 사건의 경과를 설명해주겠네. 혹시 내가 놓치고 지나가는 것이 있으면 언제든 말해줘.

조사해보니, 확실히 가족 초상화는 거짓말을 하지 않았어. 스테이플턴은 분명히 바스커빌가 사람이야. 그는 로저 바스커빌, 그러니까 평판이 추락하여 남아메리카로 달아났다가 거기서 결혼하지 않고 죽었다는 찰스 경의 동생의 아들이었어. 사실 로저 바스커빌은 결혼을 해서 자식 하나를 두었는데 실명은 아버지의 이름과 동일한 바로 그자였지. 그는 코스타리카 출신의 미인 베릴 가르시아와 결혼했고 상당한 액수의 공금을 빼돌린 다음 이름을 반들러로 바꾸고 영국으로 도망쳐 와서 요크셔 동부에 학교를 세웠어. 그가 교육 사업을 시도한 건 본국으로 돌아오는 길에 결핵에 걸린 한 선생을 우연히 만난 덕분이었어. 그자는 그 선생의 능력을 이용해 성공적으로 사업을 벌일 수 있었지.

하지만 프레이저라는 그 교사가 죽어버리자 순조롭게 시작했던 학교는 평판이 점점 나빠져 결국 재기불능이 되어버렸네. 반들러 부부는 스테이플턴으로 이름을 고치고 장차 어떻게 할지 계획을 세운 다음 남은 재산을 챙겨 영국 남부로 갔어. 물론 그때도 곤충학에 대한 취미는 여전했지. 나는 영국박물관에서 그가 곤충학 분야의 저명한 권위자라는 사실과 요크셔 시절에 기술한 나방 종에 반들러라는 이름이 영구적으로 붙여졌다는 사실도 알게 되었네.

이제 그의 인생 중 우리가 지대한 관심을 갖는 지점에 이르렀어. 그자는 조사를 해서, 자신과 그 막대한 재산 사이에는 오직 두 사람만 끼어 있다는 사실을 알아낸 게 틀림없네. 처음에 데번셔에 왔을 때 그의 계획은 아주 막연했겠지만, 자신의 아내를 여동생으로 속여 데리고 온 사실을 보면 그가 처음부터 못된 짓을 꾸미고 있었던 것은 분명해. 구체적인 음모를 짜지는 못했다 해도 그녀를 미끼로 이용할 생각이 처음부터 있었던 거지. 종국적으로 그는 재산을 차지할 생각이었고 그 목적을 위해 어떤 수단이든 이용하고 어떤 위험이든 무릅쓸 각오가 되어 있었던 거야. 그가 처음으로 한 일은 조상들이 살던 집에 최대한 가까이 자리잡는 것이었고, 두번째는 찰스 경을 비롯해 다른 이웃들과 친분을 쌓는 것이었지.

준남작 자신이 그에게 가문의 사냥개 전설을 이야기해줬고 그렇게 해서 자신을 죽음으로 이끈 길을 닦은 셈이지. 스테이플턴은—앞으로도 계속 이 이름으로 부르겠네—그 노인이 심장이 약해서 충격을 받으면 죽을 수 있다는 것을 알았어. 모티머 박사로부터 그런 이야기를 들은 거지. 찰스 경이 미신에 사로잡혀 있고 이 무시무시한 전설을 매우 심각하게 받아들인다는 이야기도 들었어. 그의 교활한 마음에 준남작을 죽일 수 있지만 살인범의 유죄를 입증하기는 거의 불가능한 방법이 곧장 떠오른 거지.

발상이 떠오르자 그는 놀랄 만큼 교묘하게 실행해나갔어. 보통의 음모자라면 흉포한 사냥개를 이용하는 데 만족했을 거야. 그 짐승을 악마처럼 보이게 하려고 인위적 수단을 쓰는 것은 그만의 천재적 감각이었지. 그는 런던 풀럼 로드에 있는 로스 앤드 맹글스 가게에서 개를 샀어. 그 가게에 있던 가장 사납고 힘센 놈이었지. 그는 노스 데번 열차를 이용한 다음, 황무지를 가로질러 먼 거리를 걸어서 다른 사람들의 눈에 띄지 않게 개를 집으로 데려왔어. 이미 곤충을 채집하러 다니며 그림펜 늪지대를 드나들 줄 알아서 그 녀석의 안전한 은신처도 찾아냈지. 그 은신처에서 개를 개집에 가두어 두고 때를 기다렸어.

그러나 기회가 오기까지는 다소 시간이 걸렸어. 노신사를 밤에 그의 근거지 밖으로 유인해낼 수 있어야 말이지. 스테이플턴은 사냥개를 데리고 여러 차례 근처를 어슬렁거렸지만 소용이 없었지. 그, 아니 그보다는 그의 동료가 농부들에게 목격되어 악마 개의 전설이 새롭게 굳어지게 된 것도 아무 성과가 없던 그때였네. 그는 아내가 찰스 경을 꾀어내 파멸로 이끌기를 기대했는데, 여기서 뜻밖에도 아내가 말을 듣지 않았어. 그녀는 노신사를 애정 관계로 꾀어 그의 적에게 고스란히 갖다 바치려 하지 않았어. 위협과 심지어—이런 말 하긴 유감이지만—구타도 소용이 없었지. 그녀는 이 일에 절대 개입하려 하지 않았고 한동안 스테이플턴은 막다른 길에 부닥쳤어.

결국 그는 찰스 경이 자신을 친구로 생각하고, 그 불행한 여자 로라 라이언스 부인에게 베푸는 자선의 대리인으로 삼은 것을 기회로 궁지에서 빠져나갈 길을 찾아냈네. 그는 독신남 행세로 그녀를 좌지우지하게 됐고 남편과 이혼하면 결혼하겠다고 했지. 그의 계획은 찰스 경이 모티머 박사의 권고로 바스커빌 홀을 떠날 예정이라는 사실을 알게 되자 갑작스레 위기로 치달았지. 물론 겉으로는 모티머 박사와 뜻을 같이하는 척했을 거야. 그는 즉시 행동해야 했어. 그러지 않으면 제물이 자신의 힘이 미치지 않는 데로 빠져나갈지도 모르니까. 그는 라이언스 부인을 압박해 그 편지, 즉 그 노인이 런던으로 떠나기 전날 저녁에 만나달라고 사정하는 편지를 쓰게 했어. 그런 다음 그럴듯한 구실을 대서 그녀가 약속 장소에 가는 것을 막고 자신이 그토록 원해온 기회를 얻었지.

저녁에 쿰트레이시에서 마차를 타고 돌아오자마자 그는 사냥개를 꺼내 와 지옥의 악마처럼 보이게 할 그 물질을 바른 후 노신사가 기다리고 있을 쪽문으로 데리고 갔지. 주인이 부추기자 개는 쪽문을 뛰어넘어 그 불운한 준남작을 뒤쫓았고 준남작은 비명을 지르며 주목 오솔길을 따라 도망쳤어. 그 음산한 터널 같은 산책로에서 불길을 내뿜는 턱과 이글거리는 눈의 거대한 검은 괴물이 희생자를 쫓아 달려가는 모습은 끔찍한 광경이었을 거야. 준남작은 오솔길 끝에서 심장병과 공포로 쓰러져 죽었지. 준남작이 길을 따라 도망치는 동안 사냥개는 길 가장자리의 풀이 난 데로만 달렸기 때문에 준남작의 발자국 말고는 아무런 흔적도 남지 않았어. 그가 가만히 쓰러져 있는 것을 보자마자 그놈은 냄새를 맡기 위해 가까이 다가갔겠지만 죽은 것을 발견하고 돌아서 가 버렸지. 바로 그때 모티머 박사가 실제로 관찰한 그 발자국을 남긴 거야. 스테이플턴은 사냥개를 불러들여 그림펜 늪지대의 우리에 서둘러 집어넣었고 미스터리만이 남아 수사 당국을 당혹시키고, 그 고장을 불안에 떨게 하고, 마침내는 우리에게까지 사건이 오게 했지.

찰스 바스커빌 경의 죽음은 이 정도로 설명이 되네. 자네도 얼마나 악마같이 교활한 수법이었는지 알겠지. 진짜 살인범이 드러나는 건 거의 불가능했을 테니까 말이야. 그의 유일한 공범은 절대 그를 누설할 수 없었고, 기괴하고 기상천외한 수법은 범행을 더욱 효과적으로 만들었지. 사건에 연루된 두 여인, 즉 스테이플턴 부인과 로라 라이언스 부인은 스테이플턴에게 강한 의심을 품게 되었어. 스테이플턴 부인은 그가 그 노인에게 흉계를 꾸미고 있었다는 것과 사냥개의 존재를 알고 있었어. 라이언스 부인은 그 두 가지 사실 다 몰랐지만 찰스 경이 죽은 시각이 취소되지 않은 약속 시각이었다는 사실을 놓치지 않았고 그 약속은 스테이플턴만이 알고 있었지. 그러나 두 사람 모두 그의 영향력 아래 있었고 그는 두려워할 게 없었지. 그의 과제의 절반은 성공했지만 더 어려운 과제가 아직 남아 있었어.

스테이플턴이 캐나다에 있는 상속인의 존재를 몰랐을 가능성도 있어. 어쨌거나 그는 친구인 모티머 박사로부터 곧 그 사실을 들었을 테고 또 헨리 바스커빌의 도착과 관련한 세부 사항에 대해 모조리 들었지. 처음에 스테이플턴은 캐나다에서 온 이 낯선 젊은이를 데번셔에 내려오기 전에 런던에서 해치울 수도 있겠다 생각했어. 그는 아내가 노인을 잡을 덫을 놓는 데 자신을 돕지 않은 후부터 아내를 믿지 않았고, 또 그녀에 대한 지배력을 잃을까봐 두려워 그녀가 자신의 시야에서 오래 벗어나게 할 수 없었지. 그가 그녀를 런던까지 데려온 건 그래서였어. 알고 보니 그들은 크레이븐가 멕스버러 프라이빗 호텔에 묵었는데, 거긴 실제로 내가 증거를 찾기 위해 카트라이트를 가보게 한 호텔 가운데 하나야. 여기서 그는 아내를 방에 가둬두고 자신은 수염으로 변장한 채 모티머 박사를 베이커가까지 미행하고 그후에는 기차역과 노섬벌랜드 호텔까지 미행했어. 아내는 그의 계획을 어렴풋이 알고 있었지. 그렇지만 남편을 몹시도 두려워하고 있어서―잔혹한 학대를 받고 있었기 때문이지―헨리 경이 위험에 빠져 있다는 것을 알면서도 그에게 경고의 편지를 쓸 용기가 나지 않았어. 만약 그 편지가 스테이플턴의 수중에 들어가게 되면 그녀 자신의 목숨도 무사하지 못할 테니까. 결국에는 우리가 알다시피 그녀는 신문의 활자를 잘라내는 임기응변으로 메시지를 작성하고 필체를 위장해 주소를 썼지. 그 편지는 준남작에게 도달해 그가 처한 위험을 처음으로 경고했어.

스테이플턴에게는 헨리 경의 의복을 손에 넣는 것이 무엇보다 중요했어. 개를 이용할 경우, 개가 언제든 냄새를 맡고 쫓아갈 수 있어야 하니까. 신속하고 대범한 그답게 그는 의복을 손에 넣는 일에 즉시 착수했고 틀림없이 구두닦이나 객실 담당 하녀가 뇌물을 받고 그의 흉계를 도왔을 거야. 그러나 공교롭게도 처음에 입수한 구두는 새것이었고 따라서 쓸모가 없었지. 그래서 그는 새것을 돌려보내고 또다른 구두를 손에 넣었어. 이것이 내게는 가장 의미 있는 사건이었어. 우리가 진짜 사냥개를 상대하고 있다는 심증을 결정적으로 굳혔으니까. 다른 어떤 가정도 어떻게든 헌 구두를 손에 넣으려 하고 새 구두는 거들떠보지도 않는 상황을 설명할 수는 없지. 어떤 사소한 사건이 특이하고 기괴할수록 더 유심히 조사할 필요가 있고, 사건을 복잡하게 꼬는 것처럼 보이는 바로 그 지점을 잘 검토해서 과학적으로 다룬다면 사건을 규명할 공산이 가장 큰 법이야.

다음날 아침 이곳을 찾아온 우리 친구들은 마차에 탄 스테이플턴에게 줄곧 미행을 당하고 있었어. 우리집이나 내 외모를 잘 알고 있었던 것이나 그의 전반적인 행동을 볼 때 스테이플턴의 범죄 경력이 결코 이 바스커빌 사건 하나에만 국한되지 않을 것 같네. 지난 삼 년 동안 서부 지방에 네 건의 중대 강도 사건이 있었는데 범인은 일절 붙잡히지 않았어. 이 가운데 5월에 발생한 포크스톤 저택 사건은 복면을 쓴 일인 강도가 침입한 것을 들키자 하인을 눈 하나 깜짝 않고 총으로 쏜 범인의 냉혹성 때문에 특히 주목을 끌었어. 지난 몇 년간 스테이플턴은 바닥나는 돈을 틀림없이 이런 방식으로 조달하고 있었을 거고 수단과 방법을 가리지 않는 위험인물이었을 거야.

스테이플턴이 우리를 멋지게 따돌린 그날 아침, 우린 그의 뛰어난 임기응변을 제대로 체험했지. 또 마부의 입을 통해 내 이름을 되돌려보낸 것에서 보다시피 그가 얼마나 대담무쌍한 자인지도 실감했고. 그때 런던에서 그는 내가 사건을 맡았다는 사실을 알게 됐어. 그래서 거기서는 더이상 자신에게 기회가 없다는 것을 깨닫고 다트무어로 돌아가 준남작이 도착하길 기다렸어."

"잠깐만! 지금까지 자네가 설명한 사건 전개는 정확해. 하지만 한 가지 중요한 점을 빠트렸어. 주인이 런던에 있는 동안 사냥개는 어떻게 된 거지?"

"그 문제에 대해서 나도 깊이 생각해봤는데 그건 확실히 중요한 문제가 맞아. 스테이플턴한테 믿을 만한 부하가 있었다는 데는 의심의 여지가 없어. 물론 자신의 계획을 모두 털어놓아 그에게 덜미를 잡히는 짓은 하지 않았을 성

싶지만. 메리피트 하우스에는 앤서니라는 늙은 하인이 있었지. 그와 스테이플턴 부부의 관계는 여러 해 전 스테이플턴의 학교 교장 시절로까지 거슬러올라가니 그는 두 사람이 실제로는 부부 사이라는 것을 틀림없이 알았을 거야. 그자는 모습을 감추고 외국으로 달아났어. 앤서니는 영국에서 흔한 이름이 아닌 반면 안토니오는 스페인과 중남미에서는 흔한 이름이라는 사실을 생각해봐. 그는 스테이플턴 부인처럼 훌륭한 영어를 구사했지만 묘하게 혀짤배기소리를 냈어. 게다가 이 늙은이가 스테이플턴이 표시해둔 길로 그림펜 늪지대를 건너가는 것을 내 눈으로 본 적이 있어. 따라서 주인이 없을 때 사냥개를 돌본 사람은 그 하인일 가능성이 아주 크지. 물론 그가 그 짐승의 쓰임새에 대해서는 몰랐을 수도 있겠지만.

　스테이플턴 부부는 데번셔로 내려왔고 헨리 경과 자네가 곧 뒤따라왔지. 그럼 그 시점에 내 상황은 어땠는지 여기서 잠시 설명할게. 어쩌면 자네도 기억날 거야. 활자를 풀로 붙인 종이를 검사할 때 내가 워터마크를 아주 자세히 봤다는 것을. 그때 종이를 눈앞에 바짝 갖다댔다가 하얀 재스민으로 알려진 향기를 희미하게 맡았어. 향수는 칠십오 종이 있는데 범죄 전문가라면 그 정도는 분간할 줄 알아야 해. 나도 향수를 신속하게 분간해 사건 해결의 실마리를 얻은 적이 한두 번이 아니야. 향기는 여인의 존재를 암시했고 그때부터 벌써 내 생각은 스테이플턴 부부를 향하기 시작했어. 결국 우리가 서부 지방으로 가기 전부터 이미 사냥개의 존재를 확신하고 범인을 짐작했던 셈이야.

　나의 계획은 스테이플턴을 감시하는 것이었어. 그러나 내가 자네와 함께 있다면 그가 철저히 경계할 테니 그럴 수 없었지. 따라서 나는 자네를 포함해 모두를 속이고, 모두가 내가 런던에 있다고 생각할 때 몰래 내려갔지. 자네가 생각하는 만큼 그렇게 고생하지는 않았어. 하긴 그런 자잘한 것들 때문에 수사가 방해를 받아서도 안 되고. 나는 대부분 쿰트레이시에 머무르며 사건 현장에 가까이 있어야 할 때만 황무지의 돌집을 이용했어. 카트라이트도 데려와 시골 소년으로 위장시켜 큰 도움을 얻었네. 그애는 내게 음식과 깨끗한 옷가지를 조달해주었지. 내가 스테이플턴을 감시하고 있을 때 카트라이트는 주로 자넬 감시하고 있어서 나는 언제나 모든 상황을 놓치지 않을 수 있었어.

자네의 보고가 베이커가에서 쿰트레이시로 즉시 전달되어 신속히 받아볼 수 있었다는 것은 전에도 얘기했지? 자네의 보고는 내게 큰 도움이 되었고 우연히 알게 된 스테이플턴의 진짜 인생사 한 토막이 특히 도움이 됐지. 그래서 그 두 사람의 신원을 확인하고 마침내 진상까지 파악할 수 있었던 거야. 사건은 탈옥수와 배리모어 부부의 관계로 상당히 꼬였지. 하지만 그 문제는 자네가 아주 훌륭하게 해결했네. 물론 내 나름의 조사로 같은 결론을 도출한 후였지만 말이야.

황무지에서 자네한테 발각되었을 즈음에 나는 진상을 낱낱이 파악하고 있었지만 배심원에게 가져갈 만한 증거는 아직 없었어. 심지어 그날 밤 헨리 경을 노렸지만 불운한 탈옥수의 죽음으로 끝난 스테이플턴의 시도도 우리 용의자의 혐의를 입증하는 데는 별 도움이 되지 못했지. 그를 현행범으로 붙잡는 것 외에 다른 대안이 없는 것 같았고 그러기 위해서 우리는 헨리 경을 아무런 보호도 받지 못하고 홀로 있는 것처럼 보이게 만들어 미끼로 삼아야 했지. 그 대가로 우리는 의뢰인에게 격심한 충격을 안겼지만 사건을 매듭짓고 스테이플턴을 파멸로 몰아넣는 데 성공했지. 헨리 경이 그런 충격을 받게 한 것은 솔직히 말해서 내가 비난받아야 할 지점이지만, 우리는 그 짐승이 사람을 꼼짝 못하게 만드는 그런 무시무시한 광경을 연출하리라고 예견할 도리가 없었고, 또 안개 탓에 우리가 대비할 새도 없이 그놈이 불쑥 뛰쳐나오리라고 예측할 수도 없었네. 목적을 달성하기 위해 희생을 치르긴 했지만, 전문가와 모티머 박사의 말에 따르면 헨리 경의 충격이 오래가지는 않을 것이라고 하니 안심이 돼. 장기간 여행을 하고 나면 우리 친구는 신경뿐만 아니라 마음에 입은 상처도 나을 거야. 헨리 경은 그 여인을 진심으로 열렬히 사랑했으니 이 모든 음모가운데에서도 그가 가장 가슴 아픈 부분은 그녀가 자신을 속였다는 것이지.

 이제 남은 것은 사건 전반에서 그녀가 한 역할이야. 그녀는 스테이플턴한테 철저히 지배당하고 있었는데 그를 사랑해서였을 수도 있고 아니면 그를 두려워해서였을 수도 있어. 이 두 가지는 공존할 수도 있는 감정이니 둘 다일 가능성이 크지. 어쨌든 그의 지배력은 절대적으로 유효했어. 그가 명령한 대로 그녀는 여동생으로 행세했지. 물론 스테이플턴이 그녀를 살인의 직접적인 종범으로 만들려고 하자 그의 영향력에도 한계가 있음이 드러나기는 했지만. 그녀는 남편을 엮이게 하지 않는 한에서 헨리 경에게 위험을 경고할 작정이었고 실제로 몇 차례 시도를 했지. 그런데 스테이플턴도 질투라는 걸 느꼈던 것 같아. 실제로 준남작이 그녀에게 구애하자 그것이 자기 계획의 일부였는데도 갑자기 끼어들어 난리를 피우고 말았지. 그때까지 침착한 태도로 교묘히 감춰온 불같은 성질이 터져나온 거야. 원래 그는 두 사람 사이가 가까워지도록 조장해 헨리 경이 메리피트 하우스에 들락거리게 되면 조만간 자신이 바라던 기회가 생길 거라 굳게 믿고 있었지. 하지만 결정적인 그날에 아내가 갑자기 등을 돌렸어. 그녀는 탈옥수의 죽음에 대해 뭔가 눈치를 챘고, 헨리 경이 저녁을 먹으러 오는 저녁에 사냥개가 별채에 숨겨져 있다는 것도 알게 되었어. 그녀는 남편이 범죄를 꾸미고 있다고 힐난해 결국 두 사람은 심하게 다퉜어. 그때 그는 처음으로 자기한테 딴 여자가 있다는 것을 밝혔어. 그녀의 충절은 순식간에 지독한 증오로 바뀌었고 그는 그녀가 자신을 배반하리란 걸 알았어. 그래서 헨리 경에게 경고하지 못하도록 아내를 묶어놓은 거지. 아마 그는 그 고장 사람들이 전부 준남작의 죽음을 가문의 저주 탓으로 돌리면—틀림없이 그랬을 거야—아내가 마음을 되돌려서 이미 벌어진 일들을 받아들이고 알고 있는 사실에 대해 침묵하기를 기대했을 거야. 내 생각에, 그는 여기서 계산을 잘못했어. 우리가 아니었더라도 그의 파멸은 정해진 수순이었을 거야. 스페인의 피가 흐르는 여자는 그런 상처를 쉽게 용서하지 않아. 그럼, 왓슨, 메모해둔 내용을 참고하지 않고는 이 기묘한 사건을 이보다 더 자세히는 설명 못하겠군. 그래도 사건의 본질적 부분은 빠트리지 않고 설명한 것 같네."

"아무리 그래도 늙은 백부처럼 헨리 경이 유령 사냥개를 보고 겁에 질려 죽기를 바랄 수는 없었을 텐데."

"그놈은 포악한데다 굶주려 있었어. 그놈의 외양에 겁에 질려 죽지 않는대도 적어도 정신이 달아나 제대로 저항하지 못했을 거야."

"과연 그렇군. 그렇다면 이제 난관이 딱 하나 남아 있어. 만약 스테이플턴이 재산을 물려받게 되었다면, 상속자인 자신이 그동안 다른 이름으로 정체를 밝히지 않고 그렇게 가까이에서 살아왔다는 사실을 어떻게 설명할 수 있었을까? 의심이나 수사를 받지 않고 상속권을 주장할 수 있었을까?"

"그건 만만찮게 어려운 문제야. 안타깝지만 자넨 내게 너무 많은 것을 해결하기를 기대하는군. 과거와 현재는 내가 파악할 수 있는 영역이지만 사람이 미래에 무엇을 할지는 답하기 어려워. 스테이플턴 부인은 남편이 그 문제를 여러 차례 따져보는 것을 들었어. 여기에는 세 가지 방법이 가능해. 첫째, 남미에서 상속권을 주장하고 그곳의 영국 정부 당국자들 앞에서 자신의 신원을 증명함으로써 영국에 아예 건너오지 않고 재산을 손에 넣는 거지. 아니면 잠시 런던에 있어야 할 짧은 기간 동안 정교한 변장을 하는 방법도 있어. 그도 아니면 공범을 구해 각종 서류와 증거를 구비시켜 상속인으로 내세운 다음에 그의 재산 가운데 일부를 차지하는 거야. 우리가 아는 그자라면 틀림없이 그 어려움도 빠져나갈 길을 찾았을 거야. 자, 왓슨, 우린 몇 주 동안 힘들게 일했으니 하루 저녁 정도는 유쾌하게 보내도 되겠지? 〈위그노 교도〉의 특별석 표가 있어. 자네, 드 레스케 형제가 노래하는 거 들어본 적 있나? 그럼, 반시간 안으로 준비해서 가는 길에 마르치니에 들러 간단하게 저녁을 들 수 있겠지?"

아서 코넌 도일 연보

1859년	5월 22일 스코틀랜드 에든버러의 피카르디 플레이스에서 아일랜드계 가톨릭교도였던 부모 찰스 도일과 메리 도일의 열 자녀 중 둘째로 태어남. 타고난 이야기꾼이었던 어머니 덕분에 어릴 적부터 낭만적인 모험담과 이야기에 매력을 느낌.
1870년	부유한 친척들의 도움으로 잉글랜드 랭커셔의 호더 예비학교를 졸업하고 랭커셔를 대표하는 예수회 신학교 스토니허스트에 입학.
1875년	오스트리아 펠트키르히의 예수회 신학대학교 입학.
1876년	에든버러대학교에서 의학 전공. 에든버러대학교의 교수이자 에든버러병원의 외과의사인 조지프 벨의 조수로 일했으며, 그 당시 배운 벨 교수의 환자 진단법인 관찰과 추론을 반복하는 과정을 훗날 셜록 홈스의 과학적 추리 기법에 반영함.
1878년	셰필드의 의사 리처드슨 박사의 조수가 됨. 처음으로 런던을 방문해 마이다 베일의 친척 집에서 지냄. 소설 『존 스미스 이야기 *The Narrative of John Smith*』를 집필하나, 직장에서 원고를 분실한 후 영원히 찾지 못함. 슈롭셔 및 버밍엄의 여러 병원에서 조수로 일함.
1879년	에든버러의 주간지 〈체임버스 저널〉에 첫 작품 「사삿사 계곡의 미스터리 *The Mystery of Sasassa Valley*」 발표.
1880년	그린란드 포경선 희망호에서 선의船醫로 근무.
1881년	의학학사로 에든버러대학교 졸업 후 서아프리카 화물선 마윰바호의 선의로 근무.

1882년	동창이었던 조지 버드 박사와 함께 개원했다가 포츠머스 근교 사우스시에서 단독 개원.
1884년	잡지 〈콘힐〉에 대서양에서 버려진 채 발견된 메리 셀레스트호를 소재로 한 단편소설 「J. 하바쿡 젭슨의 증언 J. Habakuk Jephson's Statement」을 발표. 당시 많은 사람들이 실제 사건으로 오해함.
1885년	루이자 호킨스와 결혼. 매독에 관한 논문으로 에든버러대학교에서 박사학위 받음.
1886년	셜록 홈스와 왓슨 박사가 등장하는 첫 소설 『주홍색 연구 A Study in Scarlet』를 썼으나 여러 곳에서 출판을 거절당함.
1887년	〈비턴의 크리스마스 연감〉에 『주홍색 연구』 발표.
1889년	장녀 메리 루이즈 출생. 첫 역사소설인 『마이카 클라크 Micah Clarke』 출간. 리핀콧 잡지사 관계자와 만난 자리에서 소설(훗날 『네 사람의 서명 The Sign of Four』)을 써달라는 의뢰를 받음.
1890년	미국 월간지 〈리핀콧〉에 두번째 장편 『네 사람의 서명』 발표. 자전적 소설 『거들스톤 회사 The Firm of Girdlestone』 출간. 오스트리아 빈에서 안과 전문의 과정을 밟음.
1891년	메릴본에 안과병원을 개업. 〈스트랜드 매거진〉에 초기 셜록 홈스 단편소설 여섯 편 발표. 런던 남동부 노우드로 이사 후 장편소설 『화이트 컴퍼니 The White Company』 출간.
1892년	단편집 『셜록 홈스의 모험 The Adventures of Sherlock Holmes』 출간. 아들 킹슬리 출생.
1893년	아내 루이자가 결핵에 걸림. 〈스트랜드 매거진〉에 셜록 홈스 단편 여러 편 발표, 이후 『셜록 홈스의 회상록 The Memoirs of Sherlock Holmes』으로 출간. 그중 「마지막 문제 The Final Problem」에서 셜록 홈스가 라이헨바흐 폭포에서 떨어져 죽음. 같은 해 아버지 찰스 사망. 소설 『도망자 The Refugees』 출간.
1894년	동생 이네스와 함께 미국 강연 여행을 성공적으로 마침. 의학소설집 『홍등을 돌아서 Round the Red Lamp』 출간.
1896년	『로드니 스톤 Rodney Stone』과 『제라르 준장의 공적 The Exploits

	of Brigadier Gerard』 출간. 여름, 홈스 이야기 「운동장 바자회 The Field Bazaar」를 에든버러대학교 학생 잡지에 공개. 서리의 힌드헤드로 이사.
1897년	『버낙 아저씨 Uncle Bernac』 출간. 진 레키를 만나 사랑에 빠짐.
1898년	『코로스코호의 비극 The Tragedy of the Korosko』과 『몸짓의 노래 Songs of Action』 출간.
1900년	보어전쟁중 남아프리카공화국측 군의관으로 자원하여 복무. 이때의 경험을 바탕으로 논픽션 『위대한 보어전쟁 The Great Boer War』 출간. 에든버러 선거구에서 자유통일당 후보로 출마했으나 낙선함.
1901년	〈스트랜드 매거진〉에 『바스커빌가의 사냥개 The Hound of the Baskervilles』 연재 시작.
1902년	『남아프리카 전쟁의 원인과 수행 The War in South Africa: Its Cause and Conduct』을 출간하여 영국의 대의를 공표한 공로를 인정받아 에드워드 7세가 기사작위를 수여함. 『바스커빌가의 사냥개』 출간.
1903년	『제라르의 모험 Adventures of Gerard』 출간. 〈스트랜드 매거진〉에 실린 단편 「빈집의 모험 The Adventure of the Empty House」을 시작으로 '셜록 홈스의 귀환' 시리즈가 시작됨.
1905년	홈스가 등장한 단편을 모아서 『셜록 홈스의 귀환 The Return of Sherlock Holmes』 출간.
1906년	스코틀랜드 보더스주 하윅의 지방의회 선거에 자유통일당 후보로 출마했으나 낙선. 『화이트 컴퍼니』의 후속작 『나이젤 경 Sir Nigel』 출간. 아내 루이자 사망.
1907년	진 레키와 결혼. 『마법의 문을 지나 Through the Magic Door』 출간.
1908년	『화롯가 이야기 Round the Fire Stories』 출간. 서식스의 크로버러로 이사. 새로운 홈스 단편 「존 스콧 에클스 경의 이상한 모험 The Singular Experience of Mr John Scott Eccles」(이후 「위스테리아 로지의 비밀 The Adventure of Wisteria Lodge」로 작품명 변경)을

	〈스트랜드 매거진〉에 발표.
1909년	저널리스트 E. D. 머렐과 함께 벨기에령 콩고의 학정에 맞서는 운동을 전개하며 논픽션 『콩고의 범죄 The Crime of the Congo』 발표. 이후 머렐은 『잃어버린 세계 The Lost World』에 등장하는 에드 멀론의 원형이 됨. 아들 데니스 출생.
1910년	딸 에이드리언 출생. 단편 「얼룩 띠의 모험 The Speckled Band」이 연극으로 상영됨. 홈스 단편 「악마의 발 The Devil's Foot」을 〈스트랜드 매거진〉에 발표.
1911년	홈스 단편 「레드 서클 The Red Circle」과 「레이디 프랜시스 카팩스 실종 사건 The Disappearance of Lady Frances Carfax」을 〈스트랜드 매거진〉에 발표. 아일랜드의 인권운동가 로저 케이스먼트 경의 영향으로 아일랜드 독립을 찬성하게 됨. 이후 『잃어버린 세계』에 케이스먼트 경에게 영향을 받은 존 록스턴 경이라는 인물을 등장시킴.
1912년	과학소설 『잃어버린 세계』를 〈스트랜드 매거진〉에 연재하기 시작해 10월 출간. 딸 진 출생.
1913년	『유독지대 The Poison Belt』 출간. 홈스 단편 「죽어가는 탐정 The Dying Detective」을 〈스트랜드 매거진〉에 발표.
1914~1915년	제1차세계대전 발발. 의용군 조직. 홈스 시리즈 『공포의 계곡 The Valley of Fear』을 〈스트랜드 매거진〉에 연재하기 시작. 『공포의 계곡』 출간.
1916년	전선을 여러 차례 방문한 후 프랑스에 가서 영국의 군사 행동에 대해 설명. 더블린에서의 이스터 봉기 후 로저 케이스먼트 경의 반역죄 사형 집행 연기 운동을 주도했으나 실패. 열정적인 신비주의 옹호자로서 문학적 열정을 바치기 시작함.
1917년	'셜록 홈스의 실전'이라는 부제가 붙은 「셜록 홈스의 마지막 인사 His Last Bow」를 〈스트랜드 매거진〉에 발표. 홈스 단편들을 모아 『셜록 홈스의 마지막 인사』라는 제목으로 출간.
1918년	장남 킹슬리가 솜 전투에서 부상을 입은 후 결핵으로 사망. 신비주

	의에 대해 다룬 서적『신新계시록 The New Revelation』출간.
1919년	동생 이네스도 결핵으로 사망.
1921년	어머니 메리 사망. 〈스트랜드 매거진〉에 「마자랭의 보석 The Adventure of the Mazarine」이라는 글을 기고.
1924년	자서전『회상과 모험 Memories and Adventures』출간.
1926년	『안개의 땅 The Land of Mist』출간.
1927년	홈스의 마지막 단편집『셜록 홈스의 사건집 The Case-Book of Sherlock Holmes』출간.
1929년	단편집『마라콧해협과 다른 이야기들 The Maracot Deep and Other Stories』출간.
1930년	7월 7일 크로버러의 자택에서 생을 마감함.

옮긴이 **최파일**

서울대학교에서 언론정보학과 서양사학을 전공했다. 역사책 읽기 모임 '헤로도토스 클럽'에서 활동하고 있으며, 역사 분야를 중심으로 해외의 좋은 작품을 기획·번역하고 있다. 축구와 셜록 홈스의 열렬한 팬이며, 제1차세계대전 문학에도 큰 관심을 가지고 있다. 옮긴 책으로 『제1차세계대전』『나폴레옹 세계사』『봄의 제전』『근대 세계의 창조』『지금, 역사란 무엇인가』 등이 있다.

문학동네 세계문학

바스커빌가의 사냥개

초판 인쇄 2025년 8월 14일 | 초판 발행 2025년 8월 26일

지은이 아서 코넌 도일 | 그린이 하비에르 올리바레스 | 옮긴이 최파일
책임편집 백지선 | 편집 한원희 이예준 오동규
디자인 김이정 이원경 | 저작권 박지영 형소진 주은수 오서영 조경은
마케팅 정민호 서지화 한민아 이민경 왕지경 정유진 정경주 김혜원 김예진 이서진
브랜딩 함유지 박민재 이송이 박다솔 조다현 김하연 이준희
제작 강신은 김동욱 이순호 | 제작처 한영문화사

펴낸곳 (주)문학동네 | 펴낸이 김소영
출판등록 1993년 10월 22일 제2003-000045호
주소 10881 경기도 파주시 회동길 210
전자우편 editor@munhak.com | 대표전화 031)955-8888 | 팩스 031)955-8855
문학동네카페 http://cafe.naver.com/mhdn
인스타그램 @munhakdongne | 트위터 @munhakdongne
북클럽문학동네 http://bookclubmunhak.com

ISBN 979-11-416-1246-7 03840

잘못된 책은 구입하신 서점에서 교환해드립니다.
기타 교환 문의 031) 955-2661, 3580

www.munhak.com

일 러 스 트 와 　 함 께 　 읽 는 　 세 계 명 작

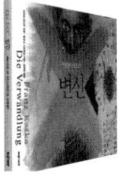

변신
프란츠 카프카
루이스 스카파티 그림 | 이재황 옮김

파우스트
요한 볼프강 폰 괴테
외젠 들라크루아, 막스 베크만 그림 | 이인웅 옮김

지킬 박사와 하이드 씨
로버트 루이스 스티븐슨
마우로 카시올리 그림 | 강미경 옮김

검은 고양이
에드거 앨런 포
루이스 스카파티 그림 | 강미경 옮김

필경사 바틀비
허먼 멜빌
하비에르 사발라 그림 | 공진호 옮김

외투
니콜라이 고골
노에미 비야무사 그림 | 이항재 옮김

바베트의 만찬
이자크 디네센
노에미 비야무사 그림 | 추미옥 옮김

밤: 악몽
기 드 모파상
토뇨 베나비데스 그림 | 송의경 옮김

장화 신은 고양이
샤를 페로
하비에르 사발라 그림 | 송의경 옮김

개를 데리고 다니는 여인
안톤 체호프
하비에르 사발라 그림 | 이현우 옮김

아담과 이브의 일기
마크 트웨인
프란시스코 멜렌데스 그림 | 김송현정 옮김

1984
조지 오웰
루이스 스카파티 그림 | 김기혁 옮김

프랑켄슈타인
메리 셸리
엘레나 오드리오솔라 그림 | 김선형 옮김

이반 일리치의 죽음
레프 톨스토이
아구스틴 코모토 그림 | 이항재 옮김

바스커빌가의 사냥개
아서 코넌 도일
하비에르 올리바레스 그림 | 최파일 옮김